国家社科基金丛书
GUOJIA SHEKE JIJIN CONGSHU

新媒体语境下
当代文学批评实践研究

Practical Research of Contemporary Literature Criticism
in New Media Context

刘 巍 著

人 民 出 版 社

目　　录

绪　论

“新媒体语境下当代文学批评实践研究”遭遇的第一个问题就是概念的定义与命名。“新媒体”是一个相对的关系性概念，“当代文学批评”的内涵也具有动态性。因此，有必要对以新媒体、文学批评为核心的概念进行爬梳、整理、归纳，以期实现相对的厘定。

第一节　什么是新媒体

媒介技术的图—文—声融合、媒介信息的迅即多维度辐射、批评方式的开放动态等特征改组和分化了原有的文学批评行为和组织机构，使其遵循的文学经典规定性、评判标准和话语秩序遭遇新媒体时代的冲击。新媒体的广泛应用使人们逐渐形成对媒介发展的信任，移动互联已经深深嵌入现实世界之中，成为审美生存中不可或缺的基础架构。新媒体依赖于现实社会中各个系统环境的综合作用，它所建构的虚拟社会也反作用于现实社会，对现实社会的政治、经济、文化产生深刻影响。

一、命名的难度及限度

新媒体是一个富有争议的概念。“新”是相对于“旧”而言的，而新与旧也并非泾渭分明。正如麦克卢汉所言:“我们的时代所得的信息不是新旧媒体的前后相继的媒介和教育的程序,不是一连串的拳击比赛,而是新旧媒介的共存,共存的基础是了解每一种媒介独特的外形所固有的力量和讯息。”①新媒体中的“新”指向的是一个开放的、发展的方向,指向的是未来。一个界定明确的、清晰静态的“新媒体”从来都不存在。机械复制相对于纸媒是“新媒体”,电视相对于机械复制又是一个“新媒体”,而自媒体相对于大众传媒便是另一个“新媒体”。

自“新媒体”一词进入研究视野,诸多学者对其定义,随着时间的推移及人们对其认识的深入,这一概念也逐渐明晰:

> 新媒体就是能够对大众同时提供个性化的内容的媒体,使传播者和接收者融会成对等的交流者。而无数的交者相互之间可以同时进行个性化交流的媒体。②

> 新媒体是相对于传统媒体而言的,是指继报刊、广播、电视等传统媒体之后发展起来的,以手机为代表的新的媒介终端,利用数字技术、网络技术和移动技术,向用户提供信息和娱乐的传播形态。③

由于新媒体本身的普遍性、适用性和模糊性,很难有一个统一而固定的概念对其指称。根据《中国新媒体发展报告(2010)》,新媒体的含义可以从狭义和广义的角度去理解。狭义的新媒体“仅指区别于传统媒体的新型媒体,主要包括被称为第四媒体的互联网(以电脑为终端的计算机信息网络)和第五媒体的移动网络(以手机等移动通信工具为终端,基于移动通信技术的移动互联网服务以及电信网络增值服务等传播媒介形式),这两种媒体又可以统称为网络媒体”④。广义的概念则包括了大量的新兴媒体,如电子书、数字报、

---

① [加]马歇尔·麦克卢汉:《麦克卢汉如是说:理解我》,何道宽译,中国人民大学出版社2006年版,第3页。

② 黄健:《新媒体浪潮》,广西教育出版社2011年版,第23页。

③ 涂涛主编:《新媒体通论》,高等教育出版社2017年版,第237页。

④ 尹韵公主编:《中国新媒体发展报告(2010)》,社会科学文献出版社2010年版,第2页。

IPTV等。其共同的特点是"依托于互联网、移动通信、数字技术等新电子信息技术而兴起的媒介形式,包括网络媒体,也包括传统媒体运用新技术以及和新媒体融合而产生或发展出来的新媒体形式"①。以此为据,可以对新媒体的概况、特点、类型有一个相对清晰的理解。

本研究更加倾向于在狭义定义的"新媒体"内涵内对其进一步"窄化"处理——新媒体特指以数字及互联网技术为支撑的媒介方式,与传统媒体(报刊、广播、电视等)相比,数字化、互动性,也就是大数据、移动互联是其根本特征。

二、溯源及发展

"新媒体"一词出现在20世纪60年代末。1967年,美国CBS(哥伦比亚广播电视网)技术研究所所长,同时也是NTSC电视制式的发明者P.戈尔德马克发表了一份关于开发EVR(electronic video recording,电子录像)商品的计划,其中第一次提出了"新媒体"一词。1969年,美国传播政策总统特别委员会主席E.罗斯脱在向尼克松总统提交的报告书中,也多处使用"新媒体"。该词至此在美国社会迅速流行,并影响了一些西方国家。20世纪70年代末至80年代,"新媒体"成为西方国家新闻界、学术界和科技界的热门话题之一。在中国,2010年中国社会科学院发布了新媒体蓝皮书《中国新媒体发展报告(2010)》,这是我国第一部新媒体蓝皮书。该蓝皮书就新媒体在社会的总体发展情况与影响做了全面的梳理与展望,主张当下我们已经进入了信息经济新时代。我们常把2010年当作中国新媒体发生的元年。虽然只有十数年的时间,新媒体的发展却因研究对象的不同呈现出不同的标志性时间阶段。

① 尹韵公主编:《中国新媒体发展报告(2010)》,社会科学文献出版社2010年版,第2—3页。

1. 从技术进步来看

2015年“互联网+”的概念出现,“互联网+”就是“互联网+各个传统行业”,但这并不是简单地将互联网应用于各个传统行业,而是利用信息通信技术以及互联网平台,以创造新的发展生态为目标,达到互联网与传统行业的深度融合。“互联网+”所造就的新的社会形态,充分发挥了互联网在社会各行各业信息交互、资源分配的作用,由此产生全新的人际交流、工作、生产、消费的模式,提升了全社会的生产效率与创新力,取代了传统工业时代经济、文化、政治的发展形态,形成更广泛的以互联网为基础设施和实践工具的新形态。

基于互联网技术,新媒体的形态先后发生了三次标志性转变,代表着新媒体的多次迭代和演化历程。第一代网络新媒体“以门户网站、虚拟社区以及搜索引擎为代表,其特点是通过互联网满足受众对于信息和知识的获取,并且不断扩张信息与知识的丰富性和无限性,但是互动性、平等性、参与性和去中心性较弱”①。百度是中国第一批搜索引擎的代表性网站。门户网站主要是指通向某类综合性互联网信息资源并提供有关信息服务的应用系统。全球化的门户网站以谷歌和雅虎为代表,中国的门户网站有新浪、网易、搜狐、腾讯、百度、新华网、人民网、凤凰网等。受众进入门户网站能够了解政治、经济、体育等重要信息。

在互联网用户的内在需求和外在技术的推动下,第二代网络新媒体应运而生。为了弥补第一代新媒体互动性、平等性、参与性的不足,购物网站和社交网站做了相应改进。新媒体经济形态和社交形态吸纳数量庞大的人群进入媒体空间,人们的思维模式、生活方式、消费样式有了相应的改变。

---

① 王松、王洁:《移动互联网时代的新媒体概论》,上海交通大学出版社2018年版,第12页。

2010年以后，新媒体向“内容创新，中心化形态消散以及与人工智能的结合”①迈进。在产业领域，传统产业全方位与互联网融合，而大众参与的网络生产、消费等活动也大大分散了某些顶级网站的粉丝数量，新媒体呈现分散的结构。人工智能（AI）作为计算机科学的一个分支，是用于研究、模拟、延伸和扩展人的主体性及应用性，以人类智能为范本，在语言、图像、技术等方面生产出与人类相匹配的智能知识模式。AI在无人驾驶汽车、无人机、网络翻译等领域的应用已取得很大进步。AI技术在文学创作及文学批评领域的应用也已引起诸多学者的关注。

2. 从接受群体来看

新媒体的接受或使用群体经历了精英—大众—个人的发展阶段，每一个阶段的推进既与科学技术进步相关，也与产业成本下降带来的技术普及相关。因此，通过不同受众群体对新媒体使用程度的演变也可以从另一角度看出新媒体自身发展的流变。

第一，精英阶段。当基于网络、数字技术的早期新媒体出现的时候，因为技术的复杂、设备的昂贵，很长一段时间内都是少数派精英的工具类型。他们多数是媒介领域的专业人士，具备较高的文化素养及社会身份，具有超前的媒介传播意识，也掌握着更先进、更丰富的媒介资源，是新媒体的第一批受益人。苹果手机以前也因价格昂贵，并没有进入普通大众的生活中。国内智能手机的普及，价格进一步下调，才真正使得大众与新媒体的距离愈来愈近，进入大众阶段。

第二，大众阶段。随着价格的亲民及品牌开发的多元，以智能手机、平板电脑、笔记本电脑等为主的新媒体设备已为广大受众所享有，利用新媒体进行

---

① 王松、王洁：《移动互联网时代的新媒体概论》，上海交通大学出版社2018年版，第15页。

日常工作、交流也成为人们生活的新形态。普通人可以依照各个价位层次选择自己心仪的新媒体设备,技术发展进一步扩大了新媒体设备的使用数量,对功能的开发也越来越丰富。

第三,个人阶段。个人媒体或自媒体并非新媒体阶段独有,如博客、电子邮件、手机短信等就是个人媒体的早期发展。伴随着新媒体技术的渗透与普及,个人媒体被推向高潮。人人都利用新媒体设备传播信息,人人都是媒体,知名或不知名的个体都在通过互联网扩大自己的影响力。腾讯推出的QQ空间成为大众表达情绪、感悟的半私人化空间,是较早提供个人媒介空间的软件之一。QQ空间的作者可以看到自己文章的阅读数量、浏览人等。搜狐博客、新浪博客作为早期的个人媒体样式之一,为用户提供公开的日常心得和意见记录的平台。随着手机的普及,QQ用户转战微信,人人网已经被淘汰,博客也蜕变成微博。从表达方式上说,个人媒体以文字、图片、音频和视频四类内容为主。个体可以编辑纯文字的信息发布在微博、微信朋友圈、微信公众号、豆瓣等平台,也可以在纯文字的基础上添加图片、动图、音频、视频等。快手、抖音等短视频平台将个体的信息生产、发布、传播推向了阶段性高峰。个人媒体在传播上具有多点对多点、零延迟、跨时空地域和分众化的特点。借由手机的便携性,个体对于任何事件都可以即时参与。以豆瓣为例,只要有手机、移动网络,人人都可以在豆瓣上对时事新闻、生活经验、文学作品、电影、电视剧进行分享评论,这些评论呈现给其他用户,其他用户再加以评论或转载,使其覆盖范围进一步扩大。个人媒体的发声已经处于灿烂辉煌的时代。

三、新媒体的特点

新媒体的特点是随着新媒体的概念定义而来的,可细分为以下三方面。

1. 传播特点

第一,多点对多点的立体网状传播。在新媒体时代,自媒体大量普及,人人皆媒体,万物皆媒体。这种情形使得传统的一点对多点的传播方式演变成多点对多点的传播。这也契合美国《连线》杂志对新媒体所作的描述——所有人对所有人的传播。传统媒介如电视、广播的“我说—你听”模式被解构,人们不再一味地从电视、收音机被动接收信息,取而代之的是个人利用手机、平板电脑等多终端和多渠道的方式主动对信息进行检索、分类、选择、获取,多点对多点的传播方式促进了立体网状传播结构的形成。人们不仅可以利用新媒体选择接收信息,也可以主动成为信息的发布人。人人发布信息又接收信息,使得自媒体发展更加繁荣。可以说,科技的发展改变了人们传播信息的方式,在新媒体交互的网络中,多点对多点的传播特质得以形成。

第二,零延迟的传播速度与异步接收。新媒体打破了传统媒体传播在时间上的限制,极大地缩短了信息传播所需要的物理时间,形成了零延迟的传播特点。人们可以第一时间掌握重大新闻事件和线索,这样的特点充分满足了人们对即时信息的需求。异步接收是相对同步接收而言的,新媒体改变了受众接收信息必须同步收听的特点(如打电话,说者和听者是信道连通的同步交流),即接收者可以在任何时间、任何地点接收信息,手机终端、数字电视等技术支持受众根据自身的需求以多元形式使用信息。新的网站不断被建立,新的链接、元素不断被添加,移动终端已经成为任何人在任何时间和任何地点获取第一手资讯的重要媒介形式,从而推动形成全球化信息场域。

第三,分众化与特定目标人群。与传统媒介下的大众传播不同,新媒体时代的分众传播是有的放矢的,尽管在传播的初级阶段仍存在普遍撒网的状况,但一旦锁定目标人群,信息的发送便成为有目的的分众传播,如喜马拉雅等听书 App 根据数据分析出听者的喜好为其推荐书目。第一个提出分众传播的是美国学者阿尔文·托夫勒,他在《权力的转移》一书中指出,新闻传播媒介的服务对象逐步从整体分化为各具特色的兴趣和利益群体,这便是我们所说的不同社区、群落或交际圈。分众传播能够有效到达受众,为受众节约了大量时间、精力成本。

2. 信息特点

第一，从超文本到超媒体。超文本是一种将信息按照非线性顺序存储、管理和浏览组合的计算机技术，信息文本中含有指向其他文本的链接，受众不再局限于线性阅读顺序，而是根据自己的兴趣和需求点击链接，进入新的文本空间，有选择性地获取信息。在新的文本空间内，又可以利用链接进入下一个文本空间。初期的超文本只能传输文本信息，后来发展为对多媒体信息的整合，图片、声音、影像等信息也可以快速准确地提供给受众。这些多维的信息形式同样按照超文本的方式组织，受众通过"点击"不仅可以获得相关的文本信息，还可以获得相关声音、影像信息，全面而丰富。超媒体是指在多种媒体中非线性的组织和呈现，超媒体是超文本的延伸。超媒体信息服务是新媒体发展的方向。随着计算机芯片微型化，智能手机、数字电视等装有微型计算机芯片的设备成为与互联网相连的信息接收终端，超媒体信息服务逐渐完善。比尔·盖茨在《未来之路》中这样描述超媒体性："假设你正在观看新闻，你看到一个你不认识的人与英国首相走在一起，你想知道她是谁。你用电视的遥控器指着这个人，这个动作就会带给你关于她的小传，还有最近出现过她的其他的新闻报道名单，指着名单上的东西，你就能阅读和观看，无数次地从一个话题到另一个话题，在全世界范围内搜寻信息、视频和文本。"①这便是不同媒体之间的跨越与融合。

第二，广度和发散度。新媒体带来信息接收的便利，也带来信息海量的困扰。每一秒都有海量的信息被检索、搜集，每一个信息背后还有超链接、背景资源、评论、广告、图片、视频等，这些如浩瀚繁星般的信息的广度和发散度是难以想象的。如受众想要搜索美国总统的信息，在搜索引擎可以找到文字、视频、图片等内容，其本人的信息被无所保留地呈现给受众，信息的传播因为超

① ［美］比尔·盖茨：《未来之路》，辜正坤主译，北京大学出版社 1996 年版，第 11 页。

文本和超媒体而不断扩大、发散。

第三,数字化。数字化是指数字技术全面占领人们工作、生活、娱乐的方方面面。通信领域、传播领域的数字化进程更为彻底。新媒体的数字化形态有三种:一是各类传统媒体的数字化,如报刊、书籍的电子版。二是制作过程的数字化,数字影视、数字音频广播、数字高清晰度电视及数字压缩卫星直播电视等成为主流,基于数字技术的新传播工具不断出现,如基于数字技术的网络电视、手机电视等。三是互联网在信息传播中的影响力已居于首位,数字传媒正成为主流,并引发传统媒介的震动和重组。数字化在信息(计算机)业、电信业、大众传媒业影响深远,并催生了如数字出版、数字媒体、自媒体等新产业。

3. 接受特点

第一,受众的隐蔽性和虚拟性。用户在参与信息传播的过程中已彰显其隐蔽性和虚拟性。以知乎为例,一个新用户进入知乎的手机界面或电脑界面时,如果仅仅是浏览的话,是不需要在平台注册的。用户要在知乎平台提问或评论时,便可以选择微信、QQ、新浪微博、手机号码、电子邮箱等形式注册,但其用户名的选择是随意的;当用户对某一话题感兴趣时,可以以匿名或者公开的方式关注。尽管用户需要在注册时进行实名认证,但是个人的性别、年龄、教育、长相都很大程度地被隐藏起来。因此,无论实名认证与否,其本身的状态还是隐匿的,而其他用户在浏览评论时,无法知晓评论者的真实身份。网络极大地激活了用户的虚拟性。以微信为例,微信已经做到很大一部分联系人是我们日常生活中的真实朋友。尽管微信用户以虚拟的头像和名字发布朋友圈或进行交谈,但是在绝大部分情况下用户在现实中认识交流的对象。然而网络交往和现实生活交往的法则不同,产生的效果也不同,用户在网络上交流时,就已经开始在形象上对双方进行建构,这种建构在双方亮相之前依然是虚拟的。

第二，真实性与实在性。尽管网络有虚拟、隐蔽的一面，但是用户本身的实在性、发表内容的现实相关性，使得用户在表达与围观时是一种真实与虚拟同在的主体。比如微博，无论是在用户的起名、头像选择还是在评论发表上，主体的选择空间都很大。一方面，用户可以选择虚拟的头像和姓名来代表自己；另一方面，也可以使用真实的姓名与头像。如果想要进行微博用户身份认证，那么就需要用户的真实姓名、职业等信息，这就加大了媒体的真实性。尽管新媒体是各方力量角逐的场所，充斥着权力、消费、功利等争夺，但是用户在发布的内容上，其心理感悟、实时评论等多来源于自身的实在经验，看似虚拟的表象下，用户的真实感情流露都是来源于实在。这里的实在并非传统二元对立下现实与虚拟的分裂，而是统合网络与现实实在后的总体生活的集合。

第三，高参与度与互动性。移动设备如手机、平板电脑等被视为人类的“延伸”而与人类紧密相连。在日常生活中，人们利用手机查询天气、订外卖、查酒店或航班等，以手机为代表的新媒体设备渐渐将受众和生活的方方面面相连，这样的亲密程度前所未有。过去，由于技术的限制，人们在使用电子设备时，不顺手、不方便所产生的“排异感”还比较明显。但是随着技术进步以及对各种媒介软件的更新，“排异感”逐渐消失。人们不再觉得手机处理文件时费时费力，不再觉得手机信息篇幅小、存储量低，“媒介即人的延伸”在新媒体时代尤为显著。人们与新媒体距离的贴近使用户更多参与到对公共事件、时事新闻的评论。用户不仅可以评论，也可以针对评论进行评论，彰显了评论主体之间的互动性。其实在任何评论和阐释的过程中，评论主体在输出信息的同时也渴望得到点评，而新媒体技术大大满足了主体对互动性的渴求。

第二节　什么是当代文学批评

一、文学批评简论

文学批评是对文学加以评论或判断，对其好之为好、恶之为恶的原因、特征，甚至如何更加完善加以批注、解释、阐发。文学批评概念自古有之，但在中西方不同的语境下，其含义也略有不同，对文学批评的本源追溯要在中西不同的框架内进行。

无论是英语的 criticism、法语的 critique 还是德语的 critic，均出自希腊文的 krites（判断者）和 krinein（判断）。词汇在发展的不同阶段的含义也不尽相同。在希腊文中，公元前 4 世纪末开始出现含有“文学的判断者”之意的 kriticos 一词；中世纪，这一词语被当作医学术语使用；文艺复兴时期，其含义被限定在对古代文本的编撰和校勘中；17 世纪，文学批评的含义外延到指向整个文学理论体系，也包括实践批评和每日评论。而后，文学批评的观念进一步扩大化，如英国诗人艾略特的主张：“我说的批评，意思当然指的是用文字所表达的对于艺术作品的评论和解释。”①1711 年，英国诗人蒲柏发表《批评论》，使得西方社会进一步接受了文学批评这一概念。

中国古代文论中并没有“文学批评”一词去对应西方的“criticism”，但批评的传承却生生不息。先秦时期虽然没有专门的文学批评专著，但文学批评的实际操练已经散见于《诗经》《尚书》之中——“颂”和“刺”就是最早的文学批评实践；王充《论衡》中的“论”也有评论鉴赏之意；曹丕《典论》中的《论文》就是中国最早的“文学批评”的专文。由此可见，中国古代文论中的“论”便与“criticism”含义大致相同。“评”为文学裁判，“论”指的是批评理论及文学理论。二字连用在汉末魏晋时期便开始普遍起来，“论”“评论”是中国最早的“文学批评”的源头。“批评”一词本身源于宋代的科举场屋，是科举场屋中“批评注释”的简称，“即对文章的抉剔、裁判、如眉批、总评之类”②。“文学批评”一词是从近代开始出现的，标志着文学研究的现代性。西方思想在晚清尤其是在甲午战争之后大量传入中国并影响着中国年轻学者，criticism 被从

① ［英］艾略特：《批评的功能》，林骧华译，载伍蠡甫主编：《现代西方文论选》，上海译文出版社 1983 年版，第 278 页。

② 罗根泽：《中国文学批评史》一，上海古籍出版社 1984 年版，第 8 页。

西方译介过来是在五四时期。王国维的《红楼梦评论》中出现“批评”一词来表示对文学著作的品评。

从狭义和广义两个角度，韦勒克对文学批评的概念进行了定义。狭义的文学批评指的是“对具体文学作品的研究，重点是在它们的评价上”①。而这样的定义是不包括批评理论和一般文学理论的，专注于对艺术作品的评论和解释，也有很多学者认为这才是文学批评最本来的含义。广义上，最普遍的解释是根据《中国大百科全书·中国文学》中对文学批评所下的定义：“指按照一定的标准，对作家作品和文学现象（包括文学运动、文学思潮和文学流派等）所得研究、分析、认识和评价。”②

二、当代文学批评之问题

一代有一代之文学，一代有一代之批评。本书所说的“当代”特指文学批评受新媒体影响的时间阶段。具体来说是2010年后，智能手机逐渐普及改变了人们的通信习惯而带来的文学批评新阶段。面对社会经济文化语境的转换，特别是面对繁杂的文学批评对象，批评的生产、运作、传播、接收方式都在发生转变，这变化不是日积月累的渐变，而是瞬间发生的巨变。

1. 当代文学批评的理论化

批评的理论化是指当代文学批评偏重文学理论的研究倾向。理论化本无可厚非，理论是批评的题中之义与血脉滋养。但当下的多数批评似乎看中的是新理论、新命名、新研究方法，研究往往是在理论的缝隙中寻找突破而非叩问文学土壤本身。习近平总书记指出，“艺术可以放飞想象的翅膀，但一定要脚踩坚实的大地。”③重理论的批评并没有处理好“大地”与“翅膀”的本末关

---

① ［美］R.韦勒克：《批评的诸种概念》，丁泓等译，四川文艺出版社1988年版，第42页。
② 《中国大百科全书·中国文学》第1卷，中国大百科全书出版社1988年版，第953页。
③ 习近平：《在文艺工作座谈会上的讲话》，人民出版社2015年版，第19页。

系，也未能触碰现实——实存的人生和文字营造出的世界。评论家冷静超然、不动声色地站在“大地”之外，并不面对文学或人生说话，更多地只面对理论发言，如果剥去坚硬的理论外壳，某些论文或专著经不起现实人生的轻微一击。这样的研究从批评理念到批评框架，甚至是批评话语的写作方式都未免有些“曲高和寡”“高处不胜寒”。理论导致了情感和审美的边缘化，剖析一部作品时往往套用一整套理论框架来进行解读，而不是从读者本身的审美体悟和感情体验出发，这就导致文学批评与文学作品之间的剥离。一方面，文学批评理论的繁荣确实值得欣喜；但另一方面，文学理论与文学作品本身越来越脱节，这是否离开了文学批评最根本的土壤？

“‘理论’一词的希腊文是 theoria，它表现出人的存在这种宇宙间脆弱的和从属的现象的明晰性：尽管在范围上微弱有限，他仍然能够纯理论地思考宇宙。……理论这个词的意思，并不像根据建立于自我意识上的理论结构的那种优越地位所意指的，指与存在物的距离，那种距离使得存在事物可以以一种无偏见的方式被认知，由此使之处于一种无名的支配下。与理论特有的这种距离相反，理论的距离指的是切近性和亲缘性。”①理论的原初意义是要求批评家火热地、忘我地投入文学，并以此为契机进入人生和人类的精神世界。就如当代德国“文学教皇”马塞尔·赖希-拉尼茨基指出的那样：“没有对文学的热爱就没有对文学的批评。”②“theoria 一词的原初意义是作为团体的一员参与那种崇奉神明的祭祀庆祝活动。对这种神圣活动的观察，不只是不介入地确证某种中立的事务状态，或者观看某种壮丽的表演或节目；更确切地说，理论一词的最初意义是真正地参与一个事件，真正地出席现场。”③不论是奥古斯丁的《忏悔录》、德莱顿的《论诗剧》，还是马拉美的《关于文学的发展》，我

① ［德］伽达默尔：《科学时代的理性》，薛华等译，国际文化出版公司 1988 年版，第 15 页。

② ［德］马塞尔·赖希-拉尼茨基：《我的一生》，余匡复译，上海译文出版社 2003 年版，第 323 页。

③ ［德］伽达默尔：《科学时代的理性》，薛华等译，国际文化出版公司 1988 年版，第 15 页。

们都能从中读出评论家参与的热情，这才是文学批评的艺术品格。孔子论知（智）时所谓“务民之义”即指知识要回答现实问题，否则便是无本之木。

2. 当代文学批评的问题化

当代文学批评的问题化，是指批评研究将视野局限于某一问题，而没能将视野放高放宽。偏重问题的文学批评备受质疑，成了这个时代迷路的孩子，向着交叉小径花园的各个方向探寻却难以找到正途。批评者似乎已经很努力了，但作者、读者都不怎么买账，批评越来越成为无人喝彩的独白表演。也许某个时期会有若干核心议题，各方观点林立，但你方唱罢我登场之后却极难有权威性的、令人信服的、接地气的结论。即便在网络世界的虚拟空间，众网友闹哄哄地对某一作品、某一话题发表评论，也是各有各的心腹事，众多观点就像平行线一样无法交会，更遑论擦出“火花”。难道文学批评的魅力便在于“批评”本身，结论的信度与效度本就是徒劳？宽慰地说，对文学批评的质疑、失望与拥戴同时存在是可以接受的，这至少说明这一领域有关注度和发展延伸的可能，但我们却不能不认真思考“批评”的问题。与文学本身的变化相适应，文学批评日益彰显自由、提倡创新，出现了言说渠道媒体化、言说方式时尚化等新质，特别是博客、微博、论坛等即时通信社交媒体盛行以来，批评也较以往发生了改变。

翻阅近几年的文学批评期刊，我们不难对现有的批评研究成果作一简单的汇总。其中，有总结归纳式的，如一个世纪、一个时期批评的总体特征回顾或某一文体（小说、散文等）的流变演进；有经典重读式的，如关于俄苏文论、英美新批评、马克思主义文论的索隐式细读；有对创作方法（以现实主义居多）突破与局限的评析；亦有以西方理论解决中国现实问题的研究，主要集中在消费社会、媒介技术、审美现代性等方面。诚然，某些成果在对理论的梳理、对经典理论问题的重提（批评的价值观、文学功能）上取得了一定成绩，但又因研究过于就事论事，而无法避免地存在着观念保守、理解静态等弱点。比如关于“图像与文学”的研究，研究者多固守于文学与图像关系的历史溯源、文学因图像改编而带来的美学价值滑落、图像对文学的挤压和文学的突围等，而对于生活如何被图像化，图像如何作用于文学进而改变文学的创作、传播、接受过程，却缺乏系统评说和深层研究，这就很容易“架空”了研究。

当文学创作迅速、多元、驳杂而充满生机地回应现实，注重“问题”的批评反而显得茫然无措、滞后被动且无所适从了。批评似乎很难跟上现实的步伐：当批评还没有完全适应文学市场化运作的时候，“80 后”横空出世了；当批评还没有完全明白网络文学的写作理念的时候，博客出现了；当批评还没有完全搞懂微博小说的时候，微信朋友圈的文学传播蔓延了……如果当前的文学批评有参与文学现场的热情，有对文学指点江山的豪情，那么，它便能更好地面对来自文学观念、传播方式、写作方法等多方的挑战。

3. 当代文学批评的新媒体化

新媒体是网络技术的升级，技术几乎覆盖所有人，与此相应，“技术的影响不是发生在意见和观念的层面上，而是要坚定不移、不可抗拒地改变人的感觉比率和感知模式。”①新媒体与日常生活难解难分，媒体已经开始摆脱工具性的“他者”地位获得本体意义，即手机不是工具，而是我们本身的一部分。当代文学批评处于新媒体语境之中，而“数字化或直接或间接地几乎强烈触及了文学的全部领域。不过，这仅仅是个开始，就目前具有过渡性质的情况而言，已经可以形成关于文学未来的足以使人惊讶的语言和推测”②。在此基础上，文学批评伴随着新媒体的萌发、普及和拓展已然发生了深刻的变化。

当代文学批评的新媒体化主要经历两个阶段：文学批评的适应性转变和

① [加]马歇尔·麦克卢汉：《理解媒介——论人的延伸》，何道宽译，商务印书馆 2000 年版，第 46 页。

② [芬兰]莱恩·考斯基马：《数字文学：从文本到超文本及其超越》，单小曦等译，广西师范大学出版社 2011 年版，第 3 页。

文学批评的实践建构。由于新媒体更新发展速度之快,文学批评的理论和实践有些滞后。这首先是因为新媒体自身的发展速度之快,技术可以直接应用于实践,文学批评则不然。批评是人的产物,是人对文学及周边现象的研究,从新媒体到人到文学再到文学批评,这个发展顺序就决定了文学批评与媒体所呈现现象的错位。正如奥格本在《自然与文化的社会变迁》中所认为的,"技术发展与社会发展之间存在着一种'文化上的滞后'","技术要比社会制度发展得快,这会导致不和谐因素的产生。"①此外,在已经发生转场的文学批评与新媒体之间也需要一个相互磨合和适应的过程,新媒体的传播方式改变着文学批评的方式,每一个互联网用户都可以在移动终端进行文学批评,各执一词、畅所欲言,导致批评的光晕消失。文学批评的主体何在、范式为何,这些关键问题都处于混沌状态。

当代文学批评的新媒体化主要表现在这样几方面。

第一,批评主体的部落化。"部落"一词原指基于血缘、种族、宗教而形成的社会形态,部落时期集中的文化、思想、行为被称为"部落化"。麦克卢汉提出"部落化—地球村—再部落化"的言论超前验证了新媒体语境下新的部落化趋势:"作为文化主体与客体的'人',在日常生活习惯、价值观念、社会参与以及经验共享等方面,都从大众文化的模式化、标准化等同质性中逐渐脱离出来,人的个体因素逐渐成为迥异群体生成的主导因素,而社会因素逐渐弱化,此种分化趋势我们称之为当前社会历史背景下的部落化。"②新媒体语境下,"部落化"功能最明显的现象就是建群。互联网将全球用户相连,其广泛性和普遍性使得"物以类聚、人以群分"更加明确,即使生活中的"特立独行"的人也能通过互联网找到志同道合的"群"。文学批评也同样呈现部落化的趋势,在新媒体上,"众多独立而互不融合的声音和意识纷呈,由许多各有充分价值

① 吴国盛:《技术哲学经典读本》,上海交通大学出版社2008年版,第13页。

② 李冰:《分众传播与大众文化的部落化》,硕士学位论文,吉林大学传播学系,2008年,第6页。

的声音(声部)组成真正的复调"①,而这些声音又借助新媒体技术和平台集结,在各自的"部落"内相互作用、相互吸收。譬如在豆瓣上,针对不同的作品会有不同的文学批评声音,在不同社区里以帖子呈现,继而使批评内容随着批评主体的部落化而部落化。由于新媒体中的"转载"功能,文学批评可以实现不同部落之间的流通转化,转载人既可以从网络各个阵地上转载批评文章,也可以整合自己的想法进行新创作与传播。由此,文学批评的不同部落之间也处于交互状态。

第二,批评符号的多维化。"维"的本意指向量以及空间发展所具有的某一种衡量标准,多维是指多种(一般是指三种及以上)维度同时存在和发生作用。文学批评的工具在很长时间内都是由文字符号所承载,间或有图表、图片,但不占多大比例。然而,新媒体技术发展,在人们的手机、电脑中,逐渐出现了图片、表情、图形、图表、音频、视频,而这些新的符号不仅进入人们的日常交流,更进入了文学批评实践的文本当中。当下"批评是基于文字基础之上又整合了符号、表情、图像、声音、视频等,写作和阅读均调动了一切可以调动的思维、感官、视觉因素"②。如在微信公众号中,批评者在进行评论时,基于软件可以插入图片、背景音乐;基于输入法可以在文字中插入表情或者图形,从而使文学批评走出单维的文字,而走向图片、表情、视频、音乐等多维化展现,进而引发多维符号的兴盛。

第三,主体间交往的互动与转换模式。传统的文学批评是作者发布批评与读者阅读,偶有互动也存在时间滞后和空间阻碍。新媒体语境下,批评主体在网络上发布评论,网络平台下方有一个读者评论区域,读者在发布自己评论的一瞬间已经从读者的身份转换为作者。以知乎为例,搜索《使女的故事》,知乎为读者呈现出这本书的基本信息,也呈现针对《使女的故事》所发表的评

① [俄]M.巴赫金:《巴赫金文论选》,佟景韩译,中国社会科学出版社1996年版,第3页。
② 刘巍:《新媒体与当代文学批评之新变》,《文艺争鸣》2018年第12期。

论,如如何评价《使女的故事》、细节解密《使女的故事》等。条目数量根据文学作品本身的关注度而不同,文章底部评论的功能就是作者与读者交流的渠道。在或长或短的精彩批评中,不仅有读者之间的留言互动,更有评论的作者和评论的读者的进一步交流和探讨。互动性增强使批评作者与批评读者之间从二元对立的"主体—他者"模式转向主体间的交往。海德格尔认为:"……世界向来已经总是我和他人共同分有的世界。此在的世界是共同世界。'在之中'就是与他人共同存在。他人的在世界之内的自在存在就是共同此在。""此在本质上是共在。""此在之独在也是在世界中共在。他人只能在一种共在中而且只能为一种共在而不在。独在是共在的一种残缺的样式,独在的可能性就是共在的证明。"①批评者与读者的关系也借由新媒体实现了共在的状态。在传统文学批评模式中,批评主体具有在场发言的权利,而读者往往处于"失声"或者"静默"的状态。批评主体进行批评实践后,读者并没有机会或者没有途径进行进一步的评论。而新媒体技术打破了闭塞的藩篱,解构了传统各自为营的态势,批评文章后的评论功能使得批评不再是批评主体与读者他者的对立,读者也可以"出场"进行评论。而这种人人可以批评的状态造就了批评主体之间的交往,其互动交流就呈现出"主体间性"的特点,也为文学批评开拓了更大的空间。

第三节　什么是新媒体文学批评

新媒体给文学批评的观念、对象、方式、功能带来的挑战不仅存在于技术层面,更存在于艺术审美和文化精神层面。新媒体语境下的当代文学批评是合作、互联、开放、交互、网络等一系列偶然性的产物,与传统学院派的追求不同,利用新媒体进行文学批评的人甚至不要求经过系统的文艺理论、文学史、

---

① [德]马丁·海德格尔:《存在与时间》,陈嘉映等译,生活·读书·新知三联书店 1987 年版,第 146、148 页。

美学理论训练，仅凭“灵光一闪”的印象或“纯粹感性”便可完成批评，键盘、屏幕、移动终端自然地架构了一种源于纯粹与单纯的审美价值和评判。可见，新媒体不仅以工具的形式为文学批评的生产、传播以及文本的转换提供了更多更好的条件，而且已经进入文学批评内部，以独特的运作理念、运作方式、审美导向、价值标准干预文学批评活动的全过程。

新媒体语境下的文学批评从总体上看主要有两层含义：一层含义是从“本体论”的角度来谈的，指的是在新媒体语境下，批评的对象是文学，或是带有文学性的对象。然而，批评所指向的文学文本经常会与文化文本含混不清。另一层含义是从“工具论”的角度来谈的，是指新媒体语境下批评本身是带有文学性的。新媒体语境下的文学批评和传统文学批评的方式目标较为相似，都是通过批评实践指出文学创作者的文学或文化活动的优势与不足，通过理论阐释和批评话语，给予文学实践者（包括写作者和接受者）以有益的启迪，进而实现对文学活动者的引领作用，从而对整个社会的文艺观的形成和美学观的建构具有指导性意义。新媒体语境下的当代文学批评如果在写作方式、分析策略和观察角度方面都没有超出传统文学批评的范围，仅是媒介方式的转变，则不是严格意义上的新媒体文学批评。新媒体语境下的当代文学批评应当以活泼通俗和平易近人的风格以及自身所具有的互动性特征区别于其他样式的批评。

文学批评本就是发展的系统，新媒体营造的人文图景为其提供了更加开放、可待提升的空间。传统文学批评作为一种对文学现象的研究活动，具有成规的、科学的理论框架构建，一般通过一些专业的学术报刊（如《文学评论》《文艺争鸣》《文艺报》《文学报》等）来研究某个文学议题、某个文艺现象，阐释文学作品。专业的学术刊物虽是公开发行，但过于浓厚的学理气息致使它们的接受与传播只是在专业领域的有限范围内进行，而不像新媒体一样在社会各个阶层区域流行。新媒体的发达使这些报刊畅通了抵达读者的通道——如开设微信公众账号。读者只要关注，就可以随时随地、随心所欲地接触到前沿的文学批评。在这些微信公众号推送文学批评文章的下方还常常有给读者评论的“留言区”，比起纸质文学批评的“读者来信”形式，新媒体以其快速直接的方式聆听了更多读者的声音。文学批评在过去属于圈子里的话语，受众面较小，随着传统媒体和新媒体的携手发展，文学批评也可以变得普遍。按照以往的流程，喜欢作家小说的人应该是先期盼小说的面世，再通过报纸杂志刊载的介绍来了解小说，数月或数年后才能读到专业性较强的评论文章，而微信的便捷无异于给作者、读者、评论者提供了畅谈的虚拟沙龙和真实可感的即时评论，何乐而不为？

新媒体语境下的文学批评的发声者存在着观点不够客观、语言“任性”的弊端。很多批评者的言论未经审核就已经在网络上肆意传播，导致有些负面或虚假的言论造成不良影响。经常有“标题党”为了追求点击率，发布可能让人误解的只言片语，而读者不明就里甚至不打开内容仔细审读便转发。这一方面是因为网络传播速度快，监管还没及时跟上；另一方面是因为文学批评在新媒体的作用下呈现出私人化的特点，批评者太主观、太随性，不能沉淀，更不等“操千曲而后晓声”，有损文学批评的客观性和科学性。新媒体语境下，零散的、纷乱的、不同层次的、不明真相的批评者可能被他人蛊惑而成为水军“炒作”的利益工具。网络的虚拟空间本该使人与人成为自由的交往主体，可这种“自由”往往掩盖了另一种“压制”，从某一信息源传播出的信息未经过滤便向外辐射，潜移默化、添油加醋地层层控制受众，受众若无明晰的辨别力和坚定的判断力便会被控制而不自知。寻求利益最大化的批评不仅不利于文学的健康发展，而且会误导大众，造成人文观念的促狭。新媒体盛行情境下，文学批评的权威性、学术性遭遇到质疑和调侃。文学批评本身是一种精神劳动，需要阅读的天赋、经验的打磨和学理的积淀。而新媒体语境下的文学阅读、文学评价则是以轻松、愉悦、扩大知识面为主，这就使新媒体语境下的文学批评与传统文学批评在批评观念、批评方式、批评追求方面有所区别。某些网络文学平台的存在虽然给教师、学生、业余爱好者等提供了便利，但有时平台上的内容,对于文学研究者阅读来说不够深入,对于普罗大众来说又过于专业,这导致此类平台的人气并不是很高。《小说月报》的微博只有十万多粉丝,这相对于那些明星微博、美食微博几千万粉丝来说实在是太微不足道了。为了吸引眼球,有些网络文学平台便会在文学评论中加入娱乐性内容,这就与文学评论扩容的初衷背道而驰,不仅不能建构文学批评的绿色、健康、可持续发展之路,还损伤了文学批评的元气。

新媒体语境下,当代文学批评的对象是一个值得进一步思考的问题。即新媒体语境下当代文学批评的批评对象究竟还是不是文学,又是一种怎样的文学,这涉及新媒体语境下文学之文学性的问题。一般来说,传统意义上的文学批评是一种面向文学文本的批评,批评的对象主要是文学本身。在新媒体语境下,文学文本的外延已经扩展,文学之文学性问题俨然已不是纯文学所能涵盖的。传统的文学之文学性问题在新的语境下已经遭遇了严峻挑战,内涵变得模糊。这样一来,新媒体文学之文学性问题就形成了一个问题域,也关涉新媒体文学批评的价值取向问题。

新媒体语境下的文学批评不以实用为目的,却能够从情感上吸引读者,进而满足其审美需要。然而,新媒体中的"文"究竟能不能让读者超越表层的形象因素,从表浅化的情感因素中走出,摆脱现实观念与实际利益的束缚,进而营造出一个情感世界,并给读者带来共鸣,则是一个值得探究的问题。批评的文学性不单单经历了祛魅的过程,它更是蔓延到了生活中的各个领域。

尽管新媒体语境下的文学批评存在着各种问题,面临着各种困惑,但我们依然可以感受到在传媒与文学批评的互动中,写作者、传播者、阅读者、批评者之间的距离正在缩短,媒体的观念和品位正在被规范,批评的公信力和亲和力也在逐步提升。

一、新媒体语境下的文学批评的阶段

新媒体语境下的文学批评借助数字移动终端展开,自由、灵活,快速而高效。新媒体语境下的文学批评由于字数限制，篇幅通常比较短小，这一点近似博客，呈现出笔记体的特征。它也可以视为对“报网融合”的批评、网络博客中的批评、网络文评与网络影评等网络公共领域内部批评的早期形态的延伸与提升。

1.“报网融合”的批评

“报网融合”的批评是作者与读者之间的互动，这样的模块或专区可以视为供新媒体语境下文学批评加以借鉴的一种早期形态。比如，2003 年 4 月开始的《北京青年报》的“天天副刊”在北青网论坛上建立投稿专区，促进了编者、作者、读者之间的互动。《文汇报》的“笔会”副刊在文汇网专门开辟了“笔会在线”，以供作者与读者之间的交流。“报网融合”发展至今，呈现出多样化的特点。各传统媒体在保持原有元素的基础上，也融入了新媒体元素。《人民日报》《光明日报》等传统主流媒体纷纷开通手机版、网络版，形成“报网”互动的局面。“报网融合”能够更快、更便捷地寻找公共话题，制造热点，引导舆论。然而“报网融合”这样一种模式也存在着问题，它在寻求热点新闻与文化事件的同时很容易走向极端，即在商业利益的驱动下，刻意炒作热点，博取观众与读者眼球，将所要炒作的事件借助互联网迅速传播，却不能鞭辟入里、举一反三，这使得“看与被看”的围观模式一次又一次上演。

2. 网络博客中的批评

博客是网络公共领域内进行批评的另一大空间。博客文体具有随意性的特点，显示出笔记体或日记体的特征，博客写作的互动性与可链接性为博客文学的传播与接受提供了便利。博客本身就是一个舆论群，博客上一些著名的写手依凭长期积攒的人气与点击率，成为意见领袖，他们可以催生信息热点，引领网络的舆论导向。新浪微博就是微型博客，逐渐成为人们日常发表评论、感慨，展示心情的平台。对于受众来说，博客既是新闻也是娱乐。多对多的交流模式使得信息迅速成为一张四通八达的网，把人们紧密相连。而人们也已经将博客作为社会化开放性平台，处理事务、发表言论、结交朋友。由于博客进入的门槛较低，造成了写作与批评的乱象，博客写手或者批评者为了顺应大众，以通俗甚至媚俗的姿态向受众献媚，创作与评论呈现出向娱乐化趋附的倾向，实际上这也是理性缺失的表征。

3. 网络文评与网络影评

网络文评与网络影评是借助互联网展开文学与文化批评的又一种重要形式。网络影评面向大众，释放出了巨大的批评活力，有一些网络文评或网络影评的评论质量甚至高于学院派的批评。然而存在的问题也是显而易见的。网络文评与网络影评的文字过于随性，风格标新立异，其批评话语鱼龙混杂，甚至会出现话语暴力的情况，话语问题实际上凸显出的是批评者价值观上的混乱。网络文评与网络影评有时会采用符号、图形、谐音等形式展开批评，为既有的文学批评增添了趣味。如果将传统的批评标准套用于网络文评与网络影评，难免会减少批评的韵味。实名制虽然对网络批评作了规范，然而这种做法会在很大程度上限制批评的发挥，导致网络批评者不敢发声。从长远来看，这不利于网络批评的健康发展。还应当注意的是，网络作品的类型化容易造成网络批评的程式化。就网络小说而言，穿越、玄幻、同人等类型小说千篇一律的特点造成了批评的标签化。标签化的批评仅仅停留在文本的表面，它是按照某种类型的网络小说的既定模式去批评，这种批评其实很难被称作真正走进文学的批评，更不用提其所应当具有的历史深度与审美内涵了。

新媒体给人们生活的各方面带来了翻天覆地的影响。针对新媒体的各种研究，在当今的形势下是十分重要和必要的。对新媒体的研究也会随着科技的发展不断产生新的变化，而学者要以开放、积极、及时的态度进行归纳和研究。

二、新媒体文学批评的研究概况

国内对“新媒体”的研究热潮从2007年开始，论文数量连年飙升，硕博学位论文数量显著上涨，学术专著大量出版。与文学相关的研究成果则大概从2010年开始呈现逐年上升的趋势。在论文期刊方面，国内的新媒体与文学批评相关的研究主要分为四个类别。第一个类别是以“变化”为关键词，宏观又深入地分析新媒体时代文学批评与之前文学批评的异同。例如白烨在《文学批评的新境遇与新挑战》(《文艺研究》2009年第8期)中分析了在市场化、大众化和传媒化的文学语境下，文学批评主体和批评阵地所发生的转变，网络空间文学批评内容的草根化和民间化等特点也凸显出新媒体语境下文学批评研究不可忽视的潜质与前景。欧阳友权在《新媒体与中国文艺学的转向》(《文学评论》2013年第4期)一文中提出数字媒体的强势崛起，改变了文艺学研讨对象的语境规则、文艺学研究的理论秩序，修正了文艺理论的学术语法。拙文《新媒体与当代文学批评之新变》(《文艺争鸣》2018年12期)提出了新媒体时代下的文学批评研究思路的转变、批评主体的扩容、批评方法的多样和批评标准的更新等观点。此类变化性的研究从冗杂的现实情况和繁芜的文学现象中厘清了新媒体影响下的批评话语、批评标准和批评秩序等的嬗变。第二个类别是将研究“落实”到具体问题，考察了新媒体语境下文学的生产与发表机制、批评范式、批评路径等问题。例如早期张春林的《传媒语境中文艺批评的话语反思》(《文艺评论》2002年第6期)一文重点从小众与大众、学院批评和媒介批评、文艺批评的话语空间三个角度对新媒体语境下的文学批评话语进行研究。钟丽茜在《新媒体时代文学的跨界异变及未来走势》(《文学评论》2016年第4期)一文中，分析了在新观念、新媒体和新技术催动下的文学文本形态、创作模式、解读方式和发表机制。拙文《新媒体文学批评的可能路径之一——以“腾讯文学评论专区”为例》(《当代作家评论》2019年第2期)将具有代表性的腾讯文学评论专区作为考察对象，分析了它的基本构形及特征，以此窥见文学批评的新走向。以上具体而有针对性的分析细化了新媒体与文学批评的研究。第三个类别是从“文化”视角切入，对新媒体空间内的各种文化现象进行探讨。例如陈伟军在《新媒体语境中的文化引领与价值形塑》(《现代传播》2013 年第 7 期)中对文化价值维度的分析，其目的是推动发挥全社会的创造精神和创造活力。刘琛在《新媒体文化的迷思：生于“恶搞”，归于何处?》(《文艺争鸣》2015 年第 10 期)一文中剖析另类文化“恶搞”的兴起、传播以及未来的发展，并指出主流—另类文化格局的重构以及分野所造成的影响。余虹在《新媒体时代如何增强中国的文化自信》(《人民论坛》2017 年第 4 期)中探究了如何借助新媒体塑造中国文化自信和中华民族的核心价值体系的问题。总体来说，对具体文化现象的考察实际上是对所属时代文化特性的考察，这些研究捋清了新媒体和文学批评研究背后的文化逻辑。最后一个类别是从跨学科的角度，从美学、艺术等方向对新媒体与文学批评进行研究。例如，许鹏的《新媒体艺术的理论误读辨析》(《文艺研究》2008 年 12 期)对新媒体艺术的技术特性、艺术特性和文化特性明显存在的一些理论误读予以澄清。王德胜的《“微时代”的美学》(《社会科学辑刊》2014 年第 5 期)指出“微时代”个人风格的泛化与文化民主的“草根化”的盛行现象。邵燕君的《网络文学的“断代史”与“传统网文”的经典化》(《中国现代文学研究丛刊》2019 年第 2 期)借用网络文学业内出现的“传统网文”的概念对网络文学二十年的发展史进行“断代史”性质的考察。

在硕博学位论文方面，相关成果也十分丰富。2010—2020 年十年间，以“新媒体与文学”“新媒体与文学批评”为关键词的硕博学位论文数量比较可观。例如，辽宁大学卢兴的《电子媒介视域下中国现代文学经典研究》(2014 年)一文以新媒体为切入点来考察国内各类现代文学的传播现象和事件，并对电子媒介语境下的现代文学经典价值进行反思。福建师范大学林雯的《论北美华文网络文学的第一个十年》(2012 年)一文，分析了全球经济格局变动和新媒体数字化发展的现实状况，总结了北美华文网络文学的第一个十年的特点与成果，并挖掘出其背后所代表的跨文化、多元文化语境下的文学创作特色与意义。陕西师范大学翟传鹏的《媒介化时代文学生产批判》（2013 年）回答了在新媒介的生存状态下“媒介对社会文化产生了怎样的影响”“文学发生了哪些变化”“如何评价文学现状”“文学未来走向哪里”等重要问题。武汉大学杨紫玮的《融入日常生活的文学消费——新时期以来文学消费的演化逻辑》（2018 年）分析了 20 世纪晚期以来中国社会转型、消费主义和新媒体发展等因素叠加后的文学消费问题。相对于博士学位论文对宏观文学批评现象的考察，硕士学位论文的研究更为具体，其中包含对微信文学、微博评论、网络文学、非虚构文学、文学生态等方面的研究，代表有以广西师范大学宋婷的《网络文学批评特征论》（2011 年）、广西师范学院蒋克难的《新媒体语境下的微博文学》（2013 年）和湖南师范大学周一帆的《微信文学的存在方式研究》（2019 年）等。

新媒体与文学研究相关的学术专著不断增加，大致分为两个类别。第一个类别以“整体性考察”为主，将“新媒体和文学”及“新媒体和文学批评”作为研究核心，着重梳理和分析新媒体视域下的文学现象，总结和归纳文学理论及批评出现的变化与革新。研究的范围涵盖了文学的体裁、形态、发展，涉及文学与新媒体技术、传媒技术、网络技术等多方面。代表性的学术专著有王绯的《21 世纪新媒体与文学发展》（社会科学文献出版社 2012 年版）。该书结合了传播学、社会学等方面诸多专业知识，研究新媒体对文学发展的影响，在回顾新媒体与文学之间的历史记忆基础上，分析当下新媒体的文学现象并预言未来新媒体与文学的发展趋势。该书将第五媒体（手机）作为研究重点，揭示了“跟进小说”“伪语境”“网络小说的文本造访”“游戏绑架后的手机文学”等现象的内在逻辑规律和现象背后的文化本质。唐东堰等主编的《网络与新媒体文学》（北京大学出版社 2018 年版）更为关注新技术格局下的文学发展样态。该书最显著的特点是对新媒体下的各种代表性热点文学问题进行探讨，如对移动文学、网络接龙小说、博客日志、短信文学与微信文学、朋友圈文学等进行了总结和归纳，指出了新媒体文学文本构成的综合性、文本结构的开放性和文本形态的及时更新性等特征。第二个类别是以“美学”为切入点，分析新媒体空间内的美学问题。任何一种新媒体的出现，都意味着旧有美学标准的调整与新的美学原则的兴起。例如王德胜在《文艺美学如何可能》（南京大学出版社 2018 年版）中对美学学科理念的丰富与一系列悬而未决的问题进行了探讨。周海波的《新媒体时代的文体美学》（广东高等教育出版社 2019 年版）对新媒体空间内的诗歌、小说、散文的审美特点和价值进行了挖掘。

近十年来，国外对新媒体与文学批评的研究大致可以分为两种研究路径：第一种是“新媒体研究中包含对文学的探讨”；第二种是“文学研究中纳入对媒介性的考量”。两种研究的视域和侧重点不同，但是都对“媒介—文学”进行了深度审视。前一种研究的代表性著作有罗伯特·洛根（Robert K. Logan）的《理解新媒介——延伸麦克卢汉》（复旦大学出版社 2012 年版）。该书对新媒介的语言迷思、生成语法、发展定律进行了深刻解读，其中“‘新媒介’对书面词的冲击”“口语或数字口语”“书写文本的终结”“互动文本”等章节考量了新媒体与文学之间的关系。保罗·莱文森（Paul Levinson）的《新新媒体》（复旦大学出版社 2014 年版）一书重点关注 Facebook、Twitter、YouTube 等世界知名社交媒体，如在“博客”一章中，对博主控制评论、评论别人的博客以及博文发表后的修改等问题进行了研究和探讨。鉴于很多博文同样具有文学属性，而博文下方的留言评论也是文学批评的形式之一，那么这类研究同样是在关注文学作品在新媒体空间内所遭遇的一系列问题。芬兰作者考斯基马（Raine Koskimaa）的专著《数字文学：从文本到超文本及其超越》（广西师范大学出版社 2011 年版）是较早考察数字媒介对文学影响的著作。考斯基马将数字文学分成了四类，即印刷文学的数字化、原创文学的数字出版、应用由数字格式带来的新技术的文学创作和网络文学。考斯基马将应用由数字格式带来的新技术的文学创作和网络文学统称为“数字媒介写作”，而创作的作品为“数字文本”。“数字文本”最显著的特点是文本结构的多线性（超文本性）、文本结构的动态性（赛博文本）、阅读中读者的参与性（遍历性）、创作环节的高技术化（赛博格作者）。“人类和机器的结合”不只可以用来描述新媒体内的文学作家身份属性，也可以描述文学批评者的特性。多线性、超文本性、交互性不仅是数字文本的特色，同样是新媒体语境下文学批评的特色。后一种研究的代表性著作有西德尼·I.多布林（Sidney I.Dobrin）的《生态、写作理论和新媒体》（*Ecology, Writing Theory and New Media*，劳特利奇出版社 2012 年版）。该书针对新媒体融合现状，对生态写作进行了延伸性研究，论点突出网络理论、系统论和后人文主义对写作的塑造。玛丽·哈塔瓦拉（Mari Hatavara）等的《叙事理论，文学和新媒体：叙事思维与虚拟世界》（*Narrative Theory, Literature and New Media: Narrative Minds and Virtual Worlds*，劳特利奇出版社 2016 年版）一书对新媒体空间内叙事、文学与社会和版权问题进行了探讨。J.斯特劳伯（J.Straub）的《新媒体的崛起 1750—1850：跨大西洋话语与美国记忆》（*The Rise of New Media, 1750-1850: Transatlantic Discourse and American Memory*，帕尔格雷夫·麦克米伦出版社 2017 年版）一书梳理了在计算机、新媒体、人工智能影响下的 18 世纪美国文学史和文学现象。以上研究的领域和重点虽然各有不同，但是从中不难看出，新媒体技术的确塑造和建构了新的创作样态，而文学作品及文学批评在新媒体空间内也衍生出了一系列问题，如写作与技术之间的关系、叙事方式的改变、文学批评的简短化、转载版权的归属以及人工智能对传统写作的冲击等。这些转变昭示着新媒体重塑了文学批评主体的思维方式，冲击了旧有的文学批评机制，至于重塑到何种程度，则需要进一步研究。

综上所述，国内外的研究既有各自的学术观点，也有互相交叉和借鉴之处。国外学者更多的是对既有媒介研究的延续和更新，在研究中包含了对文学规律的窥视和探讨，在文学批评中纳入了对媒介因素的考量。国内学者大多以已有理论基础，结合中国的现状进行分析。总体来说，新媒体与文学批评研究作为一个年轻且有活力的研究课题，从现实出发，但又超越现实，既有深厚的历史积淀,又是新兴的跨学科研究,体现了其背后所包含的科技伦理和人文关怀。就近十年的成果来看,新媒体与当代文学批评的研究取得了一定成绩,但仍然存在一些待挖掘的研究空间。新媒体与当代文学批评的研究需要得到更多的学术滋养,才能实现长足的发展。

第一章　新媒体与当代文学批评之新变

新媒体是以数字及互联网技术为支撑的媒介传播方式，移动终端、网络平台为其主要信息接收工具，电子期刊、数字广播、手机 App 等皆可纳入其中。新媒体信息传播具有交互性与即时性、海量性与共享性、个性化与社区化等显著特点，越来越深刻地改变着舆论的生成方式、传播渠道和接受样态。当代文学批评具有时效性、现场感且充满生机与活力，它的研究已经离不开屏幕、浏览、发布、转发这些关键词。新媒体以新锐的运作理念、价值标准干预文学批评的全过程，使其具有发言主体的实存（纸质）与虚拟（线上）交汇、批评观念的批判性与建设性并立、批评话语的话题新异性与对批评法则（如对文学批评思想伦理、人文情感、艺术追求）的坚守共存等特征。新媒体介入文学批评，既有利于全息化文学批评格局的形成，也在新形势下为当代文学批评提出了新课题。

第一节　新媒体语境下研究者阐释思维的转换生成

在文献整理方面，新媒体为当代文学批评提供了深广、高效、精准的支撑，以致研究者思维形式改变。新媒体的特点一是数据数量庞大、海量，二是信息处理速度高效，三是为用户提供的服务质量上乘。面对任何研究课题，研究者首先要做的是掌握国内外现状、分析已有研究资料，以便基于此提出自己的观点、论述，所作的研究在此基础上有哪些突破，期待实现哪些目的，研究的意义、价值何在，等等。研究的前期准备阶段，研究者已经适应并习惯了向网络求助，尽可能多地获取数据。

在对某一批评对象的匡订、信息采集、分析挖掘等方面，新媒体提供了前所未有的便捷、快速与高效率。新媒体终端及其承载内容是以"数据"为基础的，数据既可以是如图书馆或高校的数据库这种有限数据的集合，也可以是如微博、微信等社交网络上的无限数据的集合。传统媒体（报纸、期刊）中尽管也蕴含着广博的经验资源，但是这些资源的传递是散在的、零碎的，研究者不易直接获取。传统媒体不具备新媒体所特有的信息检索功能（比如利用主题、关键词、作者等检索条目），读者主动挖掘知识信息的时间和精力成本都比较高。与之相比，手机终端、平板电脑等工具不仅蕴含着庞大的信息资源，并且具有智能、高效的检索功能，可以充分地对信息资源进行组织、挖掘、提取，并实现资源的个性化、有针对性的合理配置，这样的资料整合在纸质报刊、书籍时代是要花费数天乃至数月才能完成的。新媒体可将作品原著、相关资料、阅读评论等快速下载搜集、归类保存、建立资料库；亦可通过批注、链接等功能强化阅读体验；还可即写即存，以便研究者建立阅读档案，保存阅读记录。例如用户在中国知网搜索，只要留下痕迹，再次登录时服务商便会根据以往的搜索记录为用户推荐相关资料，数据信息伴随需求不同而变更，从而引领或顺应着用户的研究偏好而爬梳、厘定某些资料。只要用户登录账号，不论是在个人电脑还是在移动客户端上，都可享受一站式阅读体验，所有阅读数据都可在线保存并且同步到其他渠道。当代文学批评是建立在文学事实、话题现象、作家作品基础之上的批评，较之古代文学、文学理论等学科，它的对象是在场的、鲜活的、时时更新的，新媒体在工具、技术、方法层面为当代文学批评的资料整合提供了无与伦比的信度、效度与用度。报刊、广播影响着一代人的成长，电视、电影、数字网络、新媒体先后成为我们日常生活中休闲娱乐、获取新鲜资讯的渠道。茶余饭后人们不再是坐下闲聊，而是打开电视收看《新闻联播》，或追踪某部电视连续剧；节日假期即便是新年佳节，人们不再仅走亲访友，而是相约一同观看最新上映的电影，节日假期档的票房数值佐证了这一现象；面对有限的电脑屏幕，无论知识素养如何，是否具有读写的能力，海量信息都会将受众裹挟其中，受众可以最大限度地自主选择所需信息，不再是被动的信息接收者。

以“微博”这一新媒体 App 为例，“如果把微博世界比作一个信息超市，那么公众就不仅是一个消费者，可以主动地从信息超市的货架上获取自己所需的商品，同时，公众还可以是一个销售者，可以把自己生产的商品摆在货架上进行推销。微博的这种交流方式使得公众的自主性大大增强了，不但可以主动选择所需信息，而且可以就接收到的信息发表自己的评论和意见，大大增强了互动性。”①这个比喻十分贴切，它把微博应用平台比喻成一个超市，体现了微博媒介使用门槛的降低。更重要的是，在微博的使用过程中，公众具有较强的自主性。微博对字数的限制决定了在不强调内容“精博”的情况下，进行篇幅短小的微博创作是一件容易的事。因此，用微博生产和传播信息的门槛显得很低，不一定是作家，不需要哲理，不需要文思泉涌、长篇大论，只要有话想说，哪怕是无聊的嘟哝或随意的调侃，甚至一个表情符号，都可以成为微博发布的内容。同时，正是因为字数限制，短小的信息文本获得了灵活性，每一条微博可以被快速转发和阅读，每条微博所承载的新闻、思想、故事，乃至趣闻、笑话、牢骚，都可以用最快的速度，影响到数目庞大的受众，进而影响整个社会。因此，从某种意义上说，字数这一形式上看似极其有限的规定，反而为微博影响和改变我们的生活提供了近乎无限的空间。微博对文字篇幅的限制，使它从发布媒介上拉近了专业作者与业余网民之间的距离。即便你不能像作

① 蒋永峰：《微博——碎片化时代的意义表达》，《新闻世界》2010 年第 1 期。

家、记者那样长篇大论，你也可以轻松、自由地在微博上表达观点，记录生活点滴。传统的媒体如图书、杂志、电影等传播时期，只有少数人是内容的生产者，大多数人是内容的消费者，也就是信息的受众。可今天呢？我们不仅拥有论坛、博客、微博、社交网络等很容易发出自己声音的地方，我们还拥有了数据庞大的新媒体移动终端接口。微博的出现令人惊喜，人们不仅可以在家中、在电脑前使用微博发布和浏览信息，还可以通过手机，在任何公共场所和交通工具上使用微博——只要手机接入网络就行。因为简单，因为便捷，所以微博能够深入人心，使人人都乐于成为信息的发布者和传播者，也促使研究者适应媒介的转换带来的思路变更。

一、新媒体促成了研究者思维从因果性向关联性转变

运用新媒体进行资料整理正在改变人们考察文学的方式方法。麦克卢汉在《乔伊斯、马拉梅和报纸》一文中明确提出了媒介对人的能力的影响，“我们经历了许多的革命，深知每一种传播媒介都是一种独特的艺术形式：它突出人的一套潜力，同时又牺牲另一套潜力。每一种表达媒介都深刻地修正人的感知，主要是以一种无意识和难以逆料的方式发挥作用。”①不论我们以往的研究是先有论点再充实论据还是反其道而行，研究者总是从浩繁的资料中获取信息，经过分析综合、归纳演绎得出结论，正所谓“摆事实，讲道理”。例如，在对“全国优秀短篇小说奖”研究的资料搜集中，我们可以从获奖小说的题材分布入手进行考察：1978 年到 1983 年获奖的优秀短篇小说中，“伤痕”有多少篇，“反思”有多少篇，“改革”有多少篇，以及它们在各年度的分布趋势，由此可以推断出每届“打头”的获奖作品题材明显突出评委会的倾向。由茅盾、周扬、巴金等 23 人组成的评委会既有“权威性”，又有着相似的身份和意识，其文学评价标准决定着当时文学的基本面貌和走向。由于时间的切近，作品数

① ［加］埃里克·麦克卢汉、弗兰克·秦格龙编：《麦克卢汉精粹》，何道宽译，南京大学出版社 2000 年版，第 96 页。

目很好统计,围绕评奖的“讲话”“评论”“本刊记者”等相关文章也不难查找,加之研究者还原历史情境的推敲,得出结论也就顺理成章。随着新媒体的繁盛,我们的研究思维便从这种由因至果的线性转变成由点至面的发散辐射型思维。新媒体要求研究者更精练、更迅速地抵达目标,用一个精准的词语代替一段细致的描述。以中国知网为例,同一研究可以先将搜索主题定位“全国优秀短篇小说奖”(也可同时加入其他词频)进行“高级搜索”,网站即刻将与主题词黏合度从高到低的200篇文章排列出来。资料阅读过程中,研究者未必紧贴着作品、作家、评价这一路线进行,还可将周边观点挖掘出来,比如“当代文学制度”“小说修辞”“性别意识”等;也会将周边文献爬梳出来,某条文献被下载、被引的次数,某个刊物的影响因子等;还有更细化的分类来源,“学科”“机构”“基金”等,丰富多维。如果要查询近期关于灾难文学的文章,可利用微信公众号、微博,还有百度等一些渠道搜寻资料,可以根据浏览量、下载量、引用率以及评价对文章进行留存。只要在微信公众号中输入想要查询的文章,便会出现一批推荐的微信公众号,点击量高低一目了然,相关评论文章也各抒己见。无论早期形成的关于灾难文学的文章,还是近期的文章,都相互关联,将沉寂甚久的文章挖掘出来,也具有参考性和研究性价值。这种关联是当下共时的而非因果的,是瞬间形成的“蛛网”关系。这种转变带来的益处就是研究的开放性大大提升,网络在无形中将我们的研究视域放大,研究知觉的延伸能力与联通能力也得到不断加强。在键盘上敲出一个词语的时候,终端会呈现出几个、十几个,甚或更多同义的、近义的词语供研究者选择。在搜索栏里键入一个词,会有成千上万条信息浮现,这样的搜索为研究者提供了多角度、多观点的碰撞融合机会,提供了充满进取的创新能量。新媒体将“连接、分享、交互作为一种现代社会的哲学,用无边无际的点对点的信息之网,使‘互联网+’成为全社会的创新引擎”①。

① 尹鸿:《“互联网+”背景下的文艺生态》,《人民日报》2016年8月16日。

二、新媒体将资料整合的单纯文字信息向数据图像信息集成

新媒体使一切资料、现象和事物数字化，文字、图像、位置可以数字化，人的行为也可以数字化，它的资料整合是色彩、线条、图形、二维码等多形态的集成，高低上下立即呈现，一目了然。以往的文献资料多为描述性的，如在硕博学位论文、项目申请书的开篇经常有“国际国内研究现状”这一栏目，多以文字介绍为主。比如对老舍的研究，论文作者既可以从社会—历史分析的角度入手，从作家主体精神分析的角度入手，也可以采取计算机的智能计算方法来研究。有学者使用计算机作出统计，“《骆驼祥子》全作近 11 万字，只用了 2400 多个汉字，出现频率最高的都是常用字。认识 621 个字、相当于小学高年级水平的读者就可以通读这部杰出的文学名著”①。这一个例子意味着新媒体的研究手段又前进了一步。研究者可以在任何一个终端、任何一个网页打开《骆驼祥子》的电子文档，直接检索小说中有多少形容词（可以细分化到哪些形容词是 ABB 式，哪些是 AABB 式）、动词、语气词或者北京真实地名，整个检索过程不到一分钟即可完成，精准而快速。倘若更进一步引入“百度指数”，我们可以看出《骆驼祥子》的趋势研究（有 PC 趋势和移动趋势之分）、需求图谱、舆情洞察、人群画像（搜索者在各个省份的分布）等的点状图、色彩图、线状趋势图。以需求图谱为例，可以清晰地看出网友对《骆驼祥子》在过去一年内的“需求”是在“内容”上、“赏析”上还是在“读后感”上，以及上升与下降的动态变化，还可以通过“添加对比词”来看相关研究的对比状况。百度指数能够告诉用户：某个关键词在百度的搜索规模有多大，一段时间内的涨跌态势以及相关的舆论变化，关注这些词的网民是什么样的，分布在哪里，同时还搜索了哪些相关的词，帮助用户优化资源搜索。智能计算机计算和筛选方法也日益发展，电脑提供的一些实验数据表、图像或公式给予了受众更加直观

① 朱栋霖等主编：《中国现代文学史》第 2 版，高等教育出版社 2012 年版，第 188 页。

的感受。在实践中，这些数据被提供给大型博客运营者，以帮助他们对每天产生的数以千万计的博文进行有效分类组织；也可以给博文发布者提供恰当的博客分类建议，使其文章可以被平台有效收录、组织和展现。除此之外，我们能够筛选大量所需信息并进行数据分析。花样繁多的 App 问世，它们之间的竞争、改进给我们带来诸多便利，这是传统媒介所缺少的。一些软件研发可将单纯的文字转换为立体的、多维的图像。以“问卷星”为例，只需填入调查问卷，其他用户想要获得的信息均可绘成图表，根据直观的图像，用户可以进行分析，形成观点，促使用户提高效率，集成多元思维。

三、技术进步敦促研究者提升资料获取的灵敏度与忠诚度

在新媒体使当代文学批评更加便捷、快速、高效的同时，也不得不承认，技术进步、工具便利对研究者提出了更高的要求。

其一，研究者在新媒体的数据运用中要警惕——在思想与经验、主体与对象之间分清主次。前者必须将后者限定在可控的范围内，下载、复制、粘贴等手段如果完全代替了艰苦、枯燥的资料搜集，研究者会疏于思考、记录、整理，陷入庞大无边的数据黑洞中无法自拔。“艺术家的审美理想和情感世界是驱动创作的重要引擎，而人工智能却是无心的机器，冷冰冰的物理组件，它可以承担部分工艺制造，但永远不能取代艺术家的创造性劳动。”①资料本身并没有文艺研究不可或缺的价值论和认识论的分量，也不能单独构成对文学作品、文艺思潮意义的发现和阐释。文献整理的范围、对象和体例的确定要体现研究者的思想，如何确定关联的深广度、黏合度，则可体现研究者对这个平台的掌控能力。“实际上，正是在处理那些最普遍的对象和最为老生常谈的故事时，艺术想象力才能最为明显地表现出来。”②常常是，不同的研究者即便使用

---

① 徐粤春：《技术与艺术的辩证法》，《人民日报》2016 年 8 月 12 日。

② ［美］鲁道夫·阿恩海姆：《艺术与视知觉——视觉艺术心理学》，滕守尧、朱疆源译，中国社会科学出版社 1984 年版，第 196 页。

同一个搜索引擎,查找同一范畴的前期研究成果,却得出迥然不同的结论。如搜索“灾难文学”,有些学者注重的是批评文章本身,而有些学者会把数据保存,并进行分类整理,得出自己的观点。在搜索同一关键词时,研究者各自关注的点有所差异,有些进行分类论述,有些进行横向和纵向的比较,这与批评者的知识储备及思维有直接的关系。批评家的知识应随着新媒体这一媒介的传播而不断更新,紧随时代更替的步伐,及时更新知识和批评理论,莫要循规蹈矩。批评家在知识储备、理论评说方面既应该不断“升级”,又必须守持立得住的学术观点。大数据虽然加大了浏览者信息的容量,但也造成了盲人摸象式的信息浅表,这就要求研究者在广度无限放大的同时要坚守深度,触类旁通之后要举一反三。

其二,数据随时间持续产生、不断流动、进而扩散,处在时时更新之中,同样也处在时时丢失之中。正是因为新媒体的“在场”特征——批评家、作家都欣欣向荣,让人容易忽视文艺思潮、文艺论争的转瞬即逝,研究者应该未雨绸缪,从现在开始整理资料、文献,为将来的文学史备份。有些文章、观点只有电子文档,在新媒体数据中搜索很方便,可一旦作者将文章、微博、朋友圈删去,我们便无据可考,留下历史的空白与遗憾。对这些电子文档略加分类,便可归纳出以下几个方面:一是作家本人的创作谈、文学感悟。如在中国作家网上有很多2018年优秀网络文学原创作品入选作家创作谈,其中丁墨(本名丁莹)在创作谈中谈到“梦想”。她说:

过去几年,网络文学风起云涌,百花齐放,我们经历了IP热潮和调整期,也面临新的机会和挑战。如何使自己的创作在高速发展、激烈变化的环境中,始终具有独特、稳固的价值,是很多作者都会思考的问题。

我时常回想,自己当年提笔写作的初衷。上面的问题,似乎就有了答案。

是同一种东西,驱使我们开始写作。驱使我们在写作的一开始,

> 承受偏见、寂寞甚至经济压力，走入千万人迎面而来的网络世界，开始造梦。我们每个人编织的，都是这宏大梦境的一角。时代的激流夹涌着每个作家拼命奔跑，进而又铸造了新的阅读时代。群星辉映，大神云集，闪耀在许许多多青年人的阅读天空中。这，才是我们写作的初衷。①

网络文学与生俱来的这份带着野性的青春热血，也通过网络传递给亿万读者。正是有一些创作谈，读者才能真切地感同身受，在保存资料过程中受到启迪，但愿网络文学这棵大树，始终开满五彩缤纷的梦想花朵，于写作者和阅读者的人生中，都结出鲜美甘甜的果实。二是评论家、朋友、亲属、学生甚至“粉丝”的琐记。三是作者和“读者”的互动留言。这些浩如烟海的电子资料随着作家“开博”“朋友圈”时长的延伸而越积越多，它们和纸质文档共同组成了一个内容丰富而且充满想象空间的“作家的故事”。对于这方面的研究资源是不容忽视也不容错过的，“在网络上进行文学批评，对于当下的专业批评家而言，不是一个技术壁垒的问题，而是能不能正视今天的文学生产新变、迅速抵达网络现场的问题。”②即便是电子版的文献资料也留有历史遗痕，是事件发生时的思想记录，是珍贵的历史档案，研究者应予以重视。

其三，有新媒体的数据技术支撑，整理资料并非难事，关键是“述”而后“作”，要从资料中提炼出可资研究的观点，挖掘出背后的真与深。当代文学批评不是只顾眼前的分析，而是与历史进程、生活实质、文化渊源相关联的，是注重文学的内部和外部，注重文学作品的内容形式和精神实质的结合的批评。在充分占有原始资料的前提下，研究者要借助历史比较、个案研究等方法，全面分析、整理、阐述批评的特征及意义。新媒体为研究者提供了强有力的新工具，使人们能更加容易地把握事物规律，更准确地认识世界、阐释世界。但在

---

① 《“2018 优秀网络文学原创作品”入选作家创作谈》，2019 年 2 月 25 日，见 https://www.chinawriter.com.cn/n1/2019/0225/c403994-30901401.html/。

② 何平:《对话和协商的“新批评”》，《人民日报》2014 年 5 月 23 日。

当代文学批评中实现新媒体的价值最大化，唯有坚持对象、技术、思维三位一体同步发展，才能事半功倍。

第二节　新媒体语境下当代文学批评主体与批评方式的重组

新媒体对当代文学批评构成要素的重组和创建，催生了新型的批评主体组合与话语表达，不但提升了新媒体自身的信息蕴含，也促使当代文学批评逐步重视新媒体上众多的批评表征。宽泛的新媒体语境下的当代文学批评是从传播媒介角度来说的，只要是通过新媒体终端传播的批评话语都可纳入其中，可以是纸质媒体批评的数字化，也可以是写作者直接临屏写作。随着媒体的不断进步和发展，文学批评的对象不断扩展，它可以是一部小说、一台话剧、一部电影或者电视连续剧等。在这样的前提下，接受群体都可以对其发表自己的看法和观点，用自己的思考对其进行鉴别和分析，并将成果与他人进行交流与分享，这就使得传统的文学批评突破了对批评主体和批评对象的限制。严格的新媒体语境下的当代文学批评则是从制作方式的角度说的，批评者通过博客、微博、论坛等途径发言，其写作、传输，阅读者的阅读、反馈都在网络空间里进行，各方观点能直观、即时地碰撞、交汇，这是文学批评的新方式、新语言。它有三个明显的特征：一是多维度，批评基于文字又整合了符号、表情、图像、声音、视频等，写作和阅读均调动了一切可以调动的思维、感官、视觉因素。二是多向性，批评文本包含了多向发展的可能性，以语义关系、语境或事理分析为线索，点击不同的链接可以进入不同的阅读空间，信息量在传播过程中呈几何量级增加。三是转换性，作者、读者、传播者的身份界限不明，某一文章从作者那里到了读者，读者又将自己的见解附上再转发，他就兼具了读者与传播者的身份，而至另一层级的读者，再跟帖后转发……"主体不是单纯被动地破译和了解认识对象，而是透过直接参与和反馈来影响和改造认识对象”①,经过层层添加、剥离、过滤,信息的原初发出者、中介转换者、最终接受者变得扑朔迷离。

一、新媒体将当代文学批评实践的主体队伍重新格式化,使其以社区的方式聚合

就如麦克卢汉曾经的预言,信息化社会不仅使世界变成了一个鸡犬之声相闻的地球村,而且也会因为信息使用形成各种超越空间距离、民族差异的新的虚拟部落,信息将使得人群“再部落化”。当代文学批评在新媒体的发言者有这样几大类:有文学期刊的编辑。比如《文学评论》的微信公众号上的“编后记”,是刊物编辑对该期内容进行的总结和提炼,从中我们可以感受到编者的初衷理念、评价标准,点评字字珠玑、一针见血,与所编发文章相得益彰。再如“保马”微信公众号中的“每日一书”,根据每期所写文章的方向来推荐书目,一些专业领域的书籍重现视野,也使一些被遗忘的作家再现江湖。各微信公众号发表评论和观点,在学术界碰撞出思想的浪花,各流派“针尖对麦芒”,两个或多个微信公众号之间用文字交流,读者也积极参与其中,使实践主体队伍在互交互通中发生变化。有作家本人,他们的随笔、创作谈受关注的程度甚至超出了作品本身。迟子建的《群山之巅》发表在 2015 年第 1 期的《收获》上,同年的香港书展上她发表了题为《文学的山河》的演讲,是她对几年来创作历程的回顾,这段演讲的文本、视频、截图在各个网站传播,有着极高的点击率。余华、苏童、毕飞宇等作家的笔谈隔一段时间便会出现在《收获》《当代》《小说月报》等微信公众号上,有着不俗的传播力。来自高校、社科院、文联等领域的专业文学评论家利用博客、微博、微信公众号来发表文章,有理论的高度,也有文字的质感,他们有着庞大的接受群体。新媒体最吸引人的地方在于它的互动性、开放性、共时性,这种方式常常能激发人的灵感,过去在报纸和杂

① 吴思敬:《新媒体与当代诗歌创作》,《河南社会科学》2004 年第 1 期。

志上发表了文章久久没有人提及,在网络中则拥有数量庞大的反馈。此外,发言者还有网站的推送者、单纯的文学爱好者……这些人在新媒体发轫以前是不易被聚合在一起的。当然,也不排除有发言者是抱着娱乐、宣泄、报复的动机来看热闹的,他们在作品中发现任何不尽如人意之处都会将其无限放大,言辞激烈,在此恕不将他们的发言视作"文学批评",因为他们评论的不是文学艺术,而是自己的情绪。

新媒体没有发挥效用之前,这些批评实践主体是散在的、隐身的、异构的,新媒体的开放性、全球性、即时性、互动性、低成本等特点决定了它能直接联通作者、读者、编辑、评论家等每一个人,满足他们发表和观看批评的欲望。网络模糊了现实社会中批评主体的年龄、性别、学历、身份,使他们重新格式化,使得文学批评向"社区化"转变——以共同的兴趣爱好、审美标准和价值取向为纽带,由特定人群组建的,信奉和推行群体内特有的文化价值体系、思维方式和欣赏模式的族群。"社区化"的特征有些类似于以往的"同人"杂志、文学研究社团,所不同的是批评的社区主体在身份上是虚拟的,在组织上是松散的,在时空上是离散的。比如,在微信中关注"文艺研究"微信公众号的网友即可成为一个社区的成员,他们并不一定实名认证,也不一定经过严密的组织程序和忠诚度测试才能成为粉丝,他们的关注点及信息反馈也不在同一时空……再如,在同一贴吧的成员,他们意见相左,心态各异,发表的评论无论是在专业性、文学性还是在传播性上都存有巨大差异,但他们是被同一位作家或评论家维系在一起的,因此他们就组成了共同的社区。

当代文学批评主体在新媒体语境下的社区化,优点在于其凝聚力。由于社交软件的低门槛使用策略,各大社交媒体已成为不同群体汇聚内部声音的重要场所,可以将有大致相同审美趣味及水准的人聚集在一起交流心得。"在姚斯看来,文学的本质是它的人际交流性质,这种性质决定了文学不能脱离其观察者而独立存在……文学作品的历史生命如果没有接受者能动地参与介入是不可想象的,因为只有通过读者的阅读,作品才能够进入一种连续性变化的经验视野中。”①现有的批评社区很繁荣，有以博主、群主为领袖的，会在一些网站中发布同好的QQ群，为批评主体找到更多的同道中人；有以作品、话题为核心建立起来的，如百度贴吧的使命是让志同道合的人相聚，不论是大众话题还是小众话题，都能精准地聚集大批同好之人，展现自我风采，推动思想交流、更新和转换；有以某网站的论坛、专区团结在一起的，如起点论坛，人们可以在其中找到共同的话题。在新媒体语境下，专业批评需要自我反省、自我定位，重新进入文艺流通的循环过程中，获得自己的专业权威。同一领域的研究者要不断吸收先进的文化思想和批评理论，这样，不仅增强文学创作者的创作活力，也促进各种思想相互学习、借鉴，从而完善自身理论和思想。

文学批评社区发展的弱项在于它还没能建立起各自的灵魂。社区本身缺少严格意义上的“把关人”，没有人可以确切地把关某一批评议题的持续时间、用户参与度、批评者的成长程度，个体间的观点争执常会引发群体间的论战，没有准入门槛的访问标准、入门等级致使社区难以向更高级别迈进。“把关人”这一概念最早是由美国社会心理学家、传播学四大奠基人之一库尔特·卢因提出的。卢因指出：“信息流动的渠道中总存在某种‘关区’（gate areas），即根据公平的原则，或者根据‘把关人’的个人意见，而决定信息或食品是否可被允许进入渠道，或继续在渠道里流动。”②“把关人”既可以指个人，如记者、编辑等，也可以指媒介组织，同时也是对政府扮演“把关人”角色的补充，改变了由政府掌控公众舆论的单向传播方式。社区用户可以按照个人意愿选择或退出话题组（博客圈、朋友圈），与相对封闭、固化、以文会友的现实社区（如学会、研究会等）相比，新媒体社区结构的动态性、社区之间的兼容性和用户成员的流动性使得批评信息的内容、形式都更加复杂。用户会按照个人喜好去结交其他用户和选择社区，并且在同一时期拥有不同的身份或取向，

① 朱立元：《接受美学导论》，安徽教育出版社2004年版，第63页。

② ［英］丹尼斯·麦奎尔、［瑞典］斯文·温德尔：《大众传播模式论》第2版，祝建华译，上海译文出版社2008年版，第148页。

因此一个社区的灵魂就显得异常重要。就好像著名的“磁石”比喻:“有一种神力在驱遣你,像欧里庇得斯所说的磁石,就是一般人所谓‘赫剌克勒斯石’。磁石不仅能吸引铁环本身,而且把吸引力传给那些铁环,使它们也像磁石一样,能吸引其他铁环。”①这一学说可以借用到社区的灵魂中来,这灵魂须具备:可以是博主的个人魅力,可以是对某一文学批评宗旨的拥护(比如倡导文学的“为人生”),也可以是某一专区的网络氛围(比如“新人写作指导专区”),要有磁石般的魔力,牢牢地吸引用户。

二、新媒体使文学批评的方式以人、网络、评价交互回旋为主,文学批评的舆情可通过即时感、循环量、口碑度来考量

新媒体的多媒介、多兼容、多互动等特性,使当代文学批评获得了人(批评主体)—网络(批评工具或媒介)—评价(批评的实现)三者交互回旋的表达方式,人通过阅读(电子或纸质)、评价提出观点,发表在网上,引发下一波的阅读、评价。微博、跟帖在篇幅和逻辑上可能没法跟传统的文学批评分庭抗礼,本部分仅以博客文章这一较为严谨的新媒体批评方式的结构来说明这种“回旋”。博主通过自创和转发来满足自身发表言论、提高人气和话题关注度的需求,每个人在发布博客的同时也可以转发别人的文章,关注的人都能看到并适时转发,形成庞大的信息网。博文包括标题、正文、标签、回复、引用、友情链接等项目,前三者可对应“话题”“分类”,除了“话题”对应几个“子话题”,与传统媒体的批评差别不大;后三者可对应“博客社区”,这是新媒体批评最大的亮点,因为“博客社区”对应“兴趣群体”“情感群体”“社交群体”,群体和博主可交流、互动,群体和群体之间可交流、互动,由这一群体成员还可链接至别的成员乃至别的话题,这就与传统批评的作品发表—大众阅读/评论者评价,评价发表—作家阅读/大众阅读/其他评论者阅读的信息链条的走向、趋势

① ［古希腊］柏拉图:《柏拉图文艺对话集》,朱光潜译,商务印书馆 2013 年版,第 7 页。

有很大不同。

新媒体为当代文学批评提供了批评舆情的即时感、循环量、口碑度。“舆情”从字面意义分析即舆论和情况,“舆”是公众,“论”是意见,批评的舆情是在特定的文学批评空间内,发言者围绕某一特定的文学事件的产生、发展和变化而集体持有的某一种或某一类主观看法和主观态度。它的即时感表现为对作品的研究几乎与作品同时出现,比如《收获》微信公众号在 2016 年 3 月 15 日推出了张悦然的长篇小说《茧》的选读,同期便刊登了金理对小说的评论文章《创伤传递与修复世界:〈茧〉读札》,甚至设置了“微信专稿”的栏目,3 月 16 日刊登了双雪涛的《双手插袋的少女——读〈茧〉札记》,也是对《茧》的读书札记,可谓第一时间发布。它的循环量表现为对某一作家、作品的重播次数、频率,比如陈忠实在《白鹿原》被改编成电影时关注度提升、去世时被缅怀,2016 年 8 月 8 日百天祭奠之际,“当代”微信公众号推出了《贾平凹:再忆陈忠实》。又如每年“三八”国际劳动妇女节的时候微信公众号会重提丁玲的《三八节有感》,中秋节的时候重提张爱玲的生前身后事,这种往复使文学常读常新。新媒体文学批评舆情的获知途径有:网络电台新闻(按时间顺序由近及远)、自媒体发布(微博、博客、留言、回复)、论坛(贴吧)帖子原文及回复、社交媒体的推介、网站上的评分等,这些意见共同构成了主流的“口碑舆论”。尽管有网络水军等不正当手段的干扰,互联网的各个节点仍会形成相对平衡的张力,影响大众口碑的形成。[①] 这种“口碑舆论”规避了我们以往的文学舆情以“读者来信”获取的滞后、局部、人为假设等弊端,较为全面地反映了文学接受的状况。

第三节　新媒体语境下当代文学批评秩序的养成

新媒体语境下的当代文学批评是批评在特定媒介的有效延伸,媒介惯性

① 尹鸿:《“互联网+”背景下的文艺生态》,《人民日报》2016 年 8 月 16 日。

与批评理性之间的对抗、磨合、共融是个过程，批评秩序的养成重自由更重建制，批评视野的建构应兼顾地平线又放眼于天际线。当代文学批评要与时俱进，树立针对新媒体技术革命的美学文化精神，建构与新媒体语境特征相协调的批评意识和知识结构。面对受众阅读习惯和信息需求的深刻变化，“一些媒体还是按老办法、老调调、老习惯写报道、讲故事，表达方式单一、传播对象过窄、回应能力不足，存在受众不爱看、不爱听的问题，时效性、针对性、可读性有待增强。”①不得不承认，新媒体语境下的当代文学批评对文学的态度更多体现为个人兴趣，在伦理、理性等方面还远未达到文学审美的深度和力度。由此，在新媒体时代树立起为绝大多数人所认可、理解，甚至推崇和赞扬的文化态度、审美标准就显得尤为重要。

一、文学批评是针对文学进行的批评，要敬文畏学

原有的文学批评标准我们不仅不能放弃，而且还要敬畏、遵守，它是我们发言的原典、律令。不论媒介手段如何发展，文学批评以文艺理论为资源、为准绳衡量当下，传统的、主导的艺术标准及其社会功用是我们深入骨髓的遗传基因。经典文论积累的审美经验、准则可以更好地培育我们的审美思维与评说表达，文化遗产的精华是当代文学批评的宝贵财富。《文心雕龙》《闲情偶寄》《人间词话》等著作，文学批评的气韵、风骨、形神、虚静、物化、神思、直寻等观念，批评话语“形文”“声文”的文质之道，“造境”“写境”优美宏壮之辩……它们是文学的本源性财富，是文学批评的“根”和“魂”。“中国当代文学标准的再确立只能是在人类所有文化遗产基础上的一种合乎历史发展的特定之概括，只能是符合文学自身规律的在新时代的某种新总结。”②当代文学批评要综合、吸收传统艺术的精华并加以创新，汲取经典血脉使其释放出面对新媒介的新能量。“如果我们不主动介入，抱残守缺，网络文学也会取代纸质

① 新华通讯社课题组编：《习近平新闻舆论思想要论》，新华出版社2017年版，第223页。
② 裴毅然：《论文学批评标准之重建》，《文艺评论》1997年第2期。

文学的主导位置,那将完全由缺乏文学传统熏陶的'网络原住民'重创,那样可能产生较大的文学传统的断裂——这正是麦克卢汉当年发出的警告。"①学院派、科研派有理论基础的文学批评者主动作为、沿袭经典、占领阵地,才能使网络舆论空间提升品质。

二、文学批评是有观点支撑的批评,观点是批评的核心,论据是批评的基石

一个"赞""顶""打赏"是不能划归到文学批评范畴里来的。就新媒体"点评"而言,字数少(最多不超过500字,但一般在200字以内)、速度快(跟帖可在几秒内完成,而弹幕伴随着作品的阅读与观看过程)、态度明(情节好、人物好、语言好)是其优点,但文学批评的观点不是针对某人、某事、某文的周边涟漪而衍生的人身攻击、八卦花边。网友过于外围的、情绪化的、毫无根据的说辞,即便是跟文学沾边,也不能算作"文学批评"。电影上映后,观众就会将自己的想法写到评论区,豆瓣上的评分高低以及观众的积极评论是电影成功与否的衡量标准之一。当《白鹿原》电影播出后,观众一致表示没有原著厚重,更不如原著鲜活。而《白鹿原》电视剧热播后,人们纷纷发表自己的感想,其中一位豆瓣上的网友评说:"白鹿原上有白鹿,世间再无陈忠实。一群演员为在这部戏能去体验好久的关中生活,请教当地农民学习,实在是难得,望能重铸白鹿精魂,能了了陈忠实老先生的遗愿。"这只是单纯的个人见解,却有着醇厚的情感浓度。由此可见,促进文学批评和媒体的良性互动,进而取得文学批评的发展和创新意义重大。新媒体让我们多层次、全方位地聆听批评的声音。批评秩序是在充分利用并调动现有资源的前提下培养的,是批评家在新媒体空间达成的相对共识。

---

① 邵燕君、周志雄等:《新媒体时代的文学形态——关于网络文学的对话》,《名作欣赏》2015年第34期。

三、批评秩序是批评的自我发现、自发修缮

时代在变，文学在变，批评也在变。新媒体语境下的文学批评会迅速发现、命名、评价一种新的文学类型，为其寻找存在根据、发展动力。伴随着新媒体的发展，网络文学的兴起为文学作品的丰富和发展也起到了推波助澜的作用。网络文学作品大类有：玄幻、奇幻、武侠、仙侠、都市、历史、军事、游戏、竞技、科幻、灵异等；也有网站分类为：言情、都市、武侠、玄幻、惊悚、悬疑、历史、科幻、军事、网游；其中有些大类下又细分为若干小类，如言情类分为：青春校园、白领职场、总裁豪门、女尊王朝、妖精幻情、古典架空、穿越时空、都市情感，武侠类分为传统武侠、谐趣武侠、浪子异侠、古典仙侠、奇幻修真、现代修真。① 如此种类繁多的网络文学为文学批评提供了更为丰富的批评对象。具体以"穿越小说"为例，从自我发现意义上讲，它凭着"游戏冲动"使作者和读者得到些许精神上的想象性满足而成为"完整的人"。如《回到明朝当王爷》等作品中主人公的得志都是现实生活中不得志的反衬。从自发修缮的层面讲，穿越小说的行文逻辑越来越以现实为基，酷炫、架空的设定是其初始阶段吸引眼球的策略。随着这一类型小说的发展，评论者、读者都对其偏离现实的走向问题提出修改意见，后来的创作也向生活迈进，可见文学批评以此敦促作者改进小说走向。文学批评对象由对作家作品的批评扩大到对整个创作过程的关注。移动终端将作者的创作动机和改写、改编等过程都置于受众的视野下，"互联网+文学批评"使创作、接受、批评同步交叉。文学批评可以在作品创作之初通过阅读数据、大众心理走势分析出期待视野，在作品的发表、更新过程中通过网友的跟帖、留言等了解受众的"二度接受"状况，在作品发表之后由即时性的"弹幕"或较为专业的"长评"来得到反馈。例如，传统报纸杂志纷纷脱离单一的纸质发行，增添了数字版、手机版，增强了信息提供的时效性，与读

---

① 参见苏晓芳：《网络与新世纪文学》，中国社会科学出版社 2011 年版，第 10 页。

者大众形成了良好的互动，使作品更为广泛地被阅读，读者发表自己的观点，不再墨守成规。又如，全国各大广播电视媒体也纷纷加快走上了与数字网络合作的道路，在互联网建立自己的门户网站，将制作的节目利用网络进行直播或点播，同时通过博客、微博、微信等社交媒体进行推广和互动，取得了传统媒体与新媒体在融合和交流基础上真正的双赢。

四、批评秩序是有限度的自由与有规则的建制的协同

新媒体语境下的当代文学批评是两个场域的交叉地带，一个场域是文学批评，另一个场域是新媒体，前者倡导有章可循，后者追求自由释放，但前者并非没有自由，后者也并非没有秩序。

新媒体释放了网友的“自由”，彰显了个体的“异质性”。与传统媒体的从上至下、从一到多不同，利用新媒体进行信息生产、传播的人不需要经过系统的专业训练，凭着“纯粹感性”便可完成批评，键盘、屏幕、移动终端自然地架构了价值评判，但这种“自由”并不是无限制的。新媒体所建构的虚拟社会既是现实世界精神文明的表现，也反作用于现实社会的政治、经济、文化，新媒体不是“法外之地”，文学批评空间同样要有法律可依凭，要有规则可遵守。如果没有规矩，新媒体语境下的当代文学批评会乱成一团，任何人都能成为批评家，因此要有据可依、有理可循和有规可遵。

新媒体语境下的当代文学批评的建制植根于真实，没有人愿意生活在谎言中。网络草创时期某些网友发布的无中生有的、莽撞的、冲动的点评留言和各网站之间的不当竞争致使舆论空间有失风范、杂乱无章，这就造成了“破窗效应”。某个网站有漏洞、某条批评是虚假的，如果任其肆意发展，就会有更多的漏洞、更多的谎言，最终导致这个网站千疮百孔。网站要在竞争中彰显个性，讲真话、讲格调才能获得利益最大化。随着互联网的发展，博客已经成为一种在网络上分享经验、传递知识和技能的重要手段。特别对于大型技术类博客平台，每天都有数以千万计的博文产生，如何把它们正确分类，高效地在

平台中组织起来，已经成为一个迫切需要解决的问题。文本分类技术是信息检索和文本挖掘的重要基础，根据文本内容在预先给定的类别标记集合下分析判断其类别。① 采用朴素贝叶斯文本分类算法对博文进行自动分类，为博客平台的运营者提供博文预分类和分类建议，可以大大提高博客平台的信息组织效率。这就使博客提供的信息和资料更为科学化、专业化，使其一些评论文章更具说服力。网友会越来越成熟，随着更多专业评论家的加盟，文学批评的公信力也会逐渐增加。

新媒体批评的建制驱动为认同，网友参与文学批评是在某种程度上寻求认同。一是“我”对“文学”的认同，将自我的知识、情感投射到文学批评之中；二是“他者”对“我”的认同，即在“他者”的批评中寻求“我”的归属感，每个个体都有支持同类、排斥异类的认同。比如由中国人民大学教授金元浦创立的微信公众号“元浦说文”就收获了众多受众的好评。该微信公众号的发刊词亲切而友好：“人大金元浦在这儿侃文学、聊文化，会会新老朋友！”微信公众号每天早上更新，涉及的话题从金融到市场，从人伦到文化，文章立场鲜明又不偏颇，犀利反讽又不失风度，认同自我也求得认同。再如阅读量和点赞数极高的《人民日报》的微信公众号，具有“来了！新闻早班车”“夜读”“人民锐评”，以及最新的新闻时政和国内外快讯等栏目，不仅满足人们对客观事物（新闻）的需求，还满足人们的心灵需要。在新媒体语境下，文学批评必须与当今的人民群众相结合，必须认识到人民群众所具有的巨大的艺术能力和时代赋予他们的艺术趣味。我们的批评在强调“引领”责任的时候，绝不能够将今天的大众看作无思想的阅读接受者。我们要了解和尊重大众，才能用理性的声音塑造专业权威，而且这种权威不再仅仅是由身份、地位带来的，而是以我们在人民中所表现出来的适应与引领相统一的能力被媒介筛选出来的。新媒体使权威的产生有了民主的基础和民主的程序。

① 参见苏金树、张博锋、徐昕：《基于机器学习的文本分类技术研究进展》，《软件学报》2006 年第 9 期。

新媒体语境下的当代文学批评的建制依仗于监管。例如微信公众号平台出台了相关条律条例,对微信公众号行为规范、发送内容规范以及违反国家法律法规禁止的内容进行罗列与阐明,标注了滥用原创、恶意篡改等违反规范的行为和庸俗挑逗、暴力、赌博、涉黑等违反规范的内容。新浪微博中有举报投诉机制,任何用户看到有违背伦理道德、造成恶劣影响的言论信息,可以对其进行投诉和上报,每个人都成为“把关人”,间接加强了对新媒体文学批评言论自由的管制作用。举报投诉机制的设立必不可少,新媒体平台“把关人”的设立便是其关键,应设置有深厚的文学素养、批评积淀、社会道德、人文主义关怀的“把关人”,严格把控新媒体文学批评言论,守好新媒体平台的防线,落实网络监管机制。新媒体融合的批评样式为文学批评增添生机活力和吸引力。新媒体时代,人们不愿面对厚重的书本、干枯的文字,转而依赖技术的新鲜、时尚、便捷与互动特性。但网络中的真实、尊重和认可都是建立在规范的秩序之上的。从某一信息源传播出的信息要真实,它向外辐射要经过过滤、筛选,接收信息者要有明晰的辨别力和坚定的判断力,这才是有秩序的自由。这种秩序还体现在自律、互律、他律,网络内部的技术管控、奖惩机制(比如传播力榜的优秀网站评选),“群主”“楼主”屏蔽负面和虚假言论等强制手段。由起点中文网、创世中文网、红袖添香、晋江文学城、掌阅文化等全国50余家重点文学网站共同签署的《网络文学行业自律倡议书》是《关于推动网络文学健康发展的指导意见》的有益补充,它更多的是从伦理道德的层面发出倡议,呼吁网络文学行业从业人员提升自我规范、自我净化的意识。① 虽然这只是网络文学创作方的自律,但也可看到网络自身“强己”的努力。

新媒体批评秩序的建立是不断克服其发展弊病的过程,观念、技术、手段等都需要落细、落小、落实。

---

① 参见饶翔:《自律是网络文学主流化的必由之路》,《光明日报》2016年7月28日。

五、批评视野的建构应兼顾地平线又放眼天际线

视野是批评的空间范围，它的地平线是批评者目光所及的文学作品、文学现象、文学评价，注重现实、即时反应；它的天际线是批评者需仰望的文学理想、批评高度，注重发展、宏阔、持久。

“地平线”要求评论家对现有的文学进行分析、鉴赏，发现其中的优点、价值，也发现其中的不足、有待改进和深入的部分。“文学是眺望的地平线……要在文学的地平线中求解作为社会或文化现象的文学，常常要通过转动与移动地平线视野，去观望那些规定、制约或影响着文学的相关方面，如社会学领域、宗教领域、文化学领域，这就有了文学理论的延展。”①我们看了一部作品，通过各种移动终端了解并与人探讨它背后的内涵，研讨作家的风格特色、品性喜好，作品产生的年代、思潮，归属于什么流派、引起了哪些社会反响，等等。将我们的见解诉诸文字，就成为我们现阶段的大部分“文学批评”，可作为阶段性研究成果。“地平线”式的批评最直接的功能就是告诉读者哪部作品是好的，好在哪里；哪部作品是不好的，不好在哪里。“地平线”允许有多种声音，赞同的、批判的、抗拒的都可以存在，有以魏晋风度为尚，有以沉郁顿挫为好，有以愉悦快感为旨。一部电影的问世，有人喜欢，有人讨厌；一篇书评，可能有人站在支持的立场上，可能有人站在反对的立场上，“地平线”式的批评更加人性化、大众化、多元化。微信公众号下方可以留言、邮箱可以传送文件、视频网站博客可以进行个性化学习等，无论是否专业人士，均可发表自己的看法和见解，同时也会相应产生一些弊端。如果读者评论没有一个制高点的俯瞰视角，其鉴赏力就找不到继续前行的动力。让真正高质量的作家作品凸显出来还需“天际线”的引领，立足于“地平线”的批评是通往“天际线”的阶梯。

“天际线”要求将文学批评在时间上延长、在空间上升高，也就是将其抛

---

① 高楠:《经验的理性与理性的经验——对文学理论与文学关系体的思考》,《学术交流》2016 年第 6 期。

向更高的层次,在水平层面向远方和在垂直层面向上方实现对文艺理论的建构表达。在这个多元的时代里,大众需要评奖制度来明确国家主流意识形态以及文学和文学批评的标准与发展方向。评奖制度可以为我们提供相对来说较有价值的文学作品、文学大事记以及文学批评观点。具备思想性价值与文学性价值的评奖制度的设立能够使新媒体语境下的文学批评在主流意识形态的引领下呈现出艺术性、审美性,以及具有高度、深度、广度的人类精神内涵,评奖的激励作用更能为当代文学批评树立信心。人文与科技相融合的、自由的文化软环境可以促进当代文学批评的良好发展,能够为大众提供更多参与批评的机会,为专业批评家相对自由地发声提供场地。批评视野的扩大需要评论者经年累月的知识积累和心性磨炼,文学批评主体的生活经验可以使其对作品中相应的形象描绘、情感传达有切实而独到的理解。批评主体生活经验越丰富,其与作品之间的相适性领域也会越开阔。明人陈继儒在《读少陵集》中说:"少年莫漫轻吟味,五十方能读杜诗。"意思是只有具备了足够的人生经历,才能同杜甫博大精深的诗作建立对应关系,才谈得上对作品的感受与理解。另外,文学批评只有具备了对生活的真知灼见,才能在批评中对作品所表现的生活进行创造性地阐发。别林斯基对毕巧林"分裂性格"的深刻分析,与他对俄罗斯当时的人和社会的深刻感受与认识是分不开的,他为我们创造了一个不亚于《当代英雄》原著的极其深厚的艺术境界,给读者以极大的启迪。批评家必须发掘作品所反映的创作主体的审美意识,特别要发掘作家对生活的新发现和对文学的新创造。例如美学大师宗白华的《歌德的〈少年维特之烦恼〉》,分析歌德为什么能写出这样一部"歌德式的人生与人格内在的悲剧",又为什么选用了信札体这一自由美妙的体裁,而且让这一体裁发挥了天才般的作用。批评阐释了歌德的理想追求、苦闷烦恼,分析了作品高超的文笔风格,闪现着美学家睿智的光辉。文学批评还需要读者灵性的感悟和智慧的启迪,双方向同一目标前行才能将优雅的审美观外化为语言评判,坚守价值观、文学观的纯净高尚。"(文学批评)它是个测量尺,通过文学批评,才能把当代文学的高度测量出来。”①真正伟大的批评应该超越现实的差异而达到更高的认同——普遍的善、普遍的诗意、普遍的心灵困惑、普遍的生命情感。文学批评应该负起文学的监督者、挑选者和裁判者的责任，要将既能代表一个年代文学最高趣味，也能代表历史发展理想的作品遴选出来。我们现在能看到的批评多是对既定人、事、物的分析评价，没能高屋建瓴地给作者创作提供指引，给读者阅读提供空间，可见批评者的前瞻能力、掌控能力还有待提高。研究者虽然不急于建构一套完善的批评体系，但批评标准的设定最好要兼顾地平线与天际线——地平线是可操作的、有现实针对性的批评定位；天际线则是文学批评的长远利益，是在更广阔的系统中考量文学的价值、功能、意义。

如果将批评划分为感性批评、经验批评、理性批评三个层面，它们各有所遵循又相互关联。新媒体语境下的理性批评是中枢，感性批评和经验批评是理性批评可以无限展开的末梢，中枢和末梢相互作用、有效循环才能使批评生动又深入。新媒体的繁盛对中国当代文学格局产生了巨大影响，文学批评实践已然展示了我们在面对科技与媒介冲击下寻找新人文图景的努力，但批评更要致力于传承之上的创新，打造既有时代感又有使命担当的批评秩序。

---

① 王彬等：《当前文学批评标准与方法》，《文学报》2012年10月11日。

第二章　当代文学批评主体的新媒体定位及认同

新媒体改变了当代文学批评的环境，为人们参与文学批评和文学实践提供了全新的平台，它使批评主体和批评对象产生即时的“对话”，一方面促进批评主体对于文学作品的接纳，另一方面又提升批评对象对于文学批评话语的吸收。这种互动模式下的文学批评提高了批评主体与文学批评的融合度，同时也扩容了文学批评主体队伍的参与度。

第一节　新媒体语境下批评主体之变

新媒体语境下，当代文学批评有了自由化、即时化、效率化、互动化等特点。批评主体在全新的平台中发表自己的观点，批评的渠道被拓宽。新媒体语境下批评主体的文学想象力、身份认证、话语操练等产生全新变革。

一、批评主体与批评方式的不确定性

文学批评的主体指参与文学活动的批评者，他们面对的批评客体包括文学作品、作家经历、社会文艺思潮、文学现象、文艺活动等。媒介的变革提升了批评主体的参与度，与传统的批评相比，新媒体语境下的文学批评给予了批评

主体更广阔的空间从事批评活动。批评主体可以在纸媒、网络平台等媒介中进行及时有效的文学批评，比如有线上、也有纸质同期发表的期刊《人民日报·文艺评论版》《文艺争鸣》《探索与争鸣》等；批评主体也可以在朋友圈、微博等社交媒体发表评论。这种新变促进了批评主体和批评对象的关联，在一定程度上带来了文学批评的繁盛。批评人数的增多和批评渠道的拓宽共同推动新媒体语境下批评主体队伍的变革。

1. 批评主体的扩充

参与文学批评的人数呈上涨趋势。批评者的队伍日益壮大，参与文学批评的人数、文学批评者的身份不断扩容，从传统学院派的专家批评到大众网民的感性回复，批评队伍的门槛在逐步降低，全民参与文学批评的盛况逐渐显现。据中国互联网络信息中心统计的数据，"截至 2023 年 12 月，我国网民规模达 10.92 亿人，较 2022 年 12 月增长 2480 万人；互联网普及率达 77.5%，较 2022 年 12 月提升 1.9 个百分点。"①虽然网民并不等同于新媒体语境下文学批评的批评主体，但网民数量的激增也带动了通过互联网络参与文学批评的群体增加。统计报告还指出，"截至 2023 年 12 月，我国网络文学用户规模达 5.20 亿人，较 2022 年 12 月增长 2783 万人，占网民整体的 47.6%。"②统计报告中网络文学用户规模的增长现象既表明创作主体的人数递增，又显示了批评主体的人数庞大。无论是从创作层面还是从接受与批评层面，高热度的网络文学只有面对广大受众群体，才能获得广泛的流传度。批评主体在其中也占据重要地位，网民由接受到批评的这个过程在新媒体平台中自由转换，他们在阅读网络文学或聆听网络音乐时会即兴提出自己的想法，给予创作者一些

---

① 第 53 次《中国互联网络发展状况统计报告》，2024 年 3 月 22 日，见 https://www.cnnic.cn/NMediaFile/2024/0325/MAIN1711355296414FIQ9XKZV63.pdf。

② 第 53 次《中国互联网络发展状况统计报告》，2024 年 3 月 22 日，见 https://www.cnnic.cn/NMediaFile/2024/0325/MAIN1711355296414FIQ9XKZV63.pdf。

建议。在新媒体语境下，批评主体的队伍日渐壮大，文学批评不再是学院派的话语专属，普通文学爱好者亦可参与其中抒发己见。

新媒体促进文学批评主体参与渠道多样化。新媒体的“新”正是在于搭载移动终端的互联网络传播，赋予网民多渠道、全方位、多元化的话语表达空间。新媒体带来的技术革新突破了传统媒体对文学批评在传达速度、互动时效、时空限制等层面的制约。传统媒体的报刊同时上线数字模式，如《人民文学》《收获》《十月》等微信公众号，线上和线下同时推广，吸引更多读者阅读。对于 App，有诸如知乎、豆瓣、百度贴吧等融合创作和批评双向的社交网站；也有微博、微信公众号等融合社交和自媒体运营的网站；还有类似猫眼电影、淘票票、Mtime 时光网等融合批评和消费的网站。新媒体语境下，这些平台的功能如盘根错节般无法彻底剥离清楚，每一个平台提供的文学批评的阵地在很大程度上承担相似的功能，通过设置相应的影评、书评、乐评、投票、评分、讨论区、创作区等专区，为文学批评活动提供讨论的空间。针对同一部作品，大众可以选择在不同的平台表达自己的看法，“对话”成为一种常见模式，文学批评主体在不同的专区能够及时地交换批评意见，沟通和辩驳文学观点。安妮宝贝的小说《七月与安生》被改编成电影与电视剧，在喜马拉雅中有小说的广播剧等，这些都是针对小说而衍生出的文学产品，因此，批评主体亦能够在不同的平台中针对不同的文学产品发表见解。在豆瓣电影平台，《七月与安生》的电影评分为 7.5 分，约 65 万人参与评分，短评区、影评区和讨论区都有众多讨论。[①] 在知乎，电影《七月与安生》有 72%的知友推荐，有近 3000 名知友评价。[②] 除了专区的讨论，在知乎词条搜索《七月与安生》也会有许多网民的自发讨论，其中包括讨论剧中的伏笔和细节，从女性文学角度认知影视剧，影视

① 参见豆瓣电影：《七月与安生》，数据统计于 2024 年 4 月 15 日，见 https://movie.douban.com/subject/25827935/。

② 参见知乎：《七月与安生》，数据统计于 2024 年 4 月 15 日，见 https://www.zhihu.com/topic/20061043?utm_psn=1763007467632771072。

改编与小说结尾的反差等具体的问题。这些文学批评平台为同一部作品提供了不同的文学批评，带来多元化的认知作品的视角。在一定程度上，新媒体带来的多渠道批评空间推动了批评主体参与文学批评的热情，同时也壮大了批评主体的队伍。

2. 批评主体对文学的再生产

在媒介技术日渐革新的新媒体时代，文学批评日益进入大众的视野中，甚至成为日常生活的一个环节。当新媒体深入人们日常生活的方方面面，每一个人作为新媒体环境中的独立个体，接受广博而庞杂的大数据信息，无论是新闻事实、影视娱乐、广告消费等都在人们心中形成既定的接受。每个人作为接受主体会筛选信息、评论信息、沟通信息，在选择和辩驳过程中也会成为批评主体。在繁杂的信息中包含众多与文学相关的因素，人们无法回避对于文学的应对，及时有效地传达自己的文学批评促进了人们对于文学活动的热情，可以说，媒介的革新在一定程度上推动了批评主体的文学想象力和创造力。

批评是创作的延续，也是创作本身，新媒体语境下批评主体对于文学的想象力和参与度不断提升。当文学批评不再是学院派专业人士的专属时，无论是对于一部影视作品的赏析和感悟，还是对于某本书的评价或指责，普通文学爱好者的批评也可以进入大众的视野。这些随处可见的细微的评论在广义上都可以被纳入新媒体语境下的文学批评。在传统纸媒时代，文学作品的反馈更多依靠读者来信、读者投稿、读书交流会等方式，传播的局限致使部分读者即使在阅读作品之后有深刻感悟也得不到及时的反馈。对于读者而言，接收的信息少，反馈的信息更少，在相对闭塞的传播空间里难以舒展自己的文学想象力。在信息化时代，批评主体在为“我”所用的信息中筛选出某些记忆点，进行文学批评时往往会结合热点去评点，这就是新媒体语境下文学批评的融合行为。这些批评从不同的角度阐释文学作品，受众以打趣或隐喻的心态批评文学，可以说新媒体大大激发了他们的想象空间。直播或网剧等的弹幕也是批评主体发挥文学想象力的地方，一些剧中的伏笔或细节往往在弹幕中被揭示，使其他观者恍然大悟，推动对文学作品的阐释。

随着批评主体群体的扩容，新媒体语境下的文学批评也逐渐向文学创作转型，促进批评主体的文学创造力生产。对于文学批评主体整体而言，他们针对文学现象的评论类别庞杂，可分为支持类、辩驳类、比较类、情感类等。新媒体使批评主体参与大量互动，他们能够及时有效地表述自己的观点，同时书写个性创意。批评主体的某些批评话语可以被视为其对于文学的再阐释，再阐释的过程中可能激发批评主体的创作心理，文学批评就向文学创作转型，这一转型的过程在新媒体语境下屡见不鲜。比如，在豆瓣话题区有“每天读一首诗”专栏，网友们分享自己喜欢的诗歌，然后在评论区可能有即兴诗歌创作等文字；在起点中文网、晋江文学城等网站，读者在评论区除了给作者提建议，还会主动写出自己心中的故事走向；包括一些网络平台有基于原始文学作品的衍生创作，都拉近了批评主体与文学之间的距离，打破了文学的神秘感。这些自发性的文学批评行为正是新媒体带来的改变，互联网为广大的批评主体提供文学批评与文学创作的空间，批评主体的批评话语有时也是新的创作。凡此种种，都是基于新媒体的媒介平台，随着网民参与度的提高而带来的文学的网络化创作，这些创作的缘起往往在于文学批评。换言之，批评主体的出发点在于进行文学批评，而其创作的内容可能对于其他受众而言又是一篇全新的文学作品。所以，当论及文学批评主体队伍的群像变化时，新的文学批评与创作方式必须纳入讨论的范畴。

新媒体带来的批评路径与方式的改变促使批评过程逐渐完善。技术的局限致使传统文学批评的过程很长，从作家创作到文学作品面世，再到读者来信批评、召开文学座谈会等需要耗费大量的时间，而且很有可能中断在其中的某一环。而新媒体打破了这种对于时间和空间的限制，并且扩容了批评主体所面对的当代文学批评的对象，批评由对作家、作品的批评扩大到对整个创作过程的关注。当代文学批评在“十七年”“20 世纪 80 年代”等阶段多对经典文本、现实主义创作手法、创作追踪等进行探讨，不论是对文学作品的事后命名还是理论引导创作，都将批评和创作隔离开。当代文学本身是动态的，在新媒体语境下，移动终端将作者的创作动机、创作过程等都置于读者的视野中，虽然某种程度上弱化了文学的神秘性，却使批评更有亲和力。以网络文学为例，新媒体提供的平台方便读者随时随地评点文学作品，网络文学的更新大多以日更的方式呈现，读者的批评对于故事的细节或走向十分重要，作家在抓住主线创作的同时必须关注批评主体的批评话语，努力写出读者喜欢的故事情节，才能保持订阅量和关注度。影视改编的 IP 效应、文学作品的改编方向、演员的选择或情节的走向都能在新媒体平台寻觅到踪迹，以往由于技术的限制而费时费力的一系列的批评过程在新媒体语境下实现了高效率的缩减，批评主体对于参与文学批评的实践报以热忱的回应，他们自觉在新媒体中表达自己的想法，并积极参与互动讨论，完善文学批评实践的全过程。批评主体带来的建议形成舆论，传达给接受群体和创作主体，促进文学的多元化发展。

二、批评主体身份的再定位与再认同

不同于传统语境下趋向于精英化与学院派的批评主体身份，新媒体为很多普通文学爱好者提供了发表批评话语的空间，广泛自由而包罗万象的新媒体语境使批评主体的身份被重新定位，促进文学的精英话语批评逐渐走向大众视野，同时带来不同声音的大众批评。

1. 批评主体身份的再定位

法国著名文学批评家蒂博代的《六说文学批评》将文学批评划分为三种批评方式——“自发的批评”“职业的批评”“大师的批评”。[①] 媒介变革带来了批评实践的主体队伍的改变，“隐含读者”“理想读者”也在网民之中。若以

① ［法］阿尔贝・蒂博代：《六说文学批评》，赵坚译，生活・读书・新知三联书店 1989 年版，第 3 页。

蒂博代的划分来看，新媒体语境下的批评主体有时兼容“自发的批评”“职业的批评”“大师的批评”这三种方式，也存在某些学院派的批评者会在自媒体上发表娱乐性的观点等现象。批评主体身份的多重建构展现出文学批评的新趋势，不同身份的批评主体能够从不同的维度展开文学批评活动。

文学批评主体的多重身份并非新媒体独有，在传统纸媒的时代，通常认为文学批评者大多为学院派，其中可能兼有读者、专业学者、创作者等多重身份，普通读者也能够参与文学作品的评点。可以说，文学批评主体的身份从来不是单向度的。而新媒体带来的新变是给普通文学爱好者提供更多进入文学批评阵地的机会，普通读者的身份认知变得更加重要。传统的媒体批评多以精英批评的视角为主，批评主体在学院派身份的基础上具备不同的他者身份，占据主导地位的仍是其专业身份带来的认知。而新媒体语境由于广泛的普通读者的介入，大众视角的阐发和相应的身份认知逐渐突显其重要性。正是由于这种逆向的发展，当下的文学批评不再是学院派的一言堂，普通读者的呼声也被纳入倾听的范围。

新媒体语境下的批评主体的身份，不应该仅被学院派与精英掌控，可按照普通批评者、文史哲专业批评者、单纯情绪型批评者等大类来划分。批评主体在这些类别中往往兼容多重的身份，由于身份的不同，批评主体看待同一部文学作品时产生的情感体验和期待视野也往往不同，在精英批评和大众批评的共谋中将文学批评的范式重构，带来截然不同的批评话语。换言之，新媒体语境下的文学批评容纳多重批评声音，由批评者的多重身份产生多声部的批评话语，推动文学创作与文学批评的再繁荣。

批评主体身份的再定位以及他们的多重身份话语兼容对新媒体语境下文学批评的实践走向及创作风格的变迁产生重要影响，磅礴而出的基于大众视角的文学批评从文学接受、文学创作、批评的传递等层面推动文学批评更加“接地气”。在传统与创新的融合中，多重身份的再定位激发了文学批评甚至文学创作的活力。

批评主体的多重身份推动扩大文学批评的包容性，文学批评逐渐从精英批评走向大众批评。新媒体语境下的文学批评的独特性在于批评者与读者的沟通互动性增强，传统的学院派批评话语逐渐容纳多重批评的声音。当批评主体的身份具有多重性时，他们能够运用不同的方式传播自己对于文学活动的认知，从专业的话语论述到通俗的言语表达，其文学批评通过新媒体平台，既传达了专业的话语分析，又能够以情感共鸣的方式与读者沟通。从文学接受层面而言，拥有多重身份的文学批评主体的批评话语更兼具雅俗共赏的风格，他们的一些提议或驳斥更容易被大众接受。在精英话语和民间话语融合的新媒体时代，批评主体的身份多样性间接推动文学批评的推广以及文学批评的接受，批评话语在雅俗交替中更能表达出批评主体的整体认知。

批评主体兼容多重身份倒逼批评者提高自身的创作或批评，使他们从不同的视角看待同一种文学现象，其批评话语会更具有深度。多元化的文学批评主体身份为传统的批评队伍增添了新的活力和新的思想，这里的深度并非等同于专业化、理论化的逻辑体系，而是建立在不同社会身份的批评主体在其眼界和经历中所能展望的高度与广度。文学批评并不致力于通过晦涩难懂的文字突显批评者的话语权力，而更重视以小见大、由表及里的思考。创作主体与批评主体身份的多重兼容，使文学批评在具备实践性的同时更具有全面性。

一方面，作为兼容批评主体身份的创作主体，他们的分析更深刻，而且具有实践性。毕飞宇是个作家，同时兼有批评者、授课者的身份。毕飞宇谈道："如果我不搞创作，也一定会搞批评，无论是文学创作还是文学研究，都足够吸引我。"①在毕飞宇的《小说课》中，作为创作者的他在面对小说内部的逻辑与反逻辑时讲道，"如果有人问我，在《红楼梦》里头，哪一组小说人物的关系写得最好，我会毫不犹豫地把我的大拇指献给王熙凤和秦可卿这对组合，她们

---

① 沈杏培、毕飞宇：《"介入的愿望会伴随我的一生"——与作家毕飞宇的文学访谈》，《文艺争鸣》2014 年第 2 期。

是出彩中国人"①。他从小说中二人第一次面对面出现分析二人关系之亲密，认为《红楼梦》中的"飞白"带来了浩瀚的美。与普通读者对于人物的喜爱不同，毕飞宇以更专业的创作思维，从叙事、抒情、情节与框架等层面审视作品，带来不同的批评体验。拥有创作者和批评者的双重身份，作家更能获得对于文艺活动的感知，他们的批评相较于理论学派更具有实践性。作家发表批评也有印证或发现自我的目的。

郑执在2019年1月19日受一席邀请发表的演讲《面与乐园》中谈到他的父亲，"他18岁接了我爷爷的班，进入工厂成为一名普通的工人，那个年代在东北能当一名工人还是非常幸福的事情。"他的父亲在下岗潮来临之前选择了辞职，"他主动从工厂辞职了。那个时候距离大的下岗潮还有五六年的时间，所以他的行为在当年还算比较莽撞。他辞职以后用家里仅有的一点积蓄，管我奶奶借了一点钱，开了一家抻面馆。"而后他又将自己家面馆兴盛又衰落的那段时光娓娓道来，他平静地陈述成长的经历与生活的艰辛，促使观者陷入了他在演讲之初提到的"百年孤独"式的提问。他在结尾追问自己，"多年以后当我再次走进穷鬼乐园，一定会弄懂在我昂首迎接雪花降临的那个黄昏，是否跟父亲思考过同样一个问题。"在他看来，"我获奖的那篇小说叫《仙症》，写的是一个精神病人的一生。其实是有原型，是我的一位亲人。"②可见郑执的文学创作和批评受到家庭、编剧与作家身份等多重影响，他对于工人阶层的讲述就更具有生活气息和历史记忆。

豆瓣2019年度华语电影评分最高榜单前十中的《地久天长》，斩获第69届柏林国际电影节最佳男演员银熊奖和最佳女演员银熊奖、第28届中国金鸡百花电影节最佳编剧奖等。在《地久天长》的影评区有导演王小帅的长评《〈地久天长〉——关于电影，关于我们》，他从创作初衷、拍摄制作、面部特效、

① 毕飞宇：《小说课》，人民文学出版社2017年版，第37页。

② 参见郑执：《面与乐园》，2019年1月19日，见 https://www.yixi.tv/#/speech/detail?id=763。

创作主旨、剪辑过程、柏林得奖、主角、市场预期等方面详细地谈论了他对于电影的理解和期待。此时的导演兼具文学批评主体的身份，他的批评话语在专业认知中包含对于微小细节的把握，在与观众的情感共鸣方面做得非常到位。

另一方面，作为兼容多重身份的批评主体，在不同身份的融合中更能实现批评的全面性，甚至促进全新的文学创作。兼容多重身份的批评主体在文学批评时会迸发诉说故事的创作心情，这时的文学批评走向了文学创作。与其说是批评带动创作，不如将这种现象视为批评对于创作的补充，由批评引发的创作从风格、结构、题材等方面均与原作息息相关，因批评主体的期待视野未被满足或触发批评主体的情感共鸣所引发的文学创作可视为对于原作的续接、补充甚至超越。而新媒体平台在这一过程中发挥了推波助澜的媒介功效，在便捷、及时、自由、时效的条件下激发了批评主体的创作愿景和倾诉新故事的期冀，从而实现文学批评与文学创作的联动。

当面对一部工业主题的文学作品时，如果批评主体是文学史专业的学者，而同时他的家庭恰恰是工人家庭，那么此刻他便拥有了双重身份去看待这部工业小说。他的批评可能从自身童年经验、学术专业素养两方面并行，更加透彻地阐释和分析工业生活现象。被誉为“铁西三剑客”的双雪涛、班宇、郑执的批评访谈，即从切身体验、生活经历出发，以最真切的视角呈现出沈阳这座城市在转型期的艰难与工人阶层的努力。双雪涛于 2018 年 11 月在北京大学“文学与时代”对话会中讲道，“因为我就是一个东北人，在东北生活了 30 年……所以天生就决定了我写东西大部分都与东北相关，这是一个无法选择的命运，我是一个被选择，被推到一个素材充满东北意味的写作者的角色中来的……这个问题一方面激发我的身份属性……”①双雪涛将他的东北人身份属性与作家和批评家的属性融合而创作出《飞行家》《平原上的摩西》等与东北工业城市的文化息息相关的小说，他的文艺批评观也基于他对于沈阳尤其

① 鲁太光、双雪涛、刘岩：《纪实与虚构：文学中的“东北”》，《文艺理论与批评》2019 年第 2 期。

是铁西区这片故乡的土地感受而发。东北的地域文化、生活习俗、城市方言、工业气息等都深刻影响着双雪涛的文学观，直到他后来到北京之后，以“离去/归来”的目光眺望故乡东北，“对我来说，东北一方面是我内在的部分；另一方面现在它也是我的一个他者，我是努力地保持距离看待它。”①他对于自己的《平原上的摩西》的解读和阐释建立在想反映东北人的思想和习惯，反映大工厂的林林总总的基础上，其文学批评亦由于其身份的多重性而格外深刻。

普通的批评者基于自身的成长经验或工作环境等带来的其他身份的认知，使其在对于文学作品评点的过程中可能迸发灵感，转向文学创作。影片《钢的琴》讲述在20世纪90年代，东北下岗工人陈桂林为了争取女儿的抚养权，和工人们一同在破败的厂房中手工打造钢琴的故事，生活虽然艰辛，但主人公仍以乐观豁达的心态面对人生。影片对于“下岗潮”的呈现与工人积极心态的描绘引发了观者的情感共鸣。豆瓣影评区一篇题为《爸，我长大了》的影评就摆脱了传统的电影批评模式，批评主体讲述了自身以及邻里家庭在那个年代经历的故事，在“看/被看”环境中长大的孩子既感悟自身童年的幸运，又感叹邻居生活的不易。另一篇《1999年，我搁南站边上的自来水厂卖呆儿》，批评主体从自己的故事说起，那时的老工业基地沈阳的城市面貌与工业的转型都仿佛缩为记忆中的一个点，随着批评主体的讲述一点点展开复现在我们面前。下岗潮之后工人们的再就业，市场经济的飞速发展，儿童无忧无虑的快乐，工人家庭的艰辛前进等，这篇影评既是关于《钢的琴》所展现的东北老工业基地的另一幅栩栩如生的画，也是对于《钢的琴》呈现给观者的工业家庭生活模式认可的应和。批评主体此刻承担影片观者与工人家庭一员的双重身份，他们由批评衍生而出的创作从大众的视角回溯当年的风貌，打开尘封在人们记忆中的活灵活现的生活气息。

新媒体打破时间和空间对于文学批评的限制，将拥有多重身份的批评主

① 鲁太光、双雪涛、刘岩：《纪实与虚构：文学中的“东北”》，《文艺理论与批评》2019年第2期。

体的声音传递到更广阔的平台，新的媒介传播方式吸引数量庞大的受众倾听和参与文学批评。批评主体身份的作用不断彰显，无论是既承担批评又兼任创作的批评主体，还是既有学术积淀又有社会生活经验的批评主体，抑或是将职业身份和批评身份融合的批评主体等，交响乐团般的主体唱响了新媒体时代文学批评的多声部共鸣。

2. 批评主体在批评实践中的身份转化

传统的批评中包含读者向批评者的身份转变，读者通过阅读文学发表自己的独到见解，此时读者的身份是批评主体。新媒体的“新”体现在由于新的媒介载体的发展，信息的及时性、虚拟性、便捷性等传播特点，使批评主体提出的批评话语很快能传达到作者和大众中，引发对于作家作品的讨论。这种高效的沟通打破了传统的批评主体和批评对象之间的壁垒，文学批评的主体也可以拥有批评对象的身份，并且这种身份的转换具有打破时空限制、及时迅速等特点。

其一，批评主体同时兼具批评对象的身份，具有主体与客体转化的共时性。在文学批评中，每个参与者都是批评主体，但同时他们也是被批评的对象。传统媒介将这种身份瞬间转化的批评过程拉长，很多时候批评主体提出的批评话语可能由于专业性欠缺、过于感性等未传达到受众视野中，割裂了批评主体和接受主体之间的距离。在 20 世纪 80 年代、90 年代甚至 21 世纪初的文坛，很多文学作品通过杂志，诸如《收获》《人民文学》等问世，这时的文学批评由精英话语主导，很难听到普通读者的声音。进入大众视野的文学批评往往以报纸、评论集等方式呈现，普通的读者批评也只占据广阔文学批评舞台的角落，往往以读后感、读书会、读者来信等方式，只辐射一个地区的小范围的平台，难以走向开阔的空间。而新媒体的出现打破了这个壁垒，随着批评主体的人数渐长，及时有效的互动平台促使了文学批评主体的客体转换。参与文学批评的普通读者的地位愈来愈重要，他们的声音得到了更广泛的倾听，也引起了更大规模的讨论。比如在新浪微博的话题讨论区，有“诺贝尔文学奖”“文学史上的今天”“影响过你的影视文学人物”等相关热门话题，在讨论区就会有网友根据话题提出自己的想法，带着话题的微博使这些批评主体同时成为被批评的对象。在这一过程中，文学批评通过新媒体平台以通俗化的方式表达，文学批评的主体在发表评论时瞬间成为被批评的对象，这种共时性的转换具有推动文学批评大众化的功效。

其二，批评主体的身份转化实质在于话语权的让渡，批评主体在成为批评对象之后又衍生出新的接受主体和新的批评主体，新媒体语境下的批评过程具有循环往复的历时性特征。在豆瓣、猫眼电影等提供影评的平台，一篇出彩的影评可能成为很多观影者选择去看一部电影的动力，而他们在观影中带着由影评产生的对于电影的先验感知观影，在观影后如未达到他们的期待视野，或产生与他们本来认同的影评观点背道而驰的新思路时，他们会去这些平台对于此篇影评进行讨论甚至驳斥，而原影评的创作者也会对这些驳斥提出自己的新想法，此时最初的影评者已经从一个旧的批评主体转化为新的批评主体。在这一文学批评的过程中，批评主体和批评对象的身份不断转化，而这些瞬间转化都是在新媒体提供的极具时效性的平台中完成的。很多情况下，从豆瓣等影评平台读取评分而后观影反馈的文学活动已经成为常态。在这一过程中，批评主体的身份经过多重转化后又成为新的批评主体，这类似于回归到“原点”性质的变化实质是新媒体带来的文学批评的新范式。

批评主体身份的转化现象正是新媒体变革带来的产物，新媒体的场域和技术支持赋予了批评主体更多的话语权，他们能够表达自己的所思所想，直接和批评对象进行无缝隙的沟通。无论是共时性的身份瞬间转换，还是历时性的对于批评话语权的让渡，整个批评过程都在媒介的影响下完成。批评主体在批评实践中的身份转化带来更多的针对文学的互动和多维度交流，基于主体的不同身份，他们从不同的层面开展文学批评，突破学院派对于文学作品的认知，丰富对文学作品的阐释。

3. 批评主体的再认同

不同于传统的纸媒时代对于批评主体的专业要求,新媒体语境下,批评主体获得了全新而自由的发挥空间,他们可以在不同的平台发出自己对于文学作品等多元化的声音。批评主体本身也承担了多重身份,在对这些“新”身份的再认知中,批评主体在新媒体语境下的批评实践活动可以看作其对于自我身份和对象身份的双重认同。

其一,批评主体身份在一定意义上表现出主体的自我认同。即,通常意义之下主体所表达的观点完全是自我内心的烛照。在拉康看来,语言并非用来交流,而是用来确认自我。批评主体的批评不仅是对批评对象的分析阐释,同时也在批评的过程中建构自己。拉康在《精神分析学中的言语和语言的作用和领域》中谈及言语的功能时指出:“我在言语中寻找的是别人的回答。使我成为主体的,是我的问题……我在语言中认同了自己,但这只是作为客体丧失在语言中后才做得到。”①批评主体在批评的镜像中观照了自己的批评,批评表明的态度立场也是对于自身话语方式的认同,批评主体观点的提出成为其对自己身份的认同。换言之,自我认同的提出意在表达批评主体的批评话语在一定程度上是他们对于自己与世界的认知。他们的批评话语看似在辩驳别人的观点,其实质在于将自己的世界观融入对作品的理解与阐发。当批评主体审视作品的时候,其实批评主体也在审视自己,在不断完善对于自身认知体系的建构。在精神分析学派看来,批评主体的批评文字是潜意识中的“我”的镜像,这些文字虽未直观地流露出批评者的生活体验,但却表达了批评者潜意识的真实,是他们对于自身认同的印证。

当批评主体认同一位作家的文学作品时,他们在小说中找寻到了曾经的记忆,或者某些生活经验,这些情感的共鸣渗透在他们的文学批评之中。岩井

① ［法］拉康:《拉康选集》,褚孝泉译,上海三联书店2001年版,第312页。

俊二的《情书》虽是1995年的老电影,但近年来却依旧热度不减,相关的话题与评分都居高不下。其中,带话题发微博的评论多以青春爱情的苦涩、暗恋却爱而不得的感伤、回忆青春故事的感慨等为主。在影片最后“你好吗？我很好！”的呼声中,主人公渡边博子走出了悲伤,放下了过往。而观者透过电影作品仿佛看到了青春岁月里的自己慢慢在记忆的迷雾中清晰,“我”似乎经历着电影中的一幕幕,又似乎承受过主人公式的迷惘和深情。每个人的青春都是一列无法返程但却刻骨铭心的单向列车,走走停停之间的一路风景合成了独树一帜的故事。《情书》中的故事正是触动了观者记忆中的痛点,促使每个观看电影的人跳出影片的故事而回归自身,去回忆那些发生过或未来得及发生的青春故事。批评主体在评点《情书》时,触的是影片中三个人的情感纠葛,生的是回忆自己青春岁月的点滴情感。可以说,当观者对于《情书》这部影片产生强烈的评点愿望时,他们所面对的正是过去那个自我,“藤井树们”的情感经历正是自我的镜像,由影片的故事而引发往事斑驳的回忆,产生强烈的需要宣泄的共鸣之情。换言之,他们在批评的过程中看似批评的是文学活动或文学现象,其实质是在自我剖析和反思,在这一过程中升华自我、认同自我。

其二,对批评对象的厘定体现出批评主体的身份认同。不同的批评对象反映出不同身份批评主体的批评实践的选择,批评主体所选择的批评对象表现出批评主体对于其自身的身份认同。斯坦利·费什提出的读者反应批评将读者置于重要的地位,在《读者反应批评:理论与实践》中的第一篇文章就是《批判的自我意识或者我们能否理解我们正在做的事》,他认为应当明确批评中的自我意识。身份认同实质是在批评主体挑选批评对象中完成的,通常而言,批评主体所感兴趣的批评对象往往与其身份相近,批评主体以自身的职业经验、生活经验、情感体验等去靠近文学中的角色,从而产生共鸣。换言之,批评主体的身份与批评对象间形成了认同的关系,批评对象在一定程度上烛照了批评主体对于文学的观念、立场和认知。洪子诚在《我的阅读史》中谈道,

“对于一个常常读书，他的生活与书本关系密切的人来说，这个人的‘阅读史’，其实也可以说就是他的生命史。”[①]在洪子诚看来，每个个体的阅读选择都是他们生命的痕迹，他们的生命状态也在阅读中留下不同的体验和痕迹。对于批评主体而言，选择不同的批评对象也昭示着每个人对于自身身份的不同认知。如果将一个人的“阅读史”视为“生命史”，那么一个人的“批评史”又何尝不是“生命史”的另一种呈现呢？不同的主体选择风格迥然的作品批评，批评的文字中隐含着他们对于自己身份以及生命的重要认知。

在当下的文学实践中，学院派的专家学者往往对于传统文学更感兴趣，新兴的网络文学、微博文学等并不在他们的兴趣范围之内，虽然会有相应的文学批评，但总体而言还是面向传统文学的批评数量更多。而普通读者可能相较于经典和名著更喜欢自由而恣意的网络文学。这些选择在一定程度上受到批评主体的身份影响，换言之，他们对于文学实践的选择更能表现出他们的身份认同。

戴锦华在谈到她的批评观时认为，“尽管做了多年‘批评家’，但我确实从未系统地思考过自己的‘批评观’。也许，我更乐于使用的一个说法，是何谓批评。而对于我，与此相关的问题是何谓知识分子或曰文化人的工作。”[②]作为学者的戴锦华在面对文学批评时将自己的身份定位为知识分子与文化人，她所选取的影片更倾向于经典电影，以专业的学术知识阐释其中之义。豆瓣时间推出《52 倍人生——戴锦华大师电影课》，专栏共 105 期，2017 年 11 月 8 日起，每周三更新两期付费音频专栏。52 部影片包罗中外著名电影，如米尔科·曼彻夫斯基《暴雨将至》、奥逊·威尔斯《公民凯恩》、德·西卡《偷自行车的人》、黑泽明《罗生门》、王家卫《花样年华》等。每一部影片都有独特的电影镜头与结构，呈现复杂的电影话语表达。戴锦华从不同的角度深入这些世界电影名片，将真实与虚构的交织娓娓道来，带领大众从学者的视角打开这些电

① 洪子诚：《我的阅读史》第 2 版，北京大学出版社 2017 年版，第 342 页。

② 戴锦华：《我的批评观》，《南方文坛》2000 年第 5 期。

影故事。这些电影都是电影史上的经典之作，虽然可能不是当下很多人择影的首选，但通过戴锦华的批评和讲解，更多观者的兴趣和情绪被带动，走进了美好的“镜中之镜，影中之影”的世界。

批评主体的身份对于文学批评影响深远，每一个批评主体都在文学批评的现场，他们的话语表达契合了他们的不同身份。批评主体的批评话语可以被认为是他们的自我认同，而批评主体对不同的批评对象的选择可以被认为是他们的身份认同。正是因为这种自我认同与对象身份认同，批评主体的文学批评形成了不同的观念、立场、思维与话语风格，丰富了文学批评的内容。

第二节　批评主体的立场、思维及话语

新媒体语境下的批评虽然也是站在面向历史、面向社会的层面，但却拥有更为灵活自由的表达空间。批评主体的扩容带来了文学批评参与的空前热潮，在新媒体语境下，文学批评似乎已经成为当下每一个参与文学活动的人的权利，泛化的文学批评已经不再局限于纸媒时期的专业报道、读者论坛、论文期刊、读者来信等渠道，它寓于大众的日常生活之中，存在于一个点评、一个驳斥等形式之中，文学批评在新媒体语境下的实践形式发生了巨大的变革。批评主体的变化集中体现在批评立场、批评思维与批评话语等方式的转变，批评立场的转变带动批评思维的革新，批评思维革新则带来不同的批评话语表达方式。与传统的文学批评不同的是，新媒体带来了更多感性的表达以及大众化的文学立场，批评思维由单一的评点式批评向多元化的互动式批评转变，批评主体的话语权重在新媒体语境下日渐提升。新媒体带来的批评主体的变化在总体上促进文学创作和文学批评的共同繁荣，完善文学批评的过程，提升文学批评的亲和力和公信力。

一、批评立场的联动效应

文学批评的立场是在主体对于文学作品或活动的认知基础上而产生的理解和阐释的态度导向。纸媒时代的文学批评立场往往以文学“为人生”“为艺术”等传统的文学观念评判一部作品的价值。理性认知、精英导向等共同构成文学批评的主流立场。

新媒体带来文学批评立场的革新，批评主体的日益庞大带来更多批评的声音，他们以民间性的立场从事文学批评，以感性的话语丰富理性的认知。当下的文学发展正向多元化的方向前进，传统媒体的精英话语并不能满足当下文学批评的新要求，新媒体发展带来的批评平台的泛化、批评话语互动的即时性、批评主体身份的多元化等特征都会引起批评立场的变革。

1. 批评立场的坚守与开放

新媒体语境下庞大的批评主体群体带来了批评立场的变革，即由传统的对思想性与艺术性的学院派评判标准的追求，逐渐转变为以多元化的批评标准面向当下的文学现象。换言之，新媒体语境下的文学批评由面向作品和作者的文学性视角转向面向市场和受众的通俗性视角，表现出开放化和多元化的批评立场。比如娱乐活动的介入，随着文学的空间被娱乐性逐步侵入，新媒体带来的关于文学的宣传往往也被冠以娱乐性的标题或表达等来吸引更多受众。尼尔·波兹曼在《娱乐至死》中认为媒体时代的信息已经难以将娱乐彻底剥离开，“我们的文化已经开始采用一种新的方式处理事务……随着娱乐业和非娱乐业的分界线变得越来越难划分，文化话语的性质也改变了”①。新媒体时代，“泛娱乐化”现象带来了文学性与娱乐性的广泛结合，影视、音乐与文学作品的改编极为丰富。针对这些新的文学现象，批评主体的批评立场在

① ［美］尼尔·波兹曼：《娱乐至死》，章艳译，广西师范大学出版社2004年版，第128页。

原有的文学性标准中又纳入了娱乐性的新标准。

文学作品的多元改编、文学新作宣传的泛娱乐化、文学经典讨论的话题化等逐渐成为新媒体语境下当代文学活动的发展趋势。批评主体的批评立场深刻影响着其走向。换言之,文学现象面对广大受众群体,受众的喜好在某种程度上会影响文学的发展趋势。比如文学作品的改编,成功的改编不能失去文学作品的灵魂,要兼容其中的精神性和文学性。而当下,文学作品改编的批评立场多元化,票房、演员、受众的接受度等都改变了以往仅以文学性判定改编成功与否的批评标准。新媒体语境下,批评主体的批评立场保持坚守文学性的精英立场与大众化的民间立场共谋的状态。

一方面,新媒体语境并未动摇受众对于文学性批评立场的坚守。当我们对文学作品或文学改编进行批评时,最基本的批评立场还是关注作品的文学性,新媒体作为将文学作品传递给受众的载体,它的存在并未消解文学作品的文学性。相反,信息处理的即时性提高了同一部文学作品反馈的时效性,这些批评话语在评价这部作品的同时也在某种程度上对于作品的完善提出了相应建议。所以,文学性的批评立场仍是新媒体语境下文学活动中批评主体的首要关注。在豆瓣读书、微信读书等阅读平台,纸质版图书的电子化带来了更加丰富的阅读体验,在屏幕页面中,读者可以任意标注自己有所思考的话语,写下注释或标注,其他阅读者在阅读的时候可以看到这些痕迹,在这些标注中与批评者进行互动。这些文学作品的标注大体是基于文学层面的解释、科普或情感共鸣,鲜有个人明显的喜好和厌恶。

在网络文学的原创平台中,小说在更新的同时亦可收获相应的评论,这些评论在原作者的既定框架中起到推动和丰富情节与内容的作用。可以说,在以新媒体为载体的媒介平台下,一部网络小说的创作是批评主体集思广益的结果。这些批评主体的话语基于文学性的立场,对于小说中的悬疑、爱情、推理等走向给出路径、建议等,作者在创作时会参考读者的想法,在这些批评话语中吸取合理的建议丰富情节,完善创作。

新媒体语境下的批评主体更注重以情感为基础而展开的文学批评。这里提出的批评其实在一定程度上扩大了文学批评的范围，新媒体容纳了普通大众参与文学活动的情感体验，为他们提供抒发己见的平台。基于批评主体的扩容、批评渠道的丰富等特征，批评主体的批评话语实质是精英话语与民间话语的再阐释。传统媒体时代的主流精英话语与新媒体时代的民间大众话语相碰撞，给予一部作品理性的态度和感性的情绪，从两个维度展开对于文学作品的丰富解读。一部作品在新媒体时代，观者既能够从学术网站看到学院派的精英话语的批评，又能在各个提供这部作品的 App 或网站中看到大众对于它的喜好或厌恶。比如莫言的《红高粱》，在中国知网上有若干专业的研究，在豆瓣平台有关于小说、影视改编的讨论区，百度贴吧平台建立相应贴吧讨论，知乎平台有相应搜索讨论，甚至在电影《红高粱》的各个视频平台的弹幕中亦有相关讨论。这些讨论都依赖于新媒体技术完成，分散在各个日常能及的平台中，兼容专业批评和大众批评，显示了当下文学批评的发展趋势。

另一方面，娱乐化逐渐成为文学与媒体连接的发展趋势，也成为批评主体日益关注的立场。批评主体对于一些文学的影视改编，除了会对比其与原著的出入程度，演员、服饰、拍摄手法、场景转换等都会被纳入他们的评判标准，这意味着在新媒体语境下的文学批评的立场除了依据文学性的标准，娱乐性也不容忽视。与我们以往谈论的雅与俗的艺术不同，娱乐性的立场建立在大众对于文艺的喜闻乐见的层面。观者在评判自己对于一部影片的喜好时，很大程度依赖自己主观对于影片的主演、布景、情节、镜头、后期等方面的喜好，而忽略影片本身的文学性。以电影《黄金时代》为例，在文史哲专业背景学者的眼中，无论是其叙事手法还是拍摄技巧都巧妙地展现了萧红颠沛流离的一生。而在大众观影者心中，面对这部类似纪录片式的传记电影却觉得乏善可陈。这部影片获得了第 34 届香港电影金像奖最佳影片，而其票房却大大逊色于当时同步上映的国庆档影片。在一些文学原著改编的影视作品中，“原著粉”往往从小说的情节、人物、逻辑等方面进行批评，而“影视粉”往往对演员的热度、剧作的题材、情感的走向以及大结局的处理等方面予以关注，不同的批评主体所关注的层面不同，带来了不同的批评话语。

在新媒体语境下，批评立场的多元化带来批评话语的娱乐化的情况屡见不鲜，但娱乐化并不能消解批评主体的文学性立场。由于批评主体的身份、职业、年龄等不同，他们会站在不同的立场去思考同一部文学作品。新媒体本身并不参与文学批评的过程，而是作为新的载体将大众的声音更及时而有效地传达出来。即使批评主体的出发点可能在于娱乐性或自娱性的立场，但专业性或精英性的立场与其并非两条永远不会相交的平行线。百花文学奖自创办以来就坚持将读者的声音纳入文学评奖的舞台，广大读者通过指定的平台进行投票，可以简单直接地表达出对于不同作品的喜恶。

新媒体语境下的批评主体参与了新时代文艺的建设，他们的批评立场、批评话语、批评标准等需要被文学界提高重视。

2. 批评立场的“破圈”涟漪

新媒体即时性、互动性等特点促进文学批评的模式更新。对于批评主体而言，他们的批评立场也因多种因素影响而发生转变。从媒体诞生之日起，文学批评通过媒介面向大众、面向文坛。而新媒体的“新”正是将文学批评这一行为推向了更多的批评主体，赋予他们参与文学批评的权利。建立在批评主体扩容现象的基础之上，批评立场在新媒体语境下也区别于传统立场，这种变革使冗长的批评话语与批评标准逐渐简化为感性的批评态度和短评，融入了市场化、商业化、热度化等能够吸引更多受众的新元素。

一方面，批评立场在新媒体时代具有转变迅速和不确定性等特点。这一行为具有随性而恣意的特征，因为处在庞杂的大数据时代的批评主体的观念立场易受到社会观念导向和营销传播热度等方面的影响而迅速转变。一些流行的批评话语、营销式推广、评奖热度、专业学者评点等都起到了“吸睛”的作用，这些因素与批评主体原始立场相互碰撞切磋，产生或深或浅的影响，从而推动批评主体观念立场的转变。

流行的批评话语对批评主体的立场产生影响,新媒体作为传播媒介对于当代文学批评话语实践的推广产生重要作用,相较于以往的低速传播方式,新媒体传播以“点—线—面”式的立体方式建构全新的批评空间。

一则,专业学者的解读影响批评主体的立场。学院派的经典阐释或名人语录在新媒体时代传播广泛,普通读者也能接触到这些理论性的话语表达,丰富自身的理解广度,例如鲁迅在批判国民性的时候提到“哀其不幸、怒其不争”,笛卡尔的著名哲思“我思故我在”,著名的“百年孤独体”等。以往这些话语所面向的主体以专业研究者为主,而新媒体的迅速传播使这些批评话语在普通大众中形成流行。当他们面对高晓声笔下《陈奂生上城》的陈奂生时,会回想起鲁迅笔下的人物以及鲁迅式的文学批评,在解读时能够上升到人与人性的层面来审视当代文学中的农民形象。当读到先锋小说的非理性叙述时,会想起博尔赫斯关于《小径分叉的花园》的时间遐想。这些批评立场的建构由“阐释的联想”转向了“批评的联想”。在新媒体语境下,每个人都能够向经典批评话语致敬,同时补充建构个人的批评观,在面向当代文学的批评实践时,以理性的沉思和感性的表达完善自己的文学批评。

二则,网络流行语的涟漪效果。一些流行语加入文学批评之中,打破了文学批评的严肃性,批评的立场由针锋相对转向委婉含蓄。比如,2019 年的一则网络流行语“我太难了”,用来表达对于生活不易的焦虑和无奈,又带有自我安慰式的调侃。《文艺报》2019 年 12 月 20 日第 7 版宋嵩的文章《“太难”、“脱发”与中国足球》,作者从实事谈起,而后谈到作家鲁敏 2019 年中篇小说《或有故事曾经发生》中的“我”每天写不出“10 万+”的新闻特稿而十分忧郁,因此产生了严峻的脱发问题,“我”开始用偏方治疗秃头问题,并自己打趣地将网名都改成“秃”字分开的“禾几”二字,脱发不仅仅代表“我”的健康问题,其中更是隐含着谋生的艰辛、生存的不易、个人存在的尴尬等诸多问题。而流行语“我太难了”不也正是包罗着无尽的辛酸与不易吗？用一句“我太难了”

恰好能表达鲁敏笔下的主人公的艰辛生活。在作者看来,"'我太难了,老铁,最近压力很大',看似是诉苦,仔细品味,又能明显尝出撒娇、自嘲(黑)、甚至'主动污名化'的味道,与此前盛极一时的'小确丧'明显不同。"①

《新京报·书评周刊》在2019年9月19日的微信公众号推出了《我太难了!明明是真笑,对方却以为是假笑》一文,以此讨论表情中的"微笑"意义的转变。"呵呵"由原来的开心、温和、友好等积极含义,变成了当下类似敷衍、嘲讽、冷笑等意味,仿佛在聊天时被对方发送了一个"笑脸"表情,就要反思自己是否表达或提议不当引发对方的质疑。作者从周汝昌的《谈笑》讲到索绪尔的《普通语言学教程》,从理论层面阐释了"笑"在网络空间里的语义新变。这种网络流行语和文学阐释结合的诠释方法吸引了更多读者,也更易被他们接受和再使用。当他们面对"微笑"表情的时候,可能就不再那么纠结、尴尬或质疑,而能以更从容的心态去面对这种文化现象,在去批评别的文学作品时也尽量避免这种表情带来的理解歧义,从而进一步阐述自己的观念立场。

当代文学在新媒体平台传播获得热度,批评主体要以理性的视角和立场展开批评,以文学的眼光思考作品在新时代的价值和意义,偶尔加入网络流行的批评话语解读和阐释,让严肃文学作品更"接地气"。例如第十届茅盾文学奖的获奖作品李洱《应物兄》的授奖辞:"《应物兄》庞杂、繁复、渊博,形成了传统与现代、生活与知识、经验与思想、理性与抒情、严肃与欢闹相激荡的独特的小说景观……体现着深切的家国情怀,最终指向对中国优秀文化传统的认同和礼敬,指向高贵真醇的君子之风。"②官方的授奖辞为此部耗时十三年的巨著定了基调,受众会带着主流的学院派提出的评判观点去审视《应物兄》,可以说这种批评话语促进了读者对于作品的深度理解,当他们在批评作品时往往也会从理性层面思考这部作品的意义和价值。

① 宋嵩:《"太难"、"脱发"与中国足球》,《文艺报》2019年12月20日。

② 第十届茅盾文学奖授奖辞:李洱《应物兄》,2019年10月12日,见https://www.chinawriter.com.cn/n1/2019/1012/c430444-31396459.html。

三则,“破圈”效应和跨界融合影响批评立场。《人民日报》2019 年 11 月 8 日的文章《期待更多“破圈”效应》谈道:“‘破圈’不是为了找存在感,而是为公众提供亲近专业知识的渠道,生活的浓墨重彩里,这样的供给不应该缺席……如何在群和己、小众和大众之间找平衡,一直是个问题。现在,我们看到的更多选择是‘破圈’。”①新媒体时代,文学推广离不开网络平台,文学圈与娱乐圈、影视圈、艺术圈等产生互动和交流,圈子文化的碰撞带来专业性与专业性的融合。“破圈”可视为一种文化的大融合现象,汲取各圈子的精华而重塑自身文化或立场,形成人文精神和科学素养的融合。对于批评主体的立场而言,“破圈”效应和跨界的发展推动他们原有认知立场的转变。比如,网络大 V 与粉丝群体的互动,往往使粉丝的自身立场转向他者立场,跟随大 V 的思路和推广认知文学作品或文学现象。读者一开始可能持有反对或不喜欢的立场,如果他们喜欢的某个名人推荐了这部书,那么由“爱屋及乌”的心态可能导致他们的批评态度产生巨大的转变。影片《少年的你》在 2019 年颇有热度,把校园霸凌题材的故事带入公众的视野,为那些遭受欺负的学生呐喊。其中,周冬雨和易烊千玺的出演使这部影片的热度直线上升,在影片未播出前两位演员的粉丝就报以期待,仅从花絮或预告中就持有好评的立场。在影片的上映期,李银河《看完〈少年的你〉,今天想和大家聊聊,什么是好电影》的影评又将影片的热度和高度推向了更高层,李银河从故事的逻辑性、可信的人物关系、演员的上佳表演以及从影片投射而出的青少年成长问题等方面推荐《少年的你》这部电影。李银河的影评通过新浪微博发布,之后便迅速升到热搜榜。如果说,演员的粉丝、电影爱好者等批评主体的立场是由喜爱到喜爱程度爆表的转变,那么,在阅读李银河的影评之后,普通受众对于《少年的你》的批评立场也发生了转变,认同者的批评立场倾向于更喜爱这部电影,驳斥者也会更细致地观影以找出不同的意见。

---

① 管璇悦:《期待更多“破圈”效应》,《人民日报》2019 年 11 月 8 日。

另一方面，批评立场的转变还受到社会环境和主体自身的影响。社会的舆论风向影响批评主体对于一部作品的态度，批评主体自身的逻辑性和审美性也同样影响他们的文学批评。可以说，新媒体语境下，批评主体的批评立场实质是感性立场和理性立场的共舞。

一则，批评主体的批评立场受到舆论环境的影响。情绪型的批评主体更多关注的是作品本身，甚至是某些小细节。批评主体往往会根据风向批评，其中的"吐槽"可能只是某些情绪的宣泄，随着时间的推移，他们的立场可能改变，受舆论因素影响很大。新媒体带来的文学传播的时效性推动了文学批评与热度的结合，换言之，文学批评正以快速化模式行进。以网络文学为例，一部作品的问世，在新浪微博热搜，在百度、腾讯等平台推送，这些都会使批评主体发现这部新作品。在媒介平台的推广中，这部作品获得了更多的接受主体，当接受主体转变为批评主体时，他们会结合所处的不同环境评价这部作品，形成独特的批评话语与批评立场。

二则，批评主体的批评立场受到个人身份以及文学素养的影响。批评主体对于理性或感性的批评立场的抉择也取决于他们自身的身份和文学积累，出发点在于批评主体依据自身的经验而形成的世界观与价值观。通常意义上，专业学者倾向于用理论与专业的批评观阐释文学，普通文学爱好者或网民大众倾向于使用感性的文字评点文学。这些批评立场的分化表现出批评主体对于文学的自我观照，无论是理性立场还是感性观念，二者并不是对立关系，而是在不断寻求融合。豆瓣平台的书影音区经常会有关于畅销作品与经典作品的讨论，热评榜中的长短评往往是理性的逻辑和感性的情感体验结合的精彩绝伦的批评话语。批评主体的批评立场建立于读者与世界的对话中，讲述批评主体内心的真实体验，理性与感性的立场只是辅助批评主体将真实的自己呈现给世界的工具，喜与恶也只是在这一文学过程中产生的促进批评主体开展批评的动力。批评主体的目的在于展现自己对于文学的理解，将自我代入文学中，又从文学中剥离自我、反思自我，如此循环往复。

朱光潜在《谈美》一书中认为，我们对于美的态度以“实用的态度”“科学的态度”“美感的态度”为主，“实用的态度以善为最高目的，科学的态度以真为最高目的，美感的态度以美为最高目的。”①新媒体给予批评主体更多文学接受与批评接受的空间，他们面对文学的立场也是集“实用”“科学”与“美感”于一体，将理性的逻辑思辨和感性的审美体验融为一体。在新媒体语境下，批评主体的立场实际处于一种矛盾的状态，他们既想以理性的学院式规范文学，又希望在情感共鸣层面获得更多受众的认可，既有更多的热度，又有持久不衰的生命力与深刻的社会影响力。

理性的认知来源于向学院派的学习，即使在新媒体语境下，文学批评仍需要理论与理性的认知。感性的认知范围广阔，它包含学者的情感共鸣与大众的感同身受，在新媒体语境下，文学带来了灵魂的洗礼，感动之后的文学批评倾向于以情感立场压倒理性立场。在当下，论坛、贴吧等涉及文学的讨论区往往充斥着感性的批评话语。参与这些批评的批评主体本身在阅读等过程中产生了与故事情节的共鸣，而后在讨论区抒发自己的情绪。感性的立场在文学批评中以共情的模式将批评主体的情感体验和文学作品表达的内涵寓于一体。感性的立场还表现为大众对于自身生活经验的展现，他们的文学观建立在他们的童年生活经验或职业的规训基础上。所以，新媒体语境下当代文学批评实践的立场转变，实质是批评主体对于文学现象感知视角的转变，从文学理论的视角出发到从情感认知的角度出发，以更加全面的方式思考一部作品，这一转变拉近了作家、作者、读者和世界的距离，使文学的四要素更紧密地互动。

新媒体带来了当代文学批评实践的变革，影响批评主体立场转变的因素众多，无论是持有理论性的文学立场，还是持有市场化的娱乐立场，抑或是站在社会发展的立场或主体自身审美性或逻辑性的立场，都与批评主体对于宏

---

① 朱光潜：《谈美》，生活·读书·新知三联书店 2012 年版，第 127 页。

观世界或微观个体的认知密不可分。这些批评立场的变革都是主体自发或自觉的行为,新媒体推动了批评主体立场的革新,给予了主体更多聆听他者立场的机会,更多表达自己意见的平台,更丰富的文化、生活与娱乐的融合体验。可以说,批评主体的立场转变意味着他们的态度变化,从而引起相关的文学活动、消费行为或舆论风向变化。当下的文坛以现实主义创作为主,新媒体语境下大众的文学批评实践立场更倾向于民间性与感性。互联网的发达带来的快餐式文化,也使文学的热度与娱乐化的宣传捆绑在一起,小说影视化改编现象的泛滥正是说明了这一风向。

二、批评思维的数据化及多向度

新媒体带来的批评主体的思维转变表现在由文字批评向视觉批评转变,由单向度的批评向多向度的互动转变。可以说,在新媒体语境下,文学批评不再是单一、单向的输出,而是多元化、立体化的互动。新媒体语境下的文学批评正是在变革中完成新的范式转变,这种转变完善和促进了文学批评体系的发展。

1. 由文字感知向数据认知转变

技术日臻成熟,使以文字为载体的思维方式被群体互动、网络直播、图像影视化等多维符号重构。在技术革新的当下,批评主体思维模式的转变可以说是由文字感知向数据认知转变。

一方面,文字感知的批评在新媒体时代以磅礴海量的面貌呈现,带来众说纷纭的文学批评。另一方面,文学批评思维模式空间具象化,以文字表述为主的批评逐渐向数据、图表、视频、音频等视觉批评转移。其中,图像化与影视改编尤为突出。图像化是图像转化的过程,以图像的数字化、立体化、多维化向世界传递信息。影视改编是当下文学与消费结合紧密的一种表现,文学作品的影视改编既带来营销的热度,又带动市场的消费,可以说是一种双向的共生模式。视频与文学的结合在新媒体语境下已逐渐成为常态，这种现象促进了文学批评思维模式的转变。

随着移动终端技术的成熟，文学的影视化与音频化日臻成为当下的热潮。无论是文学作品以图像化的形式进行影视改编，还是在各大平台以朗诵或讲故事的方式展现，都是当下我们面对的文学现象。在这波热潮中，仅以文字的形式表达文学批评的话语在某些批评主体看来缺乏表达的生动性，于是他们以视频与音频的形式表达文学批评。电影频道（CCTV-6）于 2016 年推出电影文化评论类节目《今日影评》，以约 8 分钟的时长带领观众走入电影的世界，邀请专业学者、知名影评人、导演、编剧、演员、作家等从不同角度评点影片。其中一期讨论影片《中国机长》，节目邀请了一位民航机长做客访谈，机长从专业的角度评点影片所呈现出的备降难度，以及影片的一些夸张渲染。整期影评节目以主持人的访谈和专业人员的独到理解为主，配以电影画面的相应剪辑和电影角色的话语呈现，还有《中国机长》的原型川航机长的镜头采访等画面。《今日影评》既有科普性质的专业讲解，又有融情于景的音画结合，将文字、声音与影片画面剪辑在一起，更能引起观者的兴趣。对于《中国机长》的评点使观者更能领悟影片所传达的敬畏生命与敬畏责任的主题，为中国精神和中国骄傲点赞。这类评点节目在当下愈加流行，新媒体平台使大众能够更加便捷地观看并阐发自己的独到批评。

热播剧《庆余年》改编自作家猫腻在起点中文网首发的一部网络小说，收获了大量的点击率，在新浪微博、微信等平台掀起了讨论的热潮。其中有录制短视频以"几分钟带大家看一部剧"的方式介绍《庆余年》，或者以视频采访讲出观者实时的观后体验等，这些都是由文字转向图像，以更生动、立体的形式展开的文学批评。

在批评主体看来，这些音频与视频的批评方式在实质上与文字所表达的批评一致，只是采用了不同的表达方式。批评主体将自己的所思所想以文字或音视频的方式呈现，这些都是在新媒体环境中完成的。微信公众号"文艺报1949”,依托1949年创办的《文艺报》,从2020年1月22日起开始逐期推送2019年度文学关键词的讲评人视频。这些视频是由中国文联等机构的专业学者录制的关于2019年度文学的关键词,其中涉及“新中国文学70年”“现实主义创作”“网络文学”“青年写作”等。比如刘大先在谈论“现实主义创作”时强调,2019年代表性的现实主义作品主题是脱贫攻坚,他认为在2020年会继续涌现出大量现实主义作品,如科幻文学中所包含的科幻现实主义的作品等,从学者的视角总结文学发展并展望新动向。可以说,这就是新媒体语境下的视觉文学批评的表现,通过声音和画面以更生动的形式使受众接受主流媒体对于文学的批评,使文学大家通过视频生动地呈现在受众面前,在一定程度上提升受众对于文学批评的接受。

直播或视频平台的弹幕互动盛行,批评主体在画面之中发表弹幕,就当时当刻的景象或内容表达自己的想法和评价,创作者在看到感兴趣的弹幕时会及时回复批评主体的问题,此时的弹幕批评以“讲述者VS观看者”“观看者VS观看者”等批评形式形成多元群体互动。如影视剧的弹幕有时会请主要参演人员在特定的某一集和观众进行互动,观众在弹幕中提出自己的理解和疑问,与参演人员、其他观众互动,此时的弹幕便实现了群体互动,这种互动带来新媒体语境下全新模式的文学批评。

批评思维的转变说明了批评主体对于自身认知的提升,也说明了批评主体对社会文化认知的提升。批评主体可以以不同的身份视角看待文学,参与文学的论争。文字批评表现了批评主体对于传统文学批评形式的继承,视觉批评表现了批评主体的批评新模式,二者相辅相成,共同提升新媒体语境下批评主体的思维方式,促进批评主体参与文学批评的热情,推动新媒体语境下文学批评实践活动的发展。

2. 多向度的立体的群互动

新媒体带来的批评思维的变化还体现在批评主体由单一的自说自话向互

动交流转变,多向度的群互动思维使批评主体的批评视野日益广阔。在新媒体平台中,随处可见批评主体之间的辩论驳斥。在起点读书 App 中,用户在一部小说中的任意章节、段落都可以发表自己的书评,或者发表自己对于书中文字或人物的配音,其他读者在读书的同时也接受了这些书本之外的发散内容,同样他们也为这些评论或配音内容点赞,集赞量高者被推送至前。微信读书、豆瓣读书等平台也实现了这种互动交流,通过文学批评的传递,无论是对于原创性的连载网络文学,还是对于已出版的文学而言,都是对于作品理解与阐释的深化和补充。尤其是对于连载性质的网络小说,一方面,多向度的批评思维有助于完善作家对于文学创作走向的思考。通过批评主体的交流互动,作家能够掌握读者对于自己文章的喜好,其中一些批评主体的建议恰恰能弥补作家创作层面的空白,有助于情节的丰富完整,甚至促进作家创作灵感的诞生。另一方面,多向度的批评思维推动其他读者的接受。网络文学的一些表达可能和时下的流行语等契合,若某些读者并未领悟到这些幽默的语言手法,便领悟不到作家的巧妙构思。多向度的群互动讨论起到了促进读者认知的作用,通过讨论区的讨论,读者能领悟到作家表述的良苦用心。当然,多向度的文学批评是批评主体的自发选择,并不是每部作品一定会存在对于其中内容的解读或者对于作家创作的建议,但这两个方面已经日渐成为网民阅读网络文学作品的主要能动性表现。

多向度的群互动形式推动批评主体的自我完善。通过多向度的讨论互动,批评主体在批评时或意识到自己的知识局限,从而选择相应的书籍或视频学习;或在互动时涉及自己感兴趣的层面,而选择摄取相关知识。无论是哪一种形式的学习,都可以看作新媒体语境下批评思维变革带来的批评主体的自我提升。这些自我完善是隐性的存在,寓居于批评主体的文学批评活动中,而完善的程度或学习的深度很难量化,其变化是潜移默化的。批评主体对于知识的渴求从原点出发,很有可能从一个层面转到另一个层面,一环扣一环,快速转变,不断往复,虽然可能涉猎不深,但其广度却庞大而博杂。余华的《许三观卖血记》摘录余华在 1998 年 7 月写的序,“马提亚尔说:‘回忆过去的生活,无异于再活一次。’写作和阅读其实都是在敲响回忆之门,或者说都是为了再活一次。”①在微信读书平台中,这句话的标注和评论很多,并随时间的推移而增多,其中就有关于马提亚尔的生平介绍,也提到鲁迅、刘震云、路遥等对于人生的理解,还提到《人类简史》和《攻壳机动队》这两部作品中契合“再活一次”观点的内容,等等,这些评论丰富了读者对于原作品的理解。若无对于马提亚尔或者余华的了解,那么读者在看到这句话时便会忽略其中的深意,很难想到“过去的生活”与“再活一次”之间能指与所指的联系,也就无法理解这些对余华的影响。通过上述种种,批评主体在多向度的群互动批评中能获得新的阐释和知识,此类注释类的文学批评既提供了批评主体对于文学的理解,也促进了其他读者对于这部分文学的深刻思索。

新媒体带来的批评思维的转变实质在于由单一的批评行为转向多互动的群体讨论,无论是文字批评向数据批评的升级,还是单向度的批评向多向度的互动转型,都是新媒体带给文学批评的变化。这变化丰富了批评个体,也丰富了文学世界。

三、批评话语的人间烟火气

新媒体语境下,网友在文学批评现场讨论和互动,以通俗易懂的方式表达他们对于文学的喜好,可称为“人间烟火气”的批评。他们大多以非学术理论性质的民间性立场评点文学作品或文学现象,或是直抒胸臆的情感共鸣,或是自己的生活体验。批评主体的身份变化带来话语方式的变革,众声喧嚣的批评话语冲击着传统的文学批评,而对于市场化的追求也深刻影响着文学作品的影视化走向,由此,“人间烟火气”的批评逐渐崛起,在文坛占有一席重要之地。

---

① 余华:《许三观卖血记》第 3 版,作家出版社 2012 年版,第 4 页。

传统的文学批评话语往往以理论性、严谨性、逻辑性等著称，学院派的专家学者通过对于文学现象或文学作品的分析，从理性的角度阐释文学的多样性。新媒体带来的转变则是愈来愈多人间烟火气的批评话语呈现，这些“接地气”的批评话语充斥各个平台，普通大众也更容易接受这些民间性的表达方式。比如，2018 年《时尚芭莎》邀请了中国当下非常有影响力的一些作家，拍摄他们的肖像并采访他们的文学观念，以“杂志承载时代、作家传达时代、摄影见证时代”为核心将文学与媒体结合，可谓时尚圈和文学圈的融合，带领大众走进作家们的创作和批评世界。2018 年 3 月《时尚芭莎》的微信公众号推送毕飞宇的访谈。毕飞宇以通俗易懂的话语表达他对于文学、阅读与批评的理解，并在回忆自己的童年生活时说道：“我就想啊，夜空如果是一块烧饼该有多好啊，星星像芝麻，会很香。但我必须承认，我把能吃的都想遍了，唯独不知道什么叫‘仰望星空’。”①这种通俗的比喻方式和口语化的语言风格遍布全篇。毕飞宇以简洁的话语向读者诉说自己的童年生活经验对于其写作的影响，他在说自己童年生活的天真时光、父母与儿子之间的温情，而读者透过他的生活经历观照自己的人生，这既是毕飞宇的童年故事，又何尝不是那个年代别人的人生故事。简洁通俗的话语和以小见大的表达方式让读者渐渐靠近毕飞宇的内心宇宙、创作理念以及他的文学批评观。文学批评要审视文学作品，对文学作品提出合理的建议，促进文学的繁荣发展。作家们传达的声音需要被大众倾听，大众在倾听的基础上为自己喜爱的文学作品或文学活动投入时间、热情与购买力。当下的社交媒体甚至就可推动流量变现，因而有购买力的人群的批评就得到格外的重视，他们的喜欢与否直接决定运营平台盈利与否。

然而，人间烟火气的批评话语在体现民意的同时，也存在一些单纯情绪型或吐槽型的批评，这些仅仅表现了批评主体对于文学作品的情绪，缺乏客观的

① 徐晓倩：《毕飞宇：我的阅读从仰望星空开始》，2018 年 3 月 19 日，见 https://mp.weixin.qq.com/s/1VjoGyzPeBWUcLmvvwtkdA。

评价陈述。以经典名著《红楼梦》为例，除了专业文学的红学研究，在新媒体阅读平台的《红楼梦》讨论区中都会有十分生动的书评与讨论，也会存在单纯的情绪型批评，如对于贾宝玉、林黛玉、薛宝钗等主角的不认可，或戏谑作品中的人物，以及对于《红楼梦》整部书的质疑等。这些批评与批评主体的个人喜好息息相关，仅代表个体的看法，文学经典作品在当下的价值重估仍是一个复杂的过程。

第三节　新媒体语境下批评主体的批评秩序、在场精神与主体性

新媒体为文学批评实践提供自由的评点平台，促进批评的形式多元化。这虽然带动人间烟火气的话语表达走向，促进大众喜闻乐见的文艺形式面世，但也正是这些新变化带来了批评主体的新症候，其中，批评主体批评秩序的无序、批评主体在场精神的疏离、批评主体的主体性缺失等都是新媒体语境下文学批评的症候，须引起批评主体的重视。文学批评应在延续传统风格的基础上注入新的时代精神。批评主体的批评行为仍受到批评标准的约束，新媒体语境下的文学批评仍是严肃的文学活动，大众需要认真对待，努力呈现经得起推敲的批评话语。批评主体的学术观点必须挺立，在知识储备、理论评说方面应该不断升级，坚守正确的社会观、政治观、艺术观。

一、批评主体批评秩序的无序

所谓秩序，需要在一定的约束和规范下有条理性地展开。批评秩序需要批评主体的话语遵从一定的批评准则的规范，否则会陷入无序。

批评秩序无序是当下文学批评主体面临的症候之一。传统的文学批评秩序是专业学者、文学爱好者、读者等群体按照一定的批评标准和规范从事文学批评，多以见报见刊等形式呈现，报刊编辑的审核成为其中重要之环节，刊登

的文学批评符合规范，且能够或深刻或平实地表达批评者对文学作品的理解。新媒体语境下，批评平台的扩容使大众能够随时在各平台发表自己的见解，相关的审核机制并不限定批评者所写文字的逻辑或文学性，文学批评容纳了不同身份、职业、学历、社会经验群体的阐释。庞大的批评主体在参与新媒体语境下的文学批评时，往往从自身的理解和喜好出发，在自由而快速的网络环境中表达自己的所思所想。对于批评秩序的讨论有利于完善新媒体语境下的文学批评，促进批评主体的自我完善，建构新的标准与秩序。

批评逻辑与批评话语的紊乱导致文学批评主体批评秩序的无序。新媒体语境下的文学批评多从感性层面出发，表达往往缺乏专业批评者所追求的逻辑严密性。文学的阐释不等同于批评主体的随意表态，文学批评是批评主体在认真思考文学之后的阐发，需要严密的逻辑。虽说新媒体给予了批评主体自由独舞的空间，但各说各话的自由并不意味消解了批评的理性本质。在新媒体语境下，文学批评应该兼容感性的情感和理性的逻辑。其中，感性的批评话语的存在会引起其他读者的情感共鸣，他们或以童年生活经验诉说，或以人生的体验为例，凡此种种都具有隐性的逻辑。但也存在一些他人难以理解的感性批评、无厘头的批评话语，比如，张冠李戴式的文学批评，评点一部文学作品时将主人公弄混，情节错乱；因果混乱式的文学批评，仅以自己的喜好判断，失去理性分析等，这些都是批评主体逻辑紊乱的表现。这一现象也致使精英批评和大众批评之间存在着某些关于文学批评观点的争执。在学院派看来，文学批评是严肃且严谨的话语表达，大众的情绪型共鸣虽然是真情实感的流露，但应该加入理性的思辨，才能显现文学批评的文学性。而普通批评者则认为，尽管他们在批评的过程中出现了一些逻辑紊乱的表述，但也表达了真实的态度。当下的文学还是倡导批评主体能够在表达自己所思所想时考虑逻辑关联性，带来一些真正有价值的声音。

缺乏秩序的约束也会导致文学批评主体批评秩序的无序。众口难调，每个批评主体都在诉说自己的喜好，琐碎的批评话语难以建立起作品、读者、作家和世界之间的联系，批评秩序的无序造成了杂乱的批评现场，一些讨论和辩驳都失去了存在的意义。当批评者就某一点展开讨论时，在话语驳斥中可能囿于口舌之输赢，而早已忘记讨论的初衷。在无序的批评秩序之下，每一部作品的方方面面都可能从各个维度被批评主体拿来讨论，有时批评主体仅仅因为一个细节而否定了整部作品，显示出视野的狭隘、文学素养的局限、理性的缺失等。

当我们肯定批评主体参与度提升时，也需要面对庞杂、无序的批评秩序现象，并找到症候所在，以期重新建构批评秩序。针对文学作品影视改编的批评更是如此，批评主体往往会因为不喜欢的某个演员而否定整部电影，或仅仅因某些情节而否定整部作品，甚至他们的表达根本不能被称为文学批评。由此，建构批评秩序刻不容缓，批评主体的言论自由被何种秩序约束是新媒体语境下的文学批评需要思考的问题。

二、批评主体在场精神的疏离

新媒体语境下的文学批评现场以时效性与互动性等特点带来全新的面貌，时空距离的打破使批评主体能够在同一时间和地点参与不同的文学批评，线上模式就能够带来便捷化的文学互动现场。可以说，当下的每一个参与文学批评的主体都在文学批评的现场，他们积极参与，辩驳看法。但在新媒体语境下，一些批评主体存在理解、关注、批评方法的局限等，导致即使他们处于文学批评的现场，但其批评话语却缺乏在场精神。在场精神的疏离导致批评价值随之降低，在众多批评话语中难觅真正有价值的声音，对于某些优质作品而言具有遮蔽性。

首先，文学场域的选择。新媒体的发达导致批评者所接受的文学现场不同，面对同一部文学作品的不同文学现场所带有的倾向性致使批评主体在进行文学批评时也会存在某些情感导向，缺乏客观公正性。学者何平曾将当下的文学批评者面临的文学现场定义为“乱挖滥采”，在他看来，新媒体的发达使文学作品传播的途径多样化，这就导致文学批评的现场出现分化，“今天做文学批评，哪怕面对一个短篇小说一首诗，你的第一现场和同时到达的第二现场都是已经被开采过几遍的。这还没完。随后是自己可以控制的知乎、豆瓣、微博和微信……你都可能被裹挟到这个文学交际现场。”①在传统文学中，就存在由于批评主体面对的文学版本不同而处于不同的现场，导致他们即使面向同一部作品，仍对其中的故事情节和人物性格有不同的看法。在新媒体语境下更是如此，在网络平台连载的电子书和其出版的纸质书中的一些细节就不相同。网络连载小说处于随写随读的状态，字数比较多，为了迎合网友的欣赏临时加入流行的“梗”等。但其出版时，出版社的审核标准较于网络平台更注重细节，全书的文字、情节等的处理更向严肃文学靠拢，将一些无厘头的表述、粗糙的文学表达与不连贯的情节等都改正，或者完善故事情节，或者更改结局，使逻辑显得更加合理。总之，面向同一部作品的批评主体，由于他们面对的文学现场不同，会得出不同的结论。批评主体应该关注一部作品的完整度，关注作品的原始版本，以及同一部作品在不同平台的变化和改编，完善自身的文学批评。

其次，即使处于相同批评现场的批评主体，对原著理解的不同、批评方法的差异等也会导致他们的批评缺乏在场精神。批评主体有时并不能充分理解文学，而产生了某些流于想象的批评，理解的局限带来在场精神的疏离。换言之，批评主体的不在场致使文学批评缺乏真实性，或依托理论的阐释，或依托情感的解读，缺乏全面的分析和评判。比如，在加西亚·马尔克斯所著的《百年孤独》中，开篇写道：“许多年以后，面对行刑队，奥雷良诺·布恩地亚上校将会回想起，他父亲带他去见识冰块的那个遥远的下午。”②在微信读书平台

---

①　何平：《你抵达的永远只能是一个“乱挖滥采”的文学现场》，2019 年 12 月 4 日，见 https://www.whb.cn/zhuzhan/wxb/20191204/306740.html。

②　[哥伦比亚]加西亚·马尔克斯：《百年孤独》，黄锦炎、沈国正、陈泉译，上海译文出版社 1984 年版，第 1 页。

中,这句著名的开头受到众多标注,其中有类似句式的仿写,有不解的疑问、吐槽等,其中对于这句话不理解的原因是批评主体缺乏对于魔幻现实主义的认知,对于文学作品的批评还是依据自己的想象,以现实主义的批评方法来审视后现代主义的作品,理解和批评方法的不恰当导致对作品存在误读。陈晓明从学者的高度理解这句话:"'许多年之后'这个时间状语超出故事的自然时间,与其说它表达一个时间长度向量,不如说它表明一种时间意识,它是一个意识到的'时间跨度'。"①《百年孤独》的开头以预叙形式展开,而这种开头的形式也被后来的写作者学习借鉴。影片《少年派的奇幻漂流》,如若没有回归作品本身,我们可能看到的是历经风险的成年男人派在回忆年少的故事,初步理解为讲述人与动物相关故事的影片,陷入不知何为真实的思辨。但是回归到影片细节,甚至回归到原著小说,则会发现电影的隐喻和留白其实给予大众无限遐想的空间,在亦假亦真的镜头转换中,每个人都拥有不同的理解。若批评主体在面对文学时理解产生局限,那么他们即使在文学批评的现场,其批评话语也具有误读性质。

第三,批评主体虽然处于文学批评的现场,但有时他们的关注实质却不在场,关注的局限造成在场精神的疏离。批评主体盲目地从事文学批评,而未从文学现象或文学作品本身出发,随之产生"跟风""跟帖"等批评行为。市场化和娱乐化的导向会对批评主体的批评产生一定影响,换言之,他们面对的文学批评现场也受这些因素影响,粉丝经济、网络跟风等可能导致批评主体盲目从众批评,缺乏独到的思考。文学图像化之后的影视呈现,大众针对电影与电视剧等的评价往往与有无喜爱演员、网络风评、个人题材偏好等相关。若一部影视作品网上各平台都收到较高评分,那么存在批评主体也随之叫好的现象。换言之,新媒体语境下的文学批评也存在某些从众心理,批评主体的关注点不在文学作品本身,而在文学之外的其他因素,或从其他批评主体的批评出发开

---

① 陈晓明:《无边的挑战:中国先锋文学的后现代性(修订版)》,中国人民大学出版社 2015 年版,第 67 页。

展辩驳等。此类文学批评未能深入剖析文学，缺乏理性，亦缺乏深度。同时，新媒体语境下也存在文学迎合批评主体的现象，一些网络文学创作平台的作者一味迎合批评者的喜好，而更换了原本设定的创作主线与故事大纲，导致整部小说存在逻辑漏洞、人物性格塑造不全面等局限。还有一些剧作为了迎合市场热度与粉丝经济，而续拍的第二部、第三部等，剧本制作粗糙、人物关系错乱，实属狗尾续貂，失去了第一部作品的精神内核，导致收视低迷。新媒体赋予了大众表达自己文学喜好的自由，但批评主体和批评现场的关系、批评主体和创作主体的关系等都是文艺工作者需要思考的问题。

最后，批评主体在场精神的疏离还表现在批评方法的局限。虽然新媒体赋予不同批评主体表达自己见解的权利，但文学批评还是需要在一定的批评标准和批评方法的指导下完成。批评主体虽然在批评现场，但他们提出的部分批评话语缺乏在场精神，从批评的认知与方法层面来说并不算是文学批评，他们做的工作大多是互动讨论，其中批评也多以感性话语或生活经验展开，缺乏理性与理论支撑。网民大众批评话语只能说明他们对于新媒体语境下文学的一种表态，虽然这些态度也足以影响创作者或运营平台，但从文学层面而言，仅仅表达喜或恶的态度难以真正达到文学批评的深度。无论是传统的形式还是新媒体的形式，文学批评都应该立足于一定的批评方法而阐发批评话语。批评主体缺乏批评方法的指导也会导致批评话语的啰唆与重复。比如，余华《世事如烟》在豆瓣平台的评分为7.6分，约3800人参与评分。[①] 有网友提出因这部作品晦涩而没有读完，也有网友认为这部作品的情节结构十分奇怪，还有网友仅仅从书名层面来解读这部作品，认为作品写的是虚无缥缈的世界。这些批评话语表达了读者在阅读《世事如烟》时的真实所想，但缺乏批评方法，在文学作品的阐释、作家创作心理和创作情感的感悟，以及这部作品的文学推广等层面都缺乏深度。余华的先锋实验性在《世事如烟》这部作品中

① 参见豆瓣读书:《世事如烟》，数据统计于2024年4月15日，见https://book.douban.com/subject/20426613/。

表现得淋漓尽致,他甚至将里面出现的人物全部以数字命名,故事情节的发展错综迷离,看似没有联系的两个人却在故事的推进中产生了不可分割的紧密联系。读者在评价《世事如烟》时,应该首先了解余华的创作风格,掌握简单的批评方法,这样才能做到对作品真正读懂之后的批评。从“读”到“读懂”,其关键在于批评主体自身的文学性思考以及相关批评方法的学习,只有都具备了,才能完成对于一部作品从“表态”到“阐释”的完整的文学批评。新媒体语境下的文学批评并不是要求每个批评主体都从学院派的批评视角和批评方法出发,而是希望每个批评主体以认真而全面的态度展开文学批评,真正从文学的角度出发思考当下的文学作品或影视文艺作品,在对作品表达喜恶的同时也提出自己合理的建议,共同促进新媒体语境下文学的繁荣。

“在场”是真正从文学作品的现场出发,理解感悟文学,以文学批评的方法作出恰当的批评。对在场精神的呼吁也是对批评主体存在的症候的思考,新媒体对当下文学批评的实践产生重大影响,批评主体的文学批评不应该脱离文学现场。对于不同身份的文学批评主体,其在场精神的要义也略有不同,专业学者身份的文学批评主体应该以更严谨的态度面对当下的文学批评,为文学批评提供指导建议;普通大众身份的文学批评主体也应该尽自己所能树立文学意识,坚持从文学作品或文学现象出发,发出真正有利于文学发展的声音。

三、批评主体的主体性缺失

新媒体语境下,批评主体所作出的文学批评在很大程度上存在盲目跟风或单纯情绪发泄的症候,此时的批评主体在批评过程中丧失了主体性,仅仅凭借个人情绪作出批评,缺乏文学批评的深度和风度。这样的批评弱化了批评的文学功能。

一方面,有的批评是有表达的批评,而非有思想的批评。批评主体的主体性缺失表现在批评缺乏思想性,有些批评具有片段性、片面性,或带有人云亦云式的特征，批评呈现越来越重直觉、时尚、跟风。新媒体语境下的文学批评并未对批评的本质作出改变，改变的只是批评的形式。对于日渐扩容的批评主体而言，文学批评似乎成为他们消遣或娱乐的一种方式，他们所认知的文学不再是神秘的、晦涩的，相反具有娱乐性、大众性的新特征。批评主体的批评易受到热度较高的批评者或媒体的影响。新媒体语境下，权威人士的批评话语可能成为大众追随的潮流，一些名人的批评话语对某部作品的风评可能产生导向作用。“把关人”格外重要，他们负责筛选和判断有价值的信息，再将这些信息传播给大众，进而带来全新的舆情导向。明星效应或热度推广应该选择真正优良的作品，激发批评主体的能动性，带来更丰富的有效批评。若批评主体面对新媒体语境下的舆情而产生一定的盲从行为，那么他们的主体性就会缺失，带来的是千篇一律的批评话语，或没看作品就评价好坏的盲目从众。

另一方面，批评主体的主体性缺失还表现在批评缺乏有效性，未建构批评意识。新媒体语境下的批评主体在各平台发表的文学批评言论，仍存在被情绪左右的现象。包括刷分、刷好评或差评，这些行为会形成某些舆论导向。这样的批评失去了文学批评应该有的客观与公正的态度，批评者的主体性也逐渐缺失，成为情绪的输出者，其批评话语缺乏理性的思考。在四大名著的阅读中，一些读书平台就会出现类似“我讨厌林黛玉”“唐僧是虚伪的”“讲述孙悟空的爱情故事”等与传统的经典文学人物形象评价背道而驰的言论。一些偏情绪型的批评单纯是个人好恶，批评话语与文学作品相去甚远，甚至文不对题，这些毫无逻辑的批评就失去了文学批评的本义，很难纳入严格意义上的文学批评范畴。

此外，一些批评主体的话语缺乏有效性，而流于形式或情绪。面对一部电影，会存在一些“喷子”“水军”或盲目的吹捧与贬低等，这些批评话语失去了批评的意义，完全被非文学因素主导了他们的批评行为，比如市场与票房的追求、对演员的个人崇拜，以及情绪的宣泄等。文学批评缺乏主体性的最直接的后果就是难以提炼出真正有效的观点,不能给予文学发展真正有效的建议。虽说新媒体尊重每一个批评主体的表达,但这并不意味着他们能够不对自己的文学批评负责。无效的批评既影响文学的传播,又误导文学发展的方向。因此我们更加倡导"去情绪化"的批评表达,保持理性而客观的批评意识。

第三章　新媒体与文学批评标准的轩轾

文学批评标准是人们据以评价文学作品与文学现象的具体尺度。它是在既往的文学现象以及文学实践活动的基础上建立起来的。马克思主义文学批评标准是当下中国文学批评的主要依据,其核心是现实主义,主要体现在思想与艺术两个维度上。思想标准指的是文学批评者据以评价文学现象或文学作品思想内涵的尺度,其所包含的真实性、倾向性、情感性,立足于人的实践能力、认知能力、意志能力、情感能力而生发。文学批评的艺术标准主要指的是文学批评者用来衡量文学中艺术性的评判尺度。文学作品的艺术性如果从文学文本的角度来说,主要包括语言、形象等方面,如果从读者的阅读感受来说,涉及文学作品给读者带来的阅读后的"滋味"。文学批评标准中的艺术性可以分为语言形式的创造性、艺术形象的涵摄性、阅读余味的深厚性三个方面。

第一节　新媒体语境下当代文学批评标准的确立

新媒体语境下当代文学批评标准的探讨需要从新媒体文学批评的对象、

类型与总体特点入手。从宽泛的意义上讲,凡是能够通过新媒体进行创作、传播或接受的文学批评都可以纳入此范畴之中。文学批评既可以是纸质媒体批评的数字化形式呈现,也可以是直接发布在网络平台的针对文学现象、文学文本、文学活动的感受、体会与评价。从狭义的角度来说,新媒体文学批评是在新媒体语境下,面向新媒体文学实践而展开的文学批评,这样的批评因主动介入新媒体文学活动的现场,而经历了"文学化"的过程,成为文学批评的一种独特的形态。作为一种较为综合的文学批评类型,新媒体文学批评打破了传统的感性批评、经验批评与理性批评的壁垒,呈现出开放包容的姿态。

一、新媒体文学批评的对象、类型与特征

新媒体文学批评的对象与传统文学批评指涉的对象相比更为复杂。传统文学批评主要关注的对象是文学作品、文学流派、文学思潮以及与此相关的文学周边,比如插图、封面等文学副文本。在新媒体文学批评的空间中,传统文学批评的对象并没有被舍弃,恰好相反,新媒体文学批评不仅收纳了传统文学批评的对象,而且拓展了文学批评的版图。这扩展主要体现在两个方面:其一,新媒体文学批评的对象可以是现实生活中的纸质材料,如图书、调研报告,也可以是新媒体虚拟空间中的文本。这有赖于新媒体所具有的"脱域"的功能,它能够打破时间与空间对于文学批评者的限制,使新媒体文学批评者能够在任何时间,自由地穿梭在虚拟空间中去查找他所需要或者意想不到的材料,许多新媒体文学批评者也会相应地在新媒体空间中留下自己对批评对象的感受。新媒体所指涉的内容就成为新媒体文学批评的对象,也可以被视为新媒体文学批评活动的起点。其二,新媒体文学批评自身也可以被视为批评的对象。这是因为新媒体文学批评具有交互性、共享性、即时性的特点,难免会发生不同文学批评之间互动的情况,这些互动组成了文学批评的链条,呈现出文学批评的互文与嵌套。比如豆瓣网友在豆瓣平台上分享自己对某部小说的看

法与评价，引发了许多其他网友的围观与留言，这位网友的新媒体文学批评便成了其他新媒体文学批评的对象。一个新的新媒体文学批评通常是以“照着说”或者“接着讲”来完成的。所谓“照着说”，指的是某种新媒体文学批评与其他的新媒体文学批评所持观点或感受大体一致，这种新媒体文学批评是对其他新媒体文学批评的强调。“接着讲”指的是某种新媒体文学批评是对其他的新媒体文学批评的补充，使批评的观点更加完善，感受更加饱满。从技术的角度说，新媒体具有信息容量大、耐保存、易浏览、便于查找等特点，极大地拓展了从事新媒体文学批评的人员构成，也极大地丰富了新媒体文学批评的对象。

根据新媒体文学批评的对象，我们可以将新媒体文学批评划分为两种类型：学理性新媒体文学批评与应用性新媒体文学批评。这两种类型的新媒体文学批评共同存在于新媒体这一总体环境中，却有着不同的功用与指向。学理性新媒体文学批评与传统的纸质期刊或杂志刊登的文学批评大体相近，这种类型的批评往往会就某一文学现象或者文学问题发表批评者自己的意见，是有观点、有论证的批评，核心是“理”。与传统的文学批评一样，学理性新媒体文学批评也要“以理服人”。学理性新媒体文学批评广泛存在于期刊微信公众号中，如《文学评论》《文艺争鸣》等。学理性新媒体文学批评还可以通过纸质媒介的数字化形式呈现出来。《人民日报》《光明日报》等都开通了移动客户端，其中就存在文学批评类文章。虽然这些数字化的报纸保留了传统纸媒的基本特征，但是其实已经变成了融媒体。许多文学批评类文章出现在这样的融媒体上，打破了传统纸媒的限制。换句话说，这些客户端既可以发布像《离家出走的托尔斯泰，为何视中国为精神乌托邦？》这样原本就在纸媒上发表的文学批评文章，也可以发布如《红高粱里的九儿，才是真正活得明白的女人》这类没有在纸媒上刊载的文学批评文章。与期刊微信公众号上发布的文章相比，数字化报纸中的文学批评文章有着较大的包容度与开放性，这类文学批评文章虽然也需要受到新媒体平台管理者的审核，但不像学院派专家对文章评审得那么严格。从总体上看,学理性新媒体文学批评通常观点明确,条理清晰,是在核心观点的支持下实现的论与说的结合,这与传统文学批评存在着很大的相似性。

应用性新媒体文学批评能够在平台上与他者的批评产生互动,重在分享与交流。虽然学理性新媒体文学批评也具有分享与交流的功能,但批评者通常是主动的,而批评的接受者往往是被动的。学理性新媒体文学批评重在启迪读者,使读者从中获得经验与启发是其重要目的。然而应用性新媒体文学批评不特意要求其接受者能够从中获得经验,批评主体的目的往往是抒发一己之情,或者试图与受众发生关联,产生观点上的碰撞。应用性新媒体文学批评俨然成了文学批评者进行"你—我"之间沟通的工具。新媒体技术越是发展,沟通的效果就越好。

应用性新媒体文学批评是伴随着新媒体技术的提高而产生并渐趋成熟的。这一类文学批评原生于新媒体平台之上,在微博、微信、知乎、豆瓣等新媒体平台上随处可见。应用性新媒体文学批评的对象可以是新媒体平台上的文学作品。此类评论往往情深意切,富有哲理。应用性新媒体文学批评还可以是对他者文学批评的批评。网友"子不语"在豆瓣上分享了自己关于《活着》的评论《沉浮如光。唯有夕阳斜。》,紧接着就有关于这篇评论的评论。有网友评论:"眼看他起朱楼,眼看他宴宾客,眼看他楼塌了。活着。独立,清醒,冷静。再多无奈,也要活下去。"①评论与评论之间构成了很强的呼应关系。应用性新媒体文学批评也可以是对新媒体文学(如网络文学)的批评,这种文学批评在起点中文网等网站十分常见。一方面,网络文学的作者需要粉丝为自己的创作提出批评的意见;另一方面,粉丝对网络文学作者提出批评意见也能够满足表达自我、展示自身的理想期待。应用性新媒体文学批评包容性与互动性强,可以同时容纳大众批评与精英批评,并以大众批评为主。需要指出

① 子不语:《沉浮如光。唯有夕阳斜。》,2007 年 12 月 1 日,见.https://book.douban.com/review/1250809/。

的是,应用性新媒体文学批评虽然有学者的参与,但是当这些学者面向具体的文学批评的现场时,往往会将自己先视为“学者型粉丝”①。“粉丝”这一名称本身就隶属于大众文化,“学者型粉丝”的提出意味着有相当一部分学院派的文学批评家,如邵燕君等试图打破精英与大众二者之间的身份界别,展示出这部分群体向大众身份接近的努力。

新媒体文学批评的两种类型有着不同的特征。如果说学理性新媒体文学批评是以“理”为核心,以观点为支撑的批评,那么应用性新媒体文学批评则是以“爽”为核心,重在感受的批评。学理性新媒体文学批评的主要目的和传统文学批评大体相近,都是尝试对文学现象与文学规律作出精准的阐释或解答,如现实主义文学批评试图通过塑造一系列的典型对社会展开揭露与批判;形式主义文学批评强调文学的自律性,并试图与日常生活的世界保持一定的距离;解构主义文学批评主张打破本质主义一元论,用“解构”的方式还原文学的本色。传统文学批评的理论资源都可以被纳入学理性新媒体文学批评中,以实现学理性新媒体文学批评对文学世界的探索。相比之下,应用性新媒体文学批评者的批评目的往往更加纯粹,要么是将自己的心绪记录下来,发泄自身的情感;要么是将自己的观点表达出来,以期能够与其他批评者产生共鸣,实现心灵的交汇与碰撞。应用性新媒体文学批评有着很强的互动性与交流性。如果说学理性新媒体文学批评是在传统文学批评标准所立之“法”的基础上加以“阐释”,并促使既有的文学批评标准适当调整的话,那么应用性新媒体文学批评更侧重于在对新媒体文学文本与现象,包括批评行为本身进行“阐释”的基础上“立法”。多重批评或者阐释话语汇合,推动应用性新媒体文学批评之“法”的建立与完善。

---

① “学者型粉丝”概念的提出形象地说明了粉丝与学者之间身份对立的情况渐趋消失的事实。参见王毅:《从粉丝型学者到学者型粉丝:粉丝研究与抵制理论》,《湘潭大学学报》(哲学社会科学版)2014 年第 1 期。

二、新媒体语境下当代文学批评标准的转向

1."差序格局"转向"数字化生存"

自20世纪70年代后期,中国社会转型使文学以及文学批评的整体面貌发生了变化,政治对文学的解束却使文学在经济发展的浪潮中一度陷入迷惘,文学批评在面对复杂多变的文学现象时更是显得无所适从。如果要给社会转型的最近三十余年绘制一幅文学图谱的话,那么"反讽精神到虚无主义、宏大叙事到日常表述、历史象征到寓言故事、整全主体到弥散个体的演化"①就成为这幅图谱的全景式描摹。既有的文学批评标准很难完全适用于社会转型时期的文学书写。这一时期文学批评的"一切自我期待和社会形象,不过是沙滩上的高楼,哪怕有海市蜃楼的陪衬,也还是瞬间即倒"②。以互联网与移动信息技术普及为标志的新媒体时代已经到来,文学批评仍然延续着对当前文学现状言说的无力,结果就是"批评备受批评"。如何看待微博、微信中的文学活动,如何评定日益发展的网络文学,如何审视应用性新媒体文学批评,诸如此类问题都需要文学批评的标准适时更新,以及及时建立新媒体文学批评标准。

社会转型带来的是大众文化在20世纪末的强势崛起,文学批评与类文学性相遇。大众文化的类文学性化入文学理论与文学批评的时代语境之中,造成了"文"的泛化与文学性蔓延,这一现象折射出的是社会转型期文学批评观的混乱。混乱的文学批评观与"文"的不确定性致使文学批评难以用传统的方式与标准审视自身,构成了理论与批评的困境。这一困境也延续到新媒体文学批评之中。

---

① 刘大先:《从后文学到新人文——当代文学及批评的转折》,《当代文坛》2020年第3期。

② 吴俊:《不确定性中的文学批评之惑——从制度转型和文学生态之变谈起》,《小说评论》2019年第6期。

新媒体改变了文学批评的环境，将人置于“数字化生存”之中。“数字化生存”状态下的人被赋予了前所未有的权利，传统社会的“差序格局”被动摇。“差序格局”是费孝通提出的一个主要研究中国传统社会人际关系，乃至家国关系的概念。虽然费孝通并没有给予“差序格局”一个明确的定义，但他却做了一个生动的比喻。他在阐释“差序格局”时，以水扩散的波纹为例，指出中国社会的“差序格局”是以“己”为中心的，它“像石子一般投入水中，和别人所联系成的社会关系，不像团体中的分子一般大家立在一个平面上的，而是像水的波纹一般，一圈圈推出去，愈推愈远，也愈推愈薄”①。新媒体时代的到来致使人际关系中的“差序格局”变得模糊不清，波纹式的交往结构在新媒体语境下被网状的交往结构替代。网状的交往结构没有一个中心，新媒体环境以共同体为基础，而不是以“己”为前提。共同体的利益、价值与秩序先于“己”存在，这是一种现代意识的表征。新媒体形成的社交网络为人们的社交带来了新的可能。“差序格局”的破除意味着一种新的文化秩序的生成。新媒体文学批评所具有的交际功能是在全球一体化、时空遭到压缩的大的环境背景下产生的，这样的批评具有虚拟性的特点。空前高效、融合的新媒介系统以多重路径为文学批评提供了一个非线性的语义网络，为新一代的文学批评者提供了非线性、非等级、无疆界的阅读以及批评方式。

2. 文学提问方式的改变

文学提问方式的变化也会影响文学批评标准的变化。传统的文学批评试图解决的是什么是文学，或什么是非文学等问题，批评的目的是要探索文学的规律。有的文学批评者会采用内部研究的方法研究文学，诸如形式主义批评、新批评、结构主义批评者，批评者试图寻找到使文学之名得以成立的文学性；有的文学批评者则会关注文学是否能够服务于社会或政治，研究方法侧重于

① 费孝通：《乡土中国》，北京出版社2005年版，第34页。

外部研究。对于新媒体文学批评而言,如果批评标准与批评方式不寻求更新的话,就不能够有效地把握究竟什么是文学批评的对象,也就难以对新媒体语境下的文学现象作出有效诠释。这就要求我们用"程度论"的思维方式去破除传统文学批评的"边界式"的思维方式。① 批评思维方式的变化,提问方式的更新,在一定程度上解决了新媒体文学批评指向的对象不清晰的问题。即无论是"准文学"还是"好文学",都可以纳入新媒体文学批评的范畴当中。"准文学"与"好文学"的区别就在于,越是具有大众文化属性的文学类型越可以被视为"准文学",也就越带有功利倾向,这种功利倾向包括认知功能、娱乐功能等;越是具有纯文学色彩的文学或批评,越可以被称为"好文学"。无论是"准文学"也好,"好文学"也罢,它们之间并非泾渭分明,它们都可以被归为"泛文学"这一大类之中。此外,"准""差""好"等对文学的"程度论"式的评价都寄寓了文学批评者以及读者所融入的情感。新媒体语境下存在着一个个"审美的可能",比如手机写作、微博写作中的很多精彩的内容与新颖的形式是难以通过传统的文学批评标准来发现的。新媒体文学批评标准的设立可以使诸多"审美的可能"被发现,进而为新的文学形式提供可靠的支撑。

3. 审美方式从静观到沉浸

文学活动者审美方式的变化是促使新媒体文学批评标准与传统文学批评标准有别的原因之一。传统的文学审美方式主要是静观式的,日本美学家竹内敏雄主编的《美学百科辞典》对"审美静观"(aesthetic contemplation)的解释是:"在美的观照里自我超绝实际生活的一切兴趣和欲念,纯粹地归附和沉入对象之中,这便叫作审美静观。"②审美静观要求摆脱现实生活中的功利倾向,

① 吴炫倡导的"否定主义美学"主张用"准文学—差文学—常态文学—好文学"的中国式的"程度论"的提问方式突破西方"文学—非文学"的"边界式"的关于何为文学的提问方式。参见吴炫:《论中国式当代文学性观念》,《文学评论》2010 年第 1 期。

② [日]竹内敏雄主编:《美学百科辞典》,池学镇译,黑龙江人民出版社 1987 年版,第 147 页。

试图寻求心灵的澄澈，进而发掘出宇宙之道、生命之道与为文之道。老子的“涤除玄览”、庄子的“心斋”“坐忘”都强调了审美超越功利的意义与价值。审美之所以是静观的，其原因在于能够排除杂念、寂然凝虑，摆脱外部干扰、保持内心澄澈的文学活动主体能够更好地把握客体之道。在静观式的审美过程中，主体对客体的认识经历了从感性认识到理性认识的飞跃，所生成的情感也变得纯粹与专一。静观并不意味着不动于心，审美静观中的“审”已经包含了主体对客体的理解与判断。审美静观并不排斥审美主体的主动移情，审美主体依然可以凭借审美体验以达到随物婉转。静观的审美方式的核心在于“心物交感”，与之相关的审美感受是文学活动者主体思想情感与客观物象相互碰撞、交织、结合而产生的。在静观的审美方式的作用下，“登山则情满于山，观海则意溢于海。”①“天地与我并生，万物与我为一。”②静观的审美方式重在发现，向外能够发现自然，向内可以发现自己的深情。新媒体文学活动的批评者需要在对新媒体文学文本沉浸的基础之上展开批评。“沉浸”已然成为新媒体文学批评者从事文学批评的先决条件，它需要将文学批评者的感受与体验纳入标准的建设中。沉浸指的是融入其中，对于新媒体文学活动者而言，沉浸式审美意味着文学活动者拥有身临其境的在场感，其中的“场”是虚拟的，然而当包括新媒体文学批评者在内的新媒体文学活动者进入这个虚拟的“场”时，从中获得的却是与现实生活类似的真实感受。“沉浸”式审美的发生，需要新媒体文学文本看似真实，并且有趣。换言之，新媒体文学文本要能够吸引新媒体文学活动者的注意力，引发新媒体文学活动者对其加以关注，才能够达到沉浸的效果。如上可以说明，沉浸式的审美方式之所以能够发生，是因为新媒体文学文本具有足够的吸引力。新媒体文学文本借助多样的符号，使情节更具有直观性与画面感，不仅能够使批评主体流连其间，还能够为其带

---

① （南朝梁）刘勰著，詹锳义证：《文心雕龙义证》中卷，上海古籍出版社1989年版，第984页。

② （战国）庄周著，（晋）郭象注：《庄子》，上海古籍出版社1989年版，第14页。

来互动式体验。这种体验方式需要调动新媒体文学批评主体的视觉、听觉乃至触觉来实现,并从中获得强烈的参与感、体验感、互动感。文本需要能够引发新媒体文学活动者的“身体临场感”(telepresence)。身体临场感是沉浸式审美体验的一大重要表现。在数字化审美实践中,这种临场感是伴随着主体的沉浸与主体之间的交相呼应形成的。① 沉浸式的审美方式重在代入,一是新媒体文学阅读者对于新媒体文学文本的代入,阅读者会将自己设想为文本中的“这一个”;二是新媒体文学的活动者与参与者以批评者的身份进入新媒体的场域中,与其他批评者展开互动交流。新媒体文学活动者凭借沉浸式的审美方式可以实现交互性体验,交互性体验促成了新媒体文学文本的生产、传播与接受。在沉浸式审美体验的作用下,新媒体文学批评者能够实现对文本意义单元的重组,他们是联合意义生产者,在这一过程中,他们必须主动发挥选择、改写等功能,在互动中创造出新的文本,即使没有获得作者的权利,批评者也能在有限范围内行使作者的权利。新媒体时代文学生产的是“未完成”的文学文本。文学文本的“未完成”,是由新媒体中的文学批评造成的。新媒体中通常会有一个现成的文学文本,文学文本自有第一作者。然而伴随着其他的读者对现成的文学文本转发、留言、评论,第一作者就不再是该文本的唯一作者了。对现成的文学文本转发、留言与评论的读者也就变成了第二作者、第三作者等。文本在诸多作者的持续“创作”之下,处于延宕的状态。

新媒体文学批评的传播者与接受者在进行新媒体文学批评活动时不会感到孤独,传播者可以将自己的批评观点随写随传,不断地更新与连载。文学批评传播的前提之一就是其他人愿意“聆听”,批评意见可以更加有效地抵达其他的新媒体文学活动的参与者。这是一种针对特定的阅读群体,将文学信息多次传播的方式,不仅精确、广泛,同时还更能够共享接受者的反馈意见。以豆瓣为例,豆瓣已经有书评、影评等多种功能,不同的功能与形式对应着不同

① 李顺兴:《文学创作工具与形式的再思考——以中文超文本作品为例》,2014 年 4 月 5 日,见 http://benz.nchu.edu.tw/~intergrams/intergrams/032/032-lee.htm。

的接受群体，豆瓣的功能设置正是分众化传播理念在文学批评领域的应用与实践。豆瓣等新媒体中的文学批评由不同的批评主体发出，又作用于不同的受众群体，加快了信息的传播以及观点的表达与分享，并且使新媒体文学批评主体更愿意分享、乐于分享。

如上所述，新媒体文学批评者不仅是新媒体文学活动的“阐释者”，同时是新媒体文学活动的“立法者”。新媒体文学批评主体既要依靠文学批评经验对新媒体文学活动现场进行分析与阐释，同时也在提出与新媒体相关的文学问题，期望得到解释与回答，这也推动了文学批评标准的更新与完善。

第二节　学理性新媒体文学批评标准

学理性新媒体文学批评主体扮演着类似于传道者或启示者的角色，批评的目的是传递思想，共享知识。因此，这种类型的文学批评标准理应围绕着客观与准确加以建设。

如果说传统的文学批评标准是基于文学文本而建立起来的话，那么经过了批评范式转换的学理性新媒体文学批评标准的设定更应该从读者出发，以适应俨然发生变化的文学环境。传统的文学文本是整个文学活动中至关重要的内容。对文学文本的细致解读与批评成为弥合“自我”与“作者”之间距离的重要途径。无论是从“以意逆志”到“诗史互证”，还是从社会历史批评到文本批评，其间的批评方式都是在彰显文学文本自身的力量。文学文本要么如一面“镜子”，映照出作者的所思所感；要么如一盏“灯”，引导读者走向理想的人生之路。然而，“读者中心论”的兴起标志着一种新的文学批评范式得以形成。新媒体文学批评标准就是在范式转换的背景下诞生的，读者是新媒体文学批评标准建立需要考虑的重要因素。学理性新媒体文学批评与传统文学批评有着密切的关联，它们都需要从整体上对文学实践活动进行分析，并总结其规律。从这个角度来看，学理性新媒体文学批评标准也需要从思想标准与艺术标准两个方面来谈，需要结合读者的体验与感受进行分析。这种变化与其说是变革，不如说是对传统文学批评标准的拓展。

一、从倾向性到慰藉性

倾向性是学理性新媒体文学批评的思想标准之一，却与传统现实主义文学批评标准所主张的倾向性不尽相同。这种不同反映出的是两种不同的文学批评标准所要解决的任务的不同。传统现实主义文学批评标准指导下的文学批评的主要任务之一是揭示时代共名下的文化倾向，并将这种文化倾向纳入“美学的和历史的”批评范式中。所谓“共名”指的是文学创作或者文学批评有着共同的思想指向，并受到共同的思想指向引导，共同的思想指向主要受到时代环境的影响。比如在五四时期，“启蒙”是时代的主旋律，文学是在启蒙精神的指引下展开的，在这一时期出现了大量的文学社团以及文学流派，以配合启蒙的开展。随着日军侵华以及抗日战争的爆发，“救亡压倒了启蒙”，因此在这一时期“文学革命”被“革命文学”替代，为抗战服务的左翼文学成为20世纪30—40年代中国文学的主流。新时期之后陆续出现了“伤痕”“反思”“寻根”等文学创作潮流，大量的文学作品就是在这些潮流当中应运而生的。换言之，这些作品之所以能够出现，与后“文革”时期的文化创伤有着密切的关系。不同时代凝结的不同的文学主题是对时代本身的集中概括，因此，能够表征社会与现实的现实主义文学创作方法与社会历史批评方法由于与现实主题保持高度契合而备受推崇，这种文学批评的倾向性也相应地显示出了现实的针对性与历史的合理性，体现出与时俱进的进步意义。

寻找、发现并建立文学经典，也是现实主义文学批评的使命所在。现实主义文学批评视域下的文学经典需要呼应大写的时代、大写的人，能够回答时代提出的问题，这便要求文学经典作品具有鲜明的倾向性。文学经典作品的作者往往能够把握时代的律动，始终围绕着时代的主题展开作品构思。按照马克思主义文学批评的标准看，巴尔扎克、托尔斯泰等人的作品就是经典。经典是具有规范性、权威性的，能够经得起历史理性的考验，并在考验中不断地融入历史理性。然而，这样的倾向性并不完全适用于当前文学批评发展的现实情况。当前是一个全球化的时代，消费主义、生态主义、女性主义、后殖民主义等主题共同存在，换句话说，这一时代已经没有统一的“共名”问题，也可以说这是一个“无名”的时代。学理性新媒体文学批评标准也理应根据多变的文学现象与新媒体文学实践活动而适当调整其倾向性。

学理性新媒体文学批评标准中的倾向性呼应着“无名”的时代。与此同时，学理性新媒体文学批评标准中的倾向性理应与寻找新媒体文学经典的实践保持密切的关联。这要求学理性新媒体文学批评者深入新媒体文学批评的现场，从文学接受以及文学批评的分众化和文学创作的类型化入手，去发现具有各自流派代表性、受到普遍欢迎的文学类型，进而从具有代表性的文学类型中发现新媒体文学的总体倾向。新媒体中已经存在了大量的原创网络文学，这些作品不仅在新媒体上被生产出来，还在新媒体上广泛传播，其中不乏经典作品。这些作品之所以经典，很重要的原因在于这些作品符合当前读者青春向上、渴望成长的总体的精神气质。传统的文学通常书写的是一个个“成功”的结局。我们这里所说的“成功”，并不仅仅指目标的实现，还指“道义”上的胜利。有些文学作品即便是悲剧，结局也是符合这种胜利的。传统文学往往通过宏大的主题彰显出作品的倾向性，文学作品要么产生优美的文字，要么令读者由内而外生发出崇高感。然而，新媒体文学却不尽是被这种“成功”模式支配着的。新媒体中的网络类型文学，如“修仙”“玄幻”“种田”“重生”等类型文学的主要倾向或者目的并不是宣扬某种“绝对正义”，因为传统文学经典所标榜的“绝对正义”在经过解构主义以及新媒体所引发的阅读分众化的双重过滤后早已经被弱化了。新媒体中的网络类型文学所推崇的模式，我们姑且可以称作“成长”模式。比如猫腻《庆余年》中的范闲、天蚕土豆《斗破苍穹》中的萧炎、蝴蝶兰《全职高手》中的叶修等人便是“成长”模式的代表，这样的模式对读者来说具有很强的代入感。

新媒体文学批评思想标准中的倾向性昭示着批评本身需要发掘具有多重倾向性的新媒体文学类型,以便为文学经典备份,为未来的网络文学入史备份。学理性新媒体文学批评标准不仅要具有倾向性,同时还需要具有慰藉性。如果说文学批评标准的倾向性是使作者与读者关注自身之外的现实世界或者文学世界的话,那么文学批评标准的慰藉性则突显了作者与读者内在世界的意义。文学作品不仅需要启迪读者,同时需要"治愈"作者与读者的内心,这对于新媒体文学文本而言尤为重要。从倾向性到慰藉性,反映出文学批评观以及文学批评功能侧重点的变化。说理是传统文学批评的主要目的,传统的"诗教""寓教于乐"等文学批评观具有很强的倾向性,对中西文学的发展均有深远的指导与教育意义。从实际来看,新媒体文学批评标准慰藉性的重要程度要大于倾向性,大多数新媒体语境下的作者与读者从事新媒体文学活动的目的并不是从中获取人生教益,而仅仅是获得"爽"的体验。新媒体文学由于能够给作者与读者提供"爽"的体验,缓解他们在现实生活中的"身份的焦虑"①,起到抚慰身心的作用而备受欢迎。新媒体文学批评标准的慰藉性也是文学创作者能够持续创作,读者能够持续地介入新媒体文学之中的前提条件。对于新媒体文学的创作者而言,创作往往在能够给他们带来快乐的同时予以慰藉,这就赋予了他们持续创作的动力与热情。流潋紫的话体现了新媒体文学作家的集体感受:"我喜欢网络写作,是因为在网络上,我是从事文学写作的流潋紫,而关上电脑的现实生活中,我仍是最普通的一个大学生。我喜欢生活在这样两个完全不相干的世界里。"②时至今日,新媒体文学已经得到了很大的发展,而作家们对待文学的真挚情感却没有发生变化,文学在反哺作者,给他们带来心灵的慰藉。对于新媒体文学的读者而言,具有慰藉性的文学仿佛是一面哈哈镜,这面镜子可以使镜前的人拥有某种超能力,或是变高,或是

---

① 阿兰·德波顿认为"身份的焦虑是我们对自己在世界中地位的担忧"。参见[英]阿兰·德波顿:《身份的焦虑》,陈广兴、南治国译,上海译文出版社 2009 年版,序言第 1 页。

② 陈丽红:《网络文学:流淌着欲望的河流》,《三晋都市报》2007 年 6 月 26 日。

变矮。介入新媒体文学的镜前之人都可以假定自己是这个世界的“盖世英雄”。换言之,具有慰藉性的新媒体文学增强了读者在现实中所缺乏的表述自我的能力,填补了生活中的缺陷与遗憾,同时也代替读者道出了自己的心声以及期盼。

学理性新媒体文学批评思想标准中的倾向性包含了利他的取向,体现在能够引领读者获得生活的美好。正如车尔尼雪夫斯基在《艺术与现实的审美关系》中所阐述的那样:“美是生活”,“艺术的第一目的是再现现实生活”。在车尔尼雪夫斯基看来,“任何事物,凡是我们在那里看得见依照我们的理解应当如此的生活,那就是美的;任何东西,凡是显示出生活或使我们想起生活的,那就是美的。”①“美是生活”指的是人们愿意过、喜欢过的那种生活,那种生活是符合人类本质的生活,新媒体文学批评应成为读者从文本通向美好生活的桥梁。

慰藉性的提出,意味着学理性新媒体文学批评的思想标准不仅要有利他的取向,同时还需要具有利我的功效。新媒体文学在给人提供“爽”的阅读体验的同时,发挥着“游戏”的作用。“游戏”其实也是文学的重要属性。王国维对文学的“游戏”属性作出过评价:“文学者,游戏的事业也。”②新媒体文学的不断丰富为读者提供了一个可以转移压力的出口,新媒体文学也因此成为受到人们欢迎与关注的重要的文学形式之一。倾向性与慰藉性分别表征着新媒体文学的社会性与商业性,它们共同构成了学理性新媒体文学批评思想标准的重要指向。

此外,倾向性与慰藉性对相关的文学批评主体起到提示的作用,即不能够忽略文学史中的经典范畴或者核心问题,这和传统文学批评的思想标准有着很大的相似性。比如同样面对“文学是人学”这一文学命题,不同时代的人的理解就存在着很大的差异,不同的文学批评观就是从这些差异中产生的。古

---

① ［俄国］车尔尼雪夫斯基:《艺术与现实的审美关系》,周扬译,人民文学出版社 2009 年版,第 6 页。

② 王国维:《静庵文集》,辽宁教育出版社 1997 年版,第 167 页。

往今来，当人们面对“文学是人学”这一命题时，首先对“人”就存在着不同的理解。古希腊时期荷马塑造的人物主要是城邦公民，莫里哀笔下的人物基本上是宫廷贵族，高尔基创造出的人物大多是城市底层的无产者。文学就是要写出这些人物的喜怒哀乐、悲欢离合，在此基础上形成了歌颂英雄的史诗类作品、颂扬贵族的古典主义作品、批判封建奴隶主的现实主义作品等。文学的不同倾向性是因文学批评者以及作者对文学史中的经典命题的不同理解，并加以演绎而形成的。

学理性新媒体文学批评主体需要立足于文学经典范畴，把握新媒体文学的总体趋向，并促使作者创作出相关的具有倾向性与慰藉性的新媒体文学。同样在面对“文学是人学”这一经典的文学命题时，新媒体文学中的“人”被赋予了社会主义语境下“人民”的内涵，新媒体文学需要能够折射出当代人理想化的精神气质，或映衬出现实中的困境并试图给出解决问题的方式。近年来，网络文学的现实转向就是在一系列学理性新媒体文学批评主体对文学经典范畴进行深入思考的背景下完成的。其中，有代表性的是第二届“网络文学+”大会上汇聚的许多具有代表性的学理性新媒体文学批评的观点。在会议上，文学批评家李敬泽提出网络文学要坚持以人民为中心，他认为“人民”指的就是“共同体”，是“共同的历史，共同的传统，共同的价值观把人民联结在一起”①。对文学经典范畴的深入理解也带动了新媒体文学的作者以及网络文学机构对新媒体文学创作的深入反思，这促使了一系列能够直面当下的社会问题，展现人的精神面貌以及生存状态的新媒体文学的诞生。比如《致我们终将逝去的青春》《蜗居》《都挺好》等新媒体现实题材类文学文本，虽然各自构成独立的世界，但是这些新媒体文学文本中蕴藏的都是在一段时期内社会积累的问题，如婚恋问题、安居问题、养老问题等，这些文学文本中的世界与读者现实生活的世界发生了重叠，因此也给读者以强烈的现实感。学理性新媒

① 李澍、李姝昱、贺梓秋整理：《展现网络文学新风貌、新担当——第二届中国“网络文学+”大会与会者共话网络文学发展方向》，《光明日报》2018年9月18日。

体文学批评正在不断提醒读者对“文学是人学”等文学命题的关注,以便展示出新时代人们的精神风貌。

二、“趣味共同体”与情感凝聚性

学理性新媒体文学批评需要在尊重差异的基础上把握新媒体文学活动中的情感共同体。换言之,情感凝聚性是学理性新媒体文学批评的思想标准之一。① 当前,新媒体的发展正在将整个人类社会带向一个亦真亦幻的世界,人类最本真的情感可以在新媒体营造的文学世界中得以流露与倾诉。新媒体营造的文学世界存在许多类型化的创作,而类型化的创作对应的是类型化的情感,类型化的情感具体表现为文学“趣味共同体”的产生。

“趣味共同体”的出现是分众化的新媒体文学的标志,要求具有分众化特征的学理性新媒体文学批评的出现。分众化的学理性新媒体文学批评以情感共同体的凝聚为旨归。以当下的青年群体为例,焦虑是这一群体具有普遍性的情感驱力。现代社会中的青年群体正在承担升学的重负与就业的压力,普遍面临着生存的焦虑,难免会接受那些能够缓解自己焦虑的新媒体文学,并且在诸如微博、微信等新媒体中以文学批评的方式寻求志同道合之人。新媒体中文学批评的交汇并不是偶然的,这一文学现象或文学行为本身受到某一共同的情感驱使,这些情感往往十分相近,形成了“趣味共同体”。学理性新媒体文学批评需要从宏观的角度,全面关注某一文学现象或者新媒体文学文本的形态,深入把握参与新媒体文学活动群体的情感类型,以及建立在不同情感类型基础上的“趣味共同体”背后的“情感共同体”。

趣味劳动使学理性新媒体文学批评把握新媒体文学活动中的“趣味共同

---

① 这里提到的情感凝聚性不同于文学创作过程中的情感蓄势,文学创作的情感凝聚性主要是个人行为,而这里提到的情感凝聚性是从集体的角度而言的。从事新媒体文学活动,具有相同情感类型的主体的情感通常会汇聚到一起,并以创作的文学文本或文学批评显示出来,这就是情感凝聚性。具有情感凝聚性的新媒体文学文本还有凝聚共识、引起共情的效果。

体”以及“情感共同体”成为可能。在趣味劳动中,学理性新媒体文学批评主体扮演着劳动者的角色,群体趣味是劳动对象,新媒体则成为生产工具,三者之间相互作用,推动了趣味生产力的发展。优秀的学理性新媒体文学批评主体通过新媒体发现群体趣味的过程其实就是趣味劳动的过程。学理性新媒体文学批评主体通过趣味劳动产生了批评的身份感,身份感其实也是归属感的体现,身份感与归属感是由情感凝结而成的。因此,把握“趣味共同体”以及“情感共同体”,并且在这种把握的过程中生产出由情感凝结而成的身份感与对某一新媒体文学现象或者活动的认同感,是学理性新媒体文学批评标准中情感凝聚性的重要组成部分。这样的学理性新媒体文学批评具有很强的文化向心力,是合力批评。

趣味共同体的形成与具有情感凝聚性的新媒体文学文本的大量出现,折射出的是新媒体文学活动参与者对日常生活审美化的追求。[①] 文学是一门语言艺术,这门艺术伴随着新媒体的普及而得以推广,新媒体文学活动已经成为当前人们日常生活的重要组成部分。只要有手机等移动设备,人们就可以从事相关的新媒体文学活动,其中最典型的就是阅读网络小说。新媒体文学活动参与者可以一边阅读网络小说,一边在评论区留言。意气相投或情感相近的批评者会聚合在一起,进而推动某一类新媒体文学文本的产生。学理性新媒体文学批评也要顺应日常生活审美化的趋势,贴近人们的文学生活,从新媒体文学活动参与者的情感入手,引导传统的学院派文学批评主体放低姿态,积极地参与到新媒体文学活动之中。

三、创新性

创新性对新媒体文学的接受者而言至关重要,学理性新媒体文学批评标

---

① 日常生活审美化这一命题是由英国学者迈克·费瑟斯通(M. Featherstone)最早提出来的,认为日常生活审美化正在消除艺术和生活之间的边界。参见《凌继尧艺术学美学文集》下卷,辽宁美术出版社 2015 年版,第 190 页。

准的创新性主要体现在文体创新、语言创新、形象创新。

新媒体文学的文体具有很强的创新性。如果说传统文学文体的创新性主要体现在不同文体之间的交融，比如小说、散文诗都突破了原有文学文体的边界，那么新媒体文学文体的创新性就体现在同一文体的不同类型也可以实现交融基础上的创新。新媒体语境下的网络文学，类型越来越细化，打破文学类型或"次元"之间的壁垒，从而不断满足读者的新奇感。诸如历史题材与穿越题材的组合，形成历史穿越类型，像桐华《步步惊心》、贼道三痴《上品寒士》、祝祷君《木兰无长兄》等都是代表。新媒体语境下同一种类型的网络文学也可以继续细分。同是奇幻，风月《天启预报》是现代魔法类的奇幻，吃瓜子群众《超凡大卫》是另类幻想类的奇幻，zhttty《洪荒历》则是历史神话类的玄幻。消费社会中的新媒体文学的生命就在于类型不断翻新、细化和组合，进而呈现出新奇的面貌。因此，文学文体的创新性，理应构成学理性新媒体文学批评艺术标准的重要组成部分。

传统的文学文本，如诗歌、小说、散文、剧本、评论等都可以被纳入新媒体文学中，这就为新媒体文学文本语言的创新提供了基础。比如有很多种类型的微博文学，可以分为小说体微博、散文诗体微博、剧本体微博、评论体微博等。这些微博文学的语言呈现出多元化的特点，表情达意既简洁又很直接。例如，散文诗体微博语言通常浓缩紧凑，并且富有韵味。所谓散文诗体微博指的是以散文诗的形式在微博中呈现的诗歌。这类微博文学不仅以语言符号作为表现方式，通常情况下还会配上与散文诗的风格相匹配的插图。比如微博用户"酒巷诗行长"在微博上原创的《布达拉宫，雄鹰的巢穴》就是一则散文诗体微博，其中有一段写道："我的鹰眼化作满天星/守望我的布达拉宫/我在宫中一觉醒来/翅膀总是又长大了许多。"在诗歌的下方作者还配了三幅图，分别是展翅高翔的雄鹰、宏伟壮丽的布达拉宫以及巍峨雄奇的喜马拉雅山。这首在微博上发布的散文诗不仅有文、有影，还有配乐。可见，散文诗体微博可以做到图、文、音、像相互交织，提升感染力。新媒体文学文本的语言不单指文字,图、音像都可以被视为学理性新媒体文学文本的“语言”,语言的创新性也理应视为学理性新媒体文学批评的艺术标准之一。

伴随着文体、语言的创新,新媒体文学文本的形象也在不断地创新。传统文学中的形象是由文字语言塑造出来的,而新媒体文学文本中的形象可以通过图、文、音像等多种途径创造出来。这就要求新媒体文学文本的创作者在塑造形象时,将图像或声效等艺术的特点充分考虑在内。比如猫腻的《庆余年》本来是网络小说,但这部小说在喜马拉雅平台是通过多人有声剧的方式演绎出来的,它可以被看作一个新的文学文本。如何选择背景音乐,选择什么样的背景音乐,在何时插入背景音乐,选择谁来朗读,以怎样的方式朗读,这些问题都需要策划者精心周密的考量。这些因素会对人物形象的烘托具有重要影响,甚至会令文本的接受者感觉到一个新的人物形象被展示出来。新的人物形象的出现主要会给接受者带来三种感受:第一种是新的人物形象符合接受者自身的理想期待,与接受者在原作中感受到的形象大体一致;第二种是新的人物形象在艺术表现方面好于原作;第三种是新的人物形象不符合接受者自身的理想期待。文学接受者对文学形象的理解不尽相同,但在新媒体文学文本中,制作精良的画面、更符合人物形象的声音、引人入胜的影像等要素的组接,往往能够塑造出为新媒体文学接受者所喜闻乐见的富有代入感、立体感与创新性的人物形象。

学理性新媒体文学批评标准主要是针对在新媒体语境中生成的文学文本以及读者接受的总体情况而设定的。学理性新媒体文学批评的思想标准与艺术标准要充分考虑新媒体文学接受者的感受,新媒体文学接受者对文学文本的感受决定了新媒体文学文本的传播广度与延续的持久度。另外,学理性新媒体文学批评力图将文学文本的文学性、商业性与媒介性统一起来,学理性新媒体文学批评标准也正是在上述因素的影响下才得以构建的。

学理性与应用性新媒体文学批评并不是毫无关联的。学理性新媒体文学批评需要对新媒体文学活动的直接现场以及在新媒体中传播的新媒体文学文本进行规律的总结，其中也包括应用性新媒体文学批评，并为应用性新媒体文学批评标准的建立提供方向上的指导。而应用性新媒体文学批评不仅需要关注自身的批评方式，还需要在呼应学理性新媒体文学批评标准的同时，建立起应用性新媒体文学批评标准。新媒体文学批评标准的建立需要新媒体文学批评主体介入新媒体文学活动的场域中。新媒体文学批评是一种"在场"的批评，因此更需要批评主体真正地走进批评现场，与其他批评主体进行情感沟通与思想交汇，这要求新媒体文学批评主体不能空论，也不能泛泛而论。

第三节　应用性新媒体文学批评标准

如果说传统的文学批评是一种将各种批评理论置于批评对象之中，进而形成理论化的"形而上"的文学批评，那么应用性新媒体文学批评则是一种"形而下"的批评，感性批评的力量要大于理论性批评的力量。这就迫使在应用性新媒体文学批评场域中活跃的学院派学者主动调整自己的文学批评态度、批评视角、批评语言与批评风格，向大众批评靠近。应用性新媒体文学批评的主体发表即时性感受，批评的流动性加快、范围扩大、主体身份界限模糊与淡化。

一、应用性新媒体文学批评的文本特点

1. 符号异质性

新媒体技术的发展推动了新媒体语境下文学文本的生产，应用性新媒体文学批评的文本与传统的文学批评文本有着很大的不同。传统的文学批评文本主要依附于纸媒，是印刷时代的产物。传统的文学批评文本的意涵是靠语言文字符号传达出来的，读者对文学批评文本的接受也是靠线性阅读的方式完成的。应用性新媒体文学批评则是在新媒体技术所营造出的语境下产生、

传播并得以接受,并在虚拟空间中完成整个过程。正是由于应用性新媒体文学批评发生并完成于虚拟空间,这种类型的文学批评可以采用多种异质性符号,如语言文字符号、表情符号、视听符号等,共同完成对某一文学对象的分析或者解读,比如在喜马拉雅平台中就有丰富的文学批评类节目。这类文学批评也并非一次性抛给接受者,而是以不断更新的形式推出。比如"康震品读古诗词""郦波品读唯美诗词名篇"等,都是语言文字符号与图像符号、视觉符号和听觉符号相融合的独具特色的应用性新媒体文学批评。这类文学批评通俗易懂,学理性不强,具有很广泛的接受群体。这类文学批评的一个重要特色是能够与接受者产生互动,康震等学者都曾在喜马拉雅与读者就某一话题直接展开交流,可见这类批评具有很强的应用性。异质性符号使应用性新媒体文学批评以超文本的形式呈现成为可能。所谓"超文本"指的是由无数个平面文本链接而成的立体化文本形态。它以"比特"方式更大程度地唤醒了文本的开放性、自由性、互动性,其本质特征是打破相继性、平面性,从而获得一种非线性的立体感,由此构筑起一个庞大的立体批评空间,为应用性新媒体文学批评的自由展开提供了无限的可能。异质性的文学批评符号有助于摆脱传统文学批评所受到的逻辑关系的支配与影响。传统的文学批评主要是按照规则组织的文字符号,规则的背后是逻辑关系。新媒体批评符号可以绕过逻辑关系直接作用于文学接受者的感官,比如与文学相关的一段画面或者声音,都可以满足文学接受者的知觉与直觉,刺激并调动文学接受者介入新媒体文学文本中。

2. 用语趣味性

应用性新媒体文学批评具有很强的趣味性。这类批评不仅能够满足人们认知的需要,同时起到引导舆论、制造话题,为受众提供消遣的作用。例如微博,既是一个舆论场,同时也是一个娱乐场。一些微博的博主时常会抛出一些文学话题或是已经经过评论的文学作品,从而激发人们的兴趣,并引发围观。

这种文学批评的文本形态篇幅较短，可以为读者所接受。应用性新媒体文学批评者也能够在调动读者阅读兴趣的基础上，与读者展开互动，从而起到推荐阅读的作用。人们可以根据自己的喜好，参与热门的文学话题或者文学文本的讨论、评论，甚至可以就某一文本或者某一文学话题与意见领袖展开交流，这样可以缩短意见领袖与普通大众之间的距离，文学批评更容易贴近普通大众的文化生活。在这个过程中，文学批评的接受者会获得相应的快慰体验，在意见领袖的影响下，文学批评的接受者甚至有可能对某一文学作家、文学作品或者文学现象产生兴趣。此外，应用性新媒体文学批评者有时会采用时下流行的表情符号或新潮的语汇等进行批评，这些表情符号或流行语不仅具有很强的趣味性，同时也能够直指当前的文化环境，具有应时的特点。

应用性新媒体文学批评吸纳了许多表情符号与流行语，有时只用一两个字或一两个词就能够表现出自己的情感与价值立场。这样的文学批评话语是具有文学性的，而且其短小精悍的表达方式更符合“数字原住民”的审美期待。例如，“数字原住民”在表达对文学作品中某一人物形象的喜爱之情的时候，可以用“萌”这个词。“萌”在汉语中原本是指称草木之芽的名词，或描述植物发芽、事物开始发生的动词。而在如今的二次元文化中，“萌”主要用于表达对角色或事物所产生的强烈的喜爱之情，或者用来形容角色或事物所具有的令人喜爱的特质。在“萌”刚刚开始流行时，这个词语更多地被用来描述男性御宅族对二次元美少女所产生的狂热情感，或者用来形容二次元美少女所具有的可爱特质。随着流行程度的提高，“萌”的意义也发生了泛化，其语义如今已大致相当于“喜爱”，在充当谓语动词的时候，几乎可以适用于各种各样的对象，而并不局限于某种特定的性别、年龄、物种。① “萌”作为核心词，可以衍生出一系列相关词汇，如“萌点”“萌化”等。这样具有趣味性的应用性新媒体文学批评话语尤其能够真实地反映青年群体的文学活动状况。

---

① 邵燕君：《破壁书：网络文化关键词》，生活·读书·新知三联书店 2018 年版，第 23 页。

新媒体语境下,批评者不再是“单向度的人”,文学批评主体也可以根据自身的趣味对阅读行为作出效果反馈。在趣味的影响下,应用性新媒体文学批评更能够写出批评者自身的心灵之诚和独一无二的个体感觉。尽管批评声音不同,但是批评者“永远能够宽容别人和我自己异趣”①。应用性新媒体文学批评者能够在趣味的主导下发挥自己的主体性,在新媒体营造的文学空间中自由驰骋。应用性新媒体文学批评是读者反馈意见的一种重要方式,这种反馈以趣味为中心,通过交流信息构成具有阐述性质的互动性阅读。伴随着互动性阅读的发生,新媒体语境下的文学阅读实现了媒介场与文学场的交融。在这种交融的场域中,趣味淡化了先锋派批评与传统式批评、精英批评与大众批评、理论性批评与感受式批评的界限。趣味收容了不同种类的应用性新媒体文学批评,使它们在保留各自“异质性”的基础上实现了融合。总体上看,趣味既使应用性新媒体文学批评保存彼此对立的一面,又使各种文学批评汇聚起来,拥有统一性,进而使新媒体文学批评的场域更加富有张力。

3. 虚拟社区化的交际

应用性新媒体文学批评具有社区化的特征。“社区”原本是一个社会学的概念,从词源来看,它来自拉丁语,指的是共同的东西和亲密伙伴的关系。首先使用“社区”一词的是德国社会学家腾尼斯,他在1887年出版的《社会与社区》中提出了这一概念,认为“社区”是一种由具有共同习俗和价值观念的同质人口组成的富有人情味的社会关系团体。② 居住在社区中的人具有共同的行为规范、价值理念以及生活方式。强烈的认同感将社区中的成员凝聚在一起。如果说现实中的社区是一个已经建立好的地理区域,那么新媒体中的社区是一个虚拟的,并处于不断流动状态下的空间,不受人的数量、阶层、年龄等限制。新媒体中的某一话题可以将对这一话题感兴趣的人连接在一起,但

---

① 商金林编:《朱光潜批评文集》,珠海出版社1998年版,第44页。

② 尹保华编著:《社会学概论》,知识产权出版社2018年版,第212页。

同时也拒斥了一部分对这一话题不感兴趣的人。社区中话题的改变或调整，造成了社区内成员的分分合合，使这一空间成为流动的空间。新媒体犹如一个巨大的“数据库”，能够汇聚起具有各种属性的信息。应用性新媒体文学批评者可以从“数据库”中择取自己喜欢的信息浏览，新媒体会根据文学批评者的搜索记录分析其兴趣，推送批评者可能感兴趣的批评文本，进而将不同的文学批评的接受者会合到一起。这样一来，应用性新媒体文学批评的文本便被社区化，甚至会出现与文学批评文本相关的链接或标签，通过这些链接或标签，应用性新媒体文学批评者便能够迅速地排除那些自己并不喜欢的信息，提高文学批评的效率，避免“踩雷”，进而加速形成应用性新媒体文学批评的趣缘群体。一般来说，传统的文学批评文本充盈着正能量，一旦文学批评文本中出现了负能量，文学批评的整体环境会将负能量过滤掉。然而，正能量与负能量却是共同存在于社区化的应用性新媒体文学批评的趣缘群体中，因此需要应用性新媒体文学批评者积极地发现，并努力地在交流与对话中净化批评的氛围。

二、批评标准

1. 在多种表达方式的基础上趋向话语规范与风格成熟

应用性新媒体文学批评的话语虽然具有表意的直接性与趣味性，但其中存在着话语使用不规范的现象，需要受到一定程度的约束。应用性新媒体文学批评话语的不规范主要体现在两方面：第一，话语的感性成分大于理性成分。新媒体中用于交流的批评话语可以是一个个表情或动图，这些表情与图像面向新媒体文学文本而展开，并逐渐内化为新媒体文学的组成部分。例如，当文学批评者相互告别或某一方对其他的批评观点不认可时，可以用“886”，即“拜拜了”来表示自己的意图；文学批评者在表示对某一文学批评观点的认可，在表达“我也是这么认为的”的意思时，可以用“米兔”（me too）这样的语言来呈现。这种类型话语要比传统话语系统更为直接,更为逼真。这样的话语往往能通过读音或形象传达出多重所指,但也容易使批评的观点脱离主题。有的学者甚至认为不规范的用语会导致人们越来越缺乏对问题的深度理解。① 不规范的批评话语的长期影响会导致批评主体越来越缺乏逻辑思考的能力。第二,部分应用性新媒体文学批评的媒介性大于文学性。应用性新媒体文学批评的主体使用的是新媒体语言,这种语言与传统的书写语言有所不同,它既可以由单一的文字符号构成,也可以由多重符号组合在一起,进而形成复合语言。有怎样的新媒体工具作为载体,就会生成怎样的应用性新媒体文学批评语言。王一川认为:“读者阅读文学作品时,首先接触的不是它的语言,而是语言得以存在的具体物质形态——媒介。文学总是依赖一定的媒介去实现其修辞效果的,媒介是文学中的重要因素。”②新媒体先于应用性新媒体文学批评而存在,是应用性新媒体文学批评语言的宿主,应用性新媒体文学批评语言依托于新媒体而产生。从原先的“读文”转变为现今的“刷屏”,应用性新媒体文学批评是在“媒—介”这一模式中展开的。批评主体或接受主体,只有先接触新媒体,才能够介入其中,才能够使用新媒体语言。然而,许多应用性新媒体文学批评者却用表情符号直接代替文字符号,或者将文字符号简化为表情符号与图像符号,对媒介性的过分强调使人们更加关注批评的形式,而不再是内容。

“指向”描述的是一种方向性,其中包含着期待,包含着某种目标的未实现、未达成。“指向”可以具体分为向外指与向内指两个层面。向外指,指向的是与应用性新媒体文学批评相关的批评话语规范与秩序;向内指,指向的是批评自身的成熟与完善。这两种目标指向都需要在应用性新媒体文学批评自

---

① 张维迎用“语言腐败”一词概括现实生活中“隐喻”正在不断地侵蚀语言本身较为稳固的意义的现象。他认为“语言腐败”的一大危害是“破坏语言的交流功能,导致人类智力的退化,使我们越来越缺乏理性和逻辑思考能力”。参见张维迎:《语言腐败的危害》,《经济观察报》2012年4月30日。

② 王一川:《文学理论》,四川人民出版社2003年版,第111页。

身不断生成、稳定、补足与拓展的具体的实践过程中通达。应用性新媒体文学批评话语秩序的维护需要发挥文字符号的“定调”作用，表情等符号与文字符号协同并用，相互补充。单小曦指出，新媒体语言囊括了图像符号、文字符号、语音符号等，这些符号共同组建成一个“复合符号文学文本”。“复合符号文学文本”是“语言符号统领并发挥‘定调’功能，由从表层到深层多种符号复合运作并建构‘复合性文学意象’、共同进行文学意义生产的审美性文本形态”①。多种符号建构起了“应用性新媒体文学批评的复合符号文本”，即便新媒体语言发生了很大的变化，但是文字符号在整个“应用性新媒体文学批评的复合符号文本”中一直是定调符号。具有“定调”作用的文字符号与其他具有趣味性的符号相互配合，可以加深对某一话题的理解，深化批评主体之间的交流。这样的应用性新媒体文学批评通俗易懂，幽默风趣，既传达了思想，又展现了话语自身的艺术魅力，文字语言与符号语言相映成趣。应用性新媒体文学批评的深入开展需要有共同的或相似的文化结构，这样彼此之间才能够展开交流与沟通。这样的应用性新媒体文学批评一方面实现了思想性与艺术性的兼容，另一方面也遵守了文字与图像符号的使用规则，既发挥了文字符号的“定调”功能，也发挥了图像符号对“定调”符号的情感补充作用，从而趋向于形成一种新的文学批评的话语规范与秩序。

然而，这样的应用性新媒体文学批评未免是单薄的，它的完善有赖于自身风格的多样。这也决定了应用性新媒体文学批评具有向内指的诉求。多样的批评风格是应用性新媒体文学批评走向成熟的标志，不仅能够彰显出文学批评的生命力，还能实现对批评接受者的精神“引渡”。应用性新媒体文学批评既需要诗化的批评，也需要散文式的批评，更需要其他类型批评的开拓延展。多样的批评风格涉及更多的是文学批评的语言或修辞等层面。例如，散文式的批评，在具体实践过程中不拘泥于文学批评既有的概念、判断、推理；诗化的

① 单小曦：《媒介与文学》，商务印书馆 2015 年版，第 106 页。

批评主要针对某一文学对象的特征作出感性的或印象式的评价，通过诗意化的语言或修辞实现对读者灵魂的邀约，试图与读者共享阅读给生活带来的美好；分析式的文学批评则会根据既有的批评定则，对某一文学现象或文学文本作出客观解读。分析式的文学批评往往会透过文学形象的表层，直接切入问题的关键，进而为读者提供冷静的省思。多样化的应用性新媒体文学批评不仅拓展了文学批评的范围，同时也为新媒体文学活动主体的自由表达提供了重要的途径。

2. 功能指向的实现需要发挥有效率的主体间性

应用性新媒体文学批评需要主体间性发挥效率。有效率的主体间性意味着文学批评主体能够发声、敢于发声、乐于发声。“间性”这一术语原本出自生物学，或指“雌雄同体性”。“间性”理论主要包括主体间性、文本间性、文化间性等，“间性”的基础在于主体间性。主体间性的提出主要是为了克服主客二分的思维模式，强调主客体的共在、沟通、交流与融合。胡塞尔较早提出了与主体间性有关的概念，即“交互主体性”。这一概念主要指的是“一个在各个主体之间存在着的共同性”①。在胡塞尔看来，“共同性”是连接主体之间的津梁。当然，主体之间更存在着异质性。主体与主体只有通过“商谈”的方式才能够展开“对话”。哈贝马斯试图用“交往理性”来概括主体间性内涵，并以此破除工具理性带来的异化现象。哈贝马斯的目的是以语言为媒介，通过主体之间的诚实交往和对话，达到主体之间的相互信任与相互理解，进而克服工具理性对人造成的压抑，这就更接近有效率的主体间性。就应用性新媒体文学批评而言，以语言为媒介、批评主体具有异质性、主体之间能够展开坦诚的交流，这就在很大程度上保证了主体间性的展开效率。

然而，从应用性新媒体文学批评的实际效果看，一些有价值的批评声音显

① [德]胡塞尔：《胡塞尔选集》，倪梁康选编，上海三联书店 1997 年版，第 920 页。

然被“众多的各自独立而不相融合的声音和意识”①遮蔽了。这种复调式喧嚣在新媒体场域中被大量使用,造成的结果就是文学批评主体不敢也不愿在新媒体文学批评场域内部发表自己的真知灼见。“韩白之争”的余响依然在如今的新媒体文学批评场域中回荡着;“符号天书”任意生长的情况也并未消歇,这些“火星文”往往被征引到新媒体中,成为文学批评的工具,并被一些人看成是敢于自由发声、个性展露的方式。其实,这些都是应用性新媒体文学批评野蛮与任性的显现。这些现象可以被视为批评的情绪化,其发生可以归因于情绪化的从众。情绪化的从众通常有两种类型,第一种是新媒体中的“意见领袖”与“意见领袖”的膜拜者。“意见领袖”往往根据自己的喜好,利用“粉丝效应”赢得控制舆论的主动权。比如韩寒、郭敬明等人,在微博等新媒体平台即便是发表了较为偏激或情绪化的文学观点,也会获得相当一部分“粉丝”的“顶”或“赞”。实际上,许多文学观点是有待于进一步推敲或商榷的。第二种是“匿名的批评者”。“匿名的批评者”尽管有自我表达与自我展现的欲望与冲动,却羞于表达,一旦这一群体中的个体发现自己的观点与其他人的观点不同,便往往会保持沉默。弗罗姆在《逃避自由》中有些说明:“一个所谓能适应社会的正常人远不如一个所谓人类价值角度意义上的精神病症患者健康。前者很好地适应社会,其代价是放弃自我,以便成为别人期望的样子。”②许多应用性新媒体文学批评主体为了使自己看起来“正常”,不得不让渡出批评的权利,保持沉默以防止被孤立。这种现象被德国学者诺依曼称为“沉默的螺旋”。③“沉默的螺旋”破坏了应用性新媒体文学批评的秩序与生态,不利于批评的发展。

---

① [苏联]M.巴赫金:《陀思妥耶夫斯基诗学问题》,白春仁、顾亚铃译,生活·读书·新知三联书店1988年版,第29页。

② [美]埃里希·弗罗姆:《逃避自由》,刘林海译,国际文化出版公司2007年版,第96页。

③ 参见张舒予主编:《视觉文化与媒介素养研究手册》,中国广播影视出版社2017年版,第133—134页。

批评主体应当借助新媒体平台充分发挥文学批评的主体性，有主体性的文学批评不是附和式的文学批评，而是独立的文学批评；不是情绪化的文学批评，而是经过自身思考的文学批评。换言之，应用性新媒体文学批评有太多的“热批评”，却缺少节制而又从容的“冷批评”。新媒体的不断发展为应用性新媒体文学批评者提供了“先热后冷”的可能。“先热”指的是应用性新媒体文学批评主体可以根据自己的兴趣与喜好，凭借新媒体技术去发现与自己相似的“情感结构”并介入其中。情感结构不仅有助于其发现文学批评的“同路人”，还有助于打破并规避掉意见领袖对主体性的压抑。情感结构是一个社会情感共同体与价值共同体的集中体现。新媒体的情感结构需要文学批评主体深入体验文学文本或文学活动的现场，这种体验是日常生活体验、文学体验、新媒体技术体验的交织。体验越丰富，积累越充分，情感结构的挖掘就越深入，所介入的结构框架便越清晰。文学批评主体的热情便能够在不断介入与体验的过程中冷却凝结成文学批评的观点，进而表达出来，即“后冷”的内涵所在。

新媒体语境下的文学批评传播方式并非“个体对个体”的人际传播，不是“一个人对多个人”的群体传播，也不同于“推”“拉”并存的网络大众传播，而是核裂变式的“链式”传播，这种传播方式基于人际网络的链条，具有多级传播属性。传播不同于传达，传达强调的是信息的达到，侧重的是结果，凸显“主体—对象”的结构；新媒体语境下的传播强调新媒体作为中介的力量，生成以共同的情感结构为核心的“主体—媒介—主体”的互动性模式。一些文学网站以及与文学批评相关的网络运营商，推出了可以随写随评的 App 终端，其中有代表性的如知乎、豆瓣、LOFTER（乐乎）等。这些平台极大地扩展了文学活动的参与群体，激发了文学批评主体参与文学活动的主动性。作为网易公司推出的轻博客，LOFTER 以兴趣为导向，拥有原创社区，参与者可以在原创社区中创作出属于自己的作品，尽可能地表达文学观点。个性化推荐、标签互动、个性化的主页定制等功能为应用性新媒体文学批评对情感结构的发现与介入提供了便利。在这些新媒体平台上传播的文学批评也并不是“单向度”的。联动式的文学批评有助于深化批评主体之间的理解，在求同存异的过程中交流，保证批评的有序性与合理性，打破“沉默的螺旋”①。

平等而自由的交流并不意味着应用性新媒体文学批评是一团和气的批评，应用性新媒体文学批评要在“论争”中前进。“论争”并不是说要有冲突，而是指不同批评之间的相互修正与相互补充，在相互学习的基础上不断提高。有效率的主体间性的实现有利于生成富有条理、风格多样的应用性新媒体文学批评。当然，理想化的应用性新媒体文学批评是在批评实践中完善的。②

---

① 打破“沉默的螺旋”的过程，也被称为“反沉默的螺旋”。学者丹尼斯·麦奎尔和斯文·温德尔在《大众传播模式论》一书中指出，“沉默的螺旋”理论只有在如下的条件下才能够发挥效果：第一，个人不能相互交流私人意见；第二，媒介意见和受众的观点具有特定的一致并产生过预期的意识积累。如果超越了这个限度，就会出现“反沉默的螺旋”现象。我国学者王国华认为“反沉默的螺旋”现象具有如下特点：第一，网民是能动主体，敢于质疑；第二，“反沉默的螺旋”现象的出现通常经历着这样的过程：多数派占有优势—派别对峙—“沉默的螺旋”逐渐失效—少数派反旋而上甚至超过多数派—“反沉默的螺旋”现象出现；第三，网络舆情多样化，网民对事件享有知情权；第四，媒介的意见不符合公众的价值观。参见寇玉生、姜喜双主编：《大学生危机事件管理理论与实务》，东北大学出版社2017年版，第49—50页。

② 李澍、李姝昱、贺梓秋整理：《展现网络文学新风貌、新担当——第二届中国“网络文学+”大会与会者共话网络文学发展方向》，《光明日报》2018年9月18日。

第四章　文学批评的新媒体路径

路径即从起点到达目的地的方式或途径，新媒体文学批评到达读者的方式有很多，比如文学网站、文学社区论坛，以及个人博客、微信公众号、朋友圈等。文学网站“是专门传播与发布文学信息的网络节点，它一般由文学机构、文学社团、文化公司或文学网民个人建立，是文学在网络虚拟空间的聚散地，也是网络文学的具体承载体”①，是如上诸多批评路径中覆盖面较广、影响力较强、聚焦度较高的一种。社区论坛是网站下设的分支，文学评论专区将文学批评集中、分类、再聚合，有一定的集散性。本文选取文学批评类微信公众号、豆瓣和百度贴吧做简要介绍。

第一节　文学批评类微信公众号之评议

微信从2010年的项目开发运营，到今天拥有13亿多的用户，短短十几年，已成为使用人数最多的社交类App。微信公众号实现了发布者与特定接受群体的文字、图片、语音、短视频沟通和互动。以庞大的用户基数为支撑，微信公众号成为当下最具竞争力的新媒体传播方式之一。文学批评类微信公众

① 欧阳友权：《网络文学概论》，北京大学出版社2008年版，第66—67页。

号是以推送文学及文学批评文章为主业的微信公众号，从主体的角度分类，有个人微信公众号（如“不止读书”“北师赵勇”）、期刊或企业微信公众号（如“小说月报”“文艺争鸣”）等；从内容的角度划分，有专事文学批评的微信公众号，也有隶属于文学类微信公众号的批评专区（如“凤凰读书”“新京报书评周刊”等批评专区）；从推送的活跃度划分，有每天推送数次的微信公众号，也有数天推送一次的微信公众号（如“文学评论”“人民文学”）。文学批评类微信公众号很好地对接了传统批评与新媒体，朋友圈分享有效提升了文学批评的传播效果，给文学批评提供了新的传播渠道。“新媒体的文艺生产已开始用自己的话语实践向传统文艺学的理论范畴提出质疑，向既有的学科规制发起挑战，又在新的理论构型中创生出特定的知识系统和阐释空间”①。对微信公众号的研究逐渐引起学界的兴趣，但专门针对文学批评类微信公众号的研究成果并不多。现有的研究多认可微信公众号的群发推送、自动回复、一对一交流等功能，质疑其浅阅读、泛阅读、功利阅读等趋势。本研究对文学批评类微信公众号进行个案分析，深入其中，既关注总体趋势，又关注异质特征，从而管窥当下的文学批评生态。

一、文学批评类微信公众号到达读者的途径

与企业类微信公众号、服务类微信公众号注重便利化、便携化的商务推广相比，文学批评类微信公众号专业性较强。该类微信公众号的发布者多为编辑出身的媒体从业人员，发布的内容多为纸媒精选文章的电子版。发布页面多为图片配文字，画面精致、文字简约。多数微信公众号推送的内容经典与时尚并重，分栏、标题的设置既有时效性又有历史感。该类微信公众号的订阅者多为专业读者，也覆盖了普通的文学爱好者，但绝非单纯的网友群体，无文学功底的人对此类公众号不感兴趣。

---

① 欧阳友权：《新媒体与中国文艺学的转向》，《文学评论》2013 年第 4 期。

微信公众号的发展可分为两大阶段:第一阶段主要是技术释放,微信公众号的技术革新激活了文学批评的潜质;第二阶段是以数字为媒介,一切语言信息化。第一阶段,2010 年到 2013 年。2010 年 10 月,腾讯开启微信的开发运营,4 个月之后,腾讯发布了微信 1.0 测试版。其后,在 2011 年一年之中就推出了 2.0、3.0 两个版本,功能逐渐增加,微信从通信类软件发展为社交应用类软件。2012 年 8 月,微信开启了公众号平台,吸引名人、政府、媒体、企业等来参与商业合作和推广。2013 年 3 月,微信团队开放了公众号自定义菜单。自此,微信公众号主体可以对用户进行分类推送,构建各自的移动导航平台。随着微信对公众号平台的不断改进,公众号的分类也越来越细化。文学批评类微信公众号以此为契机浮出水面,旨在为用户提供文章和阅读反馈,只要用户关注就能享受到账号主体的推送服务。第二阶段,2013 年至今。以数字为媒介使一切语言信息化是指文学批评类微信公众号的消息推送并不是单一的文字文章,而是经过精心处理的各类信息的汇总,包括视频、音频、图片,甚至还有广告等。

与纸媒文学批评期刊的定期出版、邮寄发送、读者来信反馈相比,文学批评类微信公众号在传播速度、阅读效度、反响强度等方面优势尽显,成为最容易到达读者的方式。率先开通微信公众号的文学类期刊《小说月报》的编辑部主任叶开说:“新一代人群阅读和获取信息的方式与过去不一样了,我们要在文学读者人群中扩大知名度和覆盖率,就要采取最容易到达他们的方式。”①

一般来说,文学批评类微信公众号到达读者有以下几个步骤。

第一步,选择。从读者角度讲,订阅微信公众号的门槛较低,一般“关注”即可;从微信公众号角度讲,文学批评类微信公众号并未像企业号、服务号那样在朋友圈群发消息,广博地撒网式推送以寻找目标人群,所以其订阅只能来

---

① 吴越:《〈收获〉昨首次向订户发微信》,《文汇报》2013 年 11 月 26 日。

自潜力阅读者的主动查找、人际传播、推荐等方式，具备一定的偶然性和随意性。微信公众号的文章被接受的前提必须是阅读者的自主选择，他们可以根据自己的喜好关注微信公众号，并且可以随时取消关注，这使得读者具有极自由的权利。他们与账号主体互动交流，包括以在线互动和留言互动等多种方式来发表自己的意见和建议。这些互动所产生的信息反馈也可以提升微信公众号的运营质量，进而提高用户的满意度和微信公众号的影响力。

第二步，挽留。微信公众号若想赢得人心就必须有独特的吸引力和凝聚力。读者选择某一微信公众号或许只因为对某一话题或某一文章感兴趣，一旦热点效应消失，他便会取消关注，这就要求微信公众号具备独有的魅力和持续刺激读者兴奋点的能力。目前来看，时效性与连续性并存是微信公众号的双翼。与纸质期刊发行相比，微信公众号文章发布最大的优势就是迅即、快速，有着明晰的判断力。2024 年 3 月 11 日，电影《奥本海默》在第 96 届奥斯卡金像奖中斩获 7 项大奖，《收获》的微信公众号当天推出电影相关评论；2024 年 2 月 5 日作家谌容去世，《当代作家评论》的微信公众号当天推出谌容《人到中年》的简评文章以志悼念。这样的反应速度足以体现编辑的用心和敬业。此外，微信公众号因与期刊的密切关联，某些微信公众号的文章即是纸媒的直接挪移，所以品质得以保证。《文艺理论研究》杂志的微信公众号从布局来看有“内容搜索”“本刊公告”“热门专题”三大板块，内容上囊括了理论文章、期刊目录等，有专题研究《何珏菡：“情调”的艺术》《姚文放：文艺美学的谱系赓续及其外力与内因》，也有重要会议概述《“生态危机众的推测型文学与视觉叙事”国际会议在深举行》等文章，让我们看到微信公众号对文学理论的求索与坚守。

第三步，互动以至双赢。互动是新媒体最显著的功能之一，读者发表对文章的看法和对编辑的意见建议，编辑发表对留言的回复，进而提高用户的满意度和微信公众号的影响力。若能通过互动使微信公众号和读者相得益彰、各有所得，则会给文学批评的发展提供相当有利的条件。但现阶段的互动更多是“单边”的反馈，微信公众号与读者之间尚未形成“张力”，就新媒体可能实现的读者与编辑的“双赢”而言，现有的“互动”做得还不够好，例如留言不能得到编辑的及时回复，留言只能通过编辑精选展示而不能直接对其他留言者开放，没有形成读者与读者之间的多对多交流等。互动以至双赢的实践途径可为文章的精准发布与留言的奖惩机制。文章的精准发布：微信公众号可以通过技术手段（某个个体对某一类话题的关注度、某一类文章的阅读时长等）将用户进行分众处理，以读者关注焦点的差异化而将其分类，推测出读者的兴趣取向，根据读者的订阅偏好筛选出优质的活跃用户，避免盲目推送和读者的盲目转发。留言的奖惩机制：目前的留言系统已经可以做到读者与读者、读者与编辑的相互评论对话，但这对话并非即时的，多多少少都会有些滞后。我们所看到的留言也是经过筛选的，编辑要将不负责任的留言剔除，使符合平台价值建构的评论进入公众视野，保障微信公众号的安全性和纯净度。相对于删除不负责任的留言而言，微信公众号在择优方面做得还很不够。微信公众号能否从另一个角度考虑，即在奖励方面下功夫，精选出优质留言及其发布者，择其优而奖之？奖励不仅是给予留言者肯定与激励，更是为其他用户注入了正能量。

二、微信公众号对主体的“赋权”及阅读模式的“脱域”

与新媒体文学批评的海量、驳杂相比，文学批评类微信公众号的优势集中在“赋权”与“脱域”上。“赋权”本是人力资源理论的术语，原指赋予企业员工决策权和行动权，以此提高生产力，在此指微信公众号赋予其参与主体的权利。主体既是发布主体，也是阅读主体，某篇文章的作者将文章传播出去，他是写作者也是传播者，读者阅读后转发，他是阅读者也是传播者。微信公众号文学批评对比新媒体文学批评不论是在技术上还是在人文素养上都更前进了一步，特别是微信公众号的发布与阅读主体，平台是他们主动选择与持续参与的对象，因此他们的价值取向更为一致，对文学的态度也就较为纯粹。

对于作者而言，文学批评类微信公众号“赋权”实现的是实体批评期刊及专业作者主体的“身份认可”；对于读者而言，微信公众号基于用户的身份认证，实现的是“我”的媒介。文学批评类微信公众号的发布主体可分为团队和个人两大类，团队类的有政府和行业协会（如“书香上海”“中国好书”）、出版社（如“北京大学出版社”“商务印书馆”）、书店和图书馆（如“南京先锋书店”“国家图书馆”）、媒体（如“三联生活周刊”“中华读书报”）、阅读推广机构（如“豆瓣阅读”“十点读书”）。① 其中专门致力于文学批评的应为一些传统文学批评类核心期刊的微信公众号。实体期刊在新媒体文学批评的大潮中并未发挥应有的功用，但在微信公众号的发展中却显露身手，原因一是微信公众号的申请、维护、运营操作简便，不需要投入大量的技术、人力和物力；二是纸媒与微信公众号共享一套人马即可，微信公众号发布的是实体期刊的“精编版”，剪切复制的工作并不繁重。例如《当代作家评论》的微信公众号不定期推送，有“时讯”“投稿”等栏目，关注人数不断增长，远远超出实体期刊的订阅人数。华东师范大学教授毛尖的影评被各大影视评论公众号引用，因其反应迅速、直陈褒贬、观点犀利而在电影影评范围内有相当大的影响力。毛尖的《戴上金箍不能爱你：国产剧三十年检讨》发表在2023年第1期的《现代中文学刊》上，经由同名微信公众号的发布，让毛尖的影评走进更多普通读者的视野。《星星》诗刊微信公众号的作家创作谈或诗歌评论类文章阅读量较高，例如《木心：只有文学和艺术可以拯救任性》《余华：写作的捷径就是一个字》《朱光潜：文艺上的低级趣味主要有五种》的浏览量都超过了万次。微信公众号发布的文学批评文章面对所有人开放，拓宽了文学批评的读者范围，也为文学批评提供了更有潜力的发展空间。

个人微信公众号里的文学批评是写作者基于自己的生活积淀、审美情趣和学识积累产生的对文学作品的个人见解与评论，带有主观性和自发性。这

---

① 参见《首届“大众喜爱的50个阅读微信公众号”出炉》，《中国新闻出版广电报》2016年7月25日。

类文章的写作者和阅读者和鸣相长，互为认证，具备强关系的黏合度。黏合度是微信公众号区别于新媒体文学批评的另一显著特征，新媒体文学批评的参与者结构松散，都支持某一观点即可结成同盟，这一热点消散，同盟便会即刻瓦解。微信公众号留言经过“关注”后才能发布，持续关注也需要热爱，微信公众号的发布者与阅读者是可以擦出火花的。

雷达写了《韩金菊》，在朋友的要求下，该文发表在微信公众号“非常道文艺”上，紧接着诗人高平为此写下《韩金菊，雷达的初恋》一诗，没想到点击量上万，留言之多超乎雷达的想象……除了一些是朋友、文艺界人士的留言，绝大多数是普通读者，说它“情真意切，感人肺腑”，读来“几度哽咽”，甚至“每读一遍，都要流一次泪”。雷达本人非常认可这样的留言：“历史真相隐藏在语言的暗流涌动之中”，是“个人命运与时代面影的交叠合一”。雷达说，“在公众号上，我的有些散文，作为文学作品而非社会新闻，点击率一般都至少在六千左右，加上其他公众号的转载，可以过万，这就不算少了。而且，我的文章留言特别多，变成了围观的话语场，不少人在上面发感慨，忆往事，说心事，说到伤心处会流泪。有许多陌生人的留言，甚感人，我一直很珍视。这就是微信的开放性和互动性，是传统纸媒所没有的优势。”①学者邵燕君在《我的文学观》中这样说：“一个月前，我把一篇新刊的论文《猫腻：中国网络文学大师级作家——一个“学者粉丝”的作家论》(《网络文学评论》2017 年第 2 期)通过微信公众号和微博发布出来。到今天，阅读量共有 54964 人次。这是我迄今为止被阅读最多次的一篇论文……文章抵达了我最想交流的人群(猫腻的核心粉丝群)，收获了几百条评论，以及若干打赏。我有一种深刻的满足感，想一想，有一群不知来自哪里的读者，半夜三更看完两万字的论文，然后还会评论，甚至打赏，这说明我们的工作是有意义的，人民大众(或小众)是需要文学批

① 舒晋瑜：《创作的因素较弱，倾吐的欲望很强——访中国小说学会会长、散文家雷达》，《中华读书报》2018 年 1 月 31 日。

评的。”①可见，文学批评类微信公众号在极大程度上调动了阳春白雪类文学批评的“决策权”和“行动权”。

从读者“赋权”的角度看，订阅微信公众号的目的一是获取资讯，二是人际交往的需要，三是提升个人修为。开通或订阅什么样的微信公众号，可以体现出“我”的审美品质、文化标签，是自我存在的风格化。订阅某一固定文学批评类微信公众号的读者大多有趋同的生存体验与审美维度，这就使某一特定群体的审美偏好有了聚合的可能，相同或相类似的艺术体验以及对这种体验的分享甚至可以改塑某一时期的审美风尚。在阅读某篇文章时，可以看到有多少位网友读过，阅读选择的主体性常常会受此影响。丹尼斯·麦克奎尔认为，“在早期的大众传播研究中，在信息传递的线性过程的终端，受众这个概念代表信息的实际接受者或拟定接受者。这种观点逐渐地被另一种观点所代替，即特定的社会文化语境下，媒介接受者愿意或不愿意影响自己关注的事物或受自己关注事物的引导。”②读者主体在阅读某一观点的过程中，会将自己的看法植入留言，反馈给作者。

北京师范大学教授赵勇在自己的个人微信公众号“北师赵勇”里发表了文章《〈芳华〉才是标准的大众文化产品》（2018 年 1 月 9 日），在文后的留言中，有这样几条：

> 《芳华》在“看”“听”的各个层面都是拙劣的，画面凌乱、音乐突兀、情感强行植入，不一而足。它彻底表明了：冯小刚从《老炮儿》开始调整，途经《我不是潘金莲》，终于到《芳华》又找到感觉，那种江郎才尽的感觉，他终于如愿以偿地证明了自己的流氓本性已经彻底显露。如果说《芳华》是标准的大众文化产品，那么大众文化就是彻头彻尾的垃圾。没有办法，大众需要垃圾，而这些垃圾已经成为建构大

---

① 邵燕君：《我的文学观》，《当代作家评论》2018 年第 1 期。

② ［美］詹姆斯·罗尔：《媒介、传播、文化：一个全球性的途径》，董洪川译，商务印书馆 2012 年版，第 142 页。

众的重要成分。

十分赞同老师的说法。个人觉得,《芳华》中引发怀旧的元素(文革、战争等等)只是表面的装饰,一定程度上让电影显得有历史感,但其核心就是一部《小时代》。所赞美的主人公也莫名其妙。有一种不喜欢主人公,但影片却逼着你发现他们的善良,为他们点赞的感觉。

说句题外话,不知道老师知不知道《英格力士》也在拍电影。

作者回复:还真不知道,谢谢告知。

尽管留言由微信公众号筛选后才会显示,但不论是赞成还是批评,作者及读者直陈利弊的态度一目了然。一方面,微信公众号在维护并推动着文学的审美;另一方面,读者期待自己能在审美行为中发出声音,所以读者反馈中的差异(或褒扬作品、或贬斥人物、或中立态度)是同一中的差异,这同一便是对文学的热爱。

"脱域"有两层意思,其一是社会层面的,其二是空间层面的。社会学层面即布尔迪厄的"场域"——以市场为纽带,将其中象征性商品的生产者和消费者联结起来,充满了生产与流通的动态过程,并且具有资本形态。文学批评类微信公众号的"脱域"则改写了这一概念的各个环节,生产者和消费者的主体身份被打通,生产与流通的动态过程由一对一的单向线性传输发展为多对多的立体几何传播,资本形态(如附加的广告、打赏)成为各类微信公众号的主要收入渠道之一。在文学批评类微信公众号中,这一形式往往以软文广告或推广的方式出现,但在大部分期刊的官方微信公众号中,这一形式并不主流。空间层面的"脱域"即阅读模式脱离单一时间和单一空间。这并非安东尼·吉登斯所谓现代社会的重要特征——脱离一个具体的场域空间,将某种知识、规范推广到世界范围。在时间上"脱域"既指微信公众号可以根据关键词整合信息资源,又指微信公众号推送过的文章可以在历史消息中查阅到,文章可选择、可重复,这种存储方式提高了资源的利用效率。传统纸质期刊文本结构是封闭的，阅读时无法将另一信息资源纳入共时阅读结构，查阅过刊的时间、精力成本过高。而微信公众号的自动回复及添加链接的功能，使读者通过输入平台预先设定的过刊序号、关键字或点击链接就能瞬间获得过刊的内容。例如，《文艺理论研究》的微信公众号“文艺理论研究杂志”在屏幕下方专门有“内容搜索”一栏，点击进入后有“关键词检索”“期刊浏览”“过刊目录”等子栏目，使读者根据自身需求寻找相应文章进行深度阅读，让读者的选择更有目的性，获得的信息更有效。在阅读空间上“脱域”是指微信公众号在多终端通行不悖，微信平台的断点续播功能不仅打破了时间、空间的壁垒，更打破了不同使用工具的壁垒，不论是手机、PAD、PC 还是笔记本终端，只要登录个人账号便可继续收听或阅读。微信公众平台的版式设计遵照移动终端屏幕设置，每条信息可推送字数过万，远远高于微博 140 字的限定，这样的篇幅可以保持读者的兴奋度，在一定时间内完成阅读，不致过于“碎片”。

三、文学评论类微信公众号的期许与新的生长点

文学批评类微信公众号给读者提供了拥有更多交流自由和共识性的交往模式，凸显了批评民间性，但其面临的未知因素众多，我们只能期待微信公众号向预测得到的良性可能性展开。

可能性之一，信息传送与价值分享并重，情感认同与理性判断并重，文学特质与审美功能并重。在感官活动、具体的实践经验、理性对经验的一般性提升、理性得以表达为观念的四个节点上，文学批评类微信公众号在当下表现为重感官、重经验而轻判断、轻提升。人类感知的整体场是固定的，某一感知模式的强化则会导致其他感知的弱化，就好比有的人对文字敏感而有的人对数字敏感。麦克卢汉指出：“技术的影响不是发生在意见和观念的层面上，而是要坚定不移、不可抗拒地改变人的感觉比率和感知模式。”①微信公众号对文

① ［加］马歇尔·麦克卢汉：《理解媒介——论人的延伸》，何道宽译，商务印书馆 2000 年版，第 46 页。

学批评的影响很大程度上发生在感觉比率上,即公众号文章更偏向于话题、情感,将文学与生活的关系窄化为一过性的、主观的、个体的情感判断,这就背离了文学批评的初衷。既然是“批评”,那无论在何“场域”,数字媒介或纸质媒介,都要有审美判断与人伦素养。话题效应、情感认同本身并没有错,只是公众号发布的文章要厘清事实与描述、经验与反思的异同。文学批评类微信公众号的推送信息与文学热点、社会热点联系紧密,虽便于创建特色话题,形成阅读增长点与关注点,但在热度过后并未持续关注乃至反思。如 2022 年 11 月 ChatGPT 横空出世,引爆了全球对人工智能的强烈关注,2023 年初“探索与争鸣杂志”微信公众号紧跟时事推送了一系列文章:《赵汀阳:GPT 在哪些问题上逼得思想无路可走?》《许纪霖|“一流的逻辑、二流的内容、三流的文字”:ChatGPT 是福音还是灾难?》,“人物”推送了一篇《这是我们第一篇完全由 ChatGPT 写作的稿件》,同时“收获”也推送了《被文学提问包围的 ChatGPT:它唯一没有自信的是成为小说家|郑周明》等文章。2024 年春天,微信公众号已很少论及关于人工智能对社会乃至文学的影响这一话题,石子仍在,涟漪无存。如果微信公众号文章能就此“文学事件”举一反三,厘清国际国内类似主题、类似题材的文学作品(例如人工智能小冰作品《阳光失了玻璃窗》),再辅以研究方法(例如人工智能写作研究)等方面的引导,就会使文学批评介入艺术、介入人心,产生它该有的影响力。

可能性之二,文学批评类微信公众号的开放性与生成性并存,但更应做到有规约的开放与有目的的生成。文学批评不可能也不应该是闭锁的自足体,而其开放建立在规约之上。微信公众号的规约是对微信平台、订阅者、传播者而言的,开发、维护、订阅该公众号即意味着认同其规则与运作机制(比如公开昵称、位置等),这是一种契约也是一种制约。微信公众号要有守持,既要保持对时代的凝视又要有对文学立场的坚守,它要关注文学批评的常态,而非变态。对于订阅者而言,他既是个性化、差异化的分众传播信息的接受者,也是信息的发布者,既然在情感诉求和理性诉求上关注了这一微信公众号,就在某种程度上分享并分担了这一微信公众号的口碑，微信公众号的优劣也成为他的文化标签。

文学批评类微信公众号要重视网络原生态，微信公众号的主体将越来越指向具备电子阅读习惯的新媒体原住民（“90后”乃至“00后”）。媒介融合的广泛性、交互性、自由性带给微信公众号的不是优势而是挑战，这就要求其不遗余力地提升辨识度。微信公众号“媒后台”将移动互联网作为首发平台，侧重网络文学与“二次元文化”，很好地实践了新媒体传播理念。作家莫言的微信公众号创办于2021年，以分享读书感悟、生活趣事和时事思考为主要内容，比如《跟年轻人学习，做个年终总结！》《夜深了！给你们讲个睡前故事》等，紧跟时事潮流，通过有趣的选题、幽默易懂的文字和穿插于文章中莫言的表情包，吸引了大批年轻读者，将新媒体的优势进行利益最优化地运用，几乎每篇文章的浏览量都达到了10万+。

文学批评类微信公众号要重视板块设置的区分度，或以审美评价为主，或以社会功能为主，或以挖掘史料为主，某一微信公众号总要给出读者不能从别处获得的知识、经验或评价，给出读者不“取消关注”的充分理由。如“当代文学现场”微信公众号致力于“聚焦当代文学现场”，其推送的文章均可称得上精品，有相当的学术价值。《收获》编辑钟红明说，微信公众号“就是在微信上做一个探讨、交流、欣赏文学的平台，传播文学理念”①。杂志刊载的是作品本身，微信公众号则会特约一些作家来讲述作品背后的故事，包括书评、相关访谈、创作经历等，纸媒和网媒并行不悖、相得益彰，各自发挥各自的特色。微信公众号的板块设置应该在基础性和潜在性上下功夫，既保留某一公众号独有的特色，又要有潜能地挖掘出更大的批评空间。板块设置有些类似传统期刊目录下面的“栏目”“专栏”，这些栏目既要保持与刊物总体的一致性，又要统领栏目之下的文章标题。如果微信公众号的编辑能够加强文化预测、集中问

① 吴越：《〈收获〉昨首次向订户发微信》，《文汇报》2013年11月26日。

题焦点、拓宽研究思路，将新媒体与文学批评的经典范式相融合，做到"有立场、有道德、有真理，反对批评领域里的一元独尊、话语霸权，呼唤批评领域里的民主、平权，努力建构个体主义批评学，真正的个体文化时代的新型批评"①，文学批评类微信公众号则会更上层楼。"美学批评所面对的，不再只是作为传统知觉对象的艺术和艺术活动，而是由海量信息的大面积交互转移及其广泛播散所构造的艺术本身的扩张性改变。"②微信公众号不能只做"文章的搬运工"，如果公众号除了图文并茂的形式"嫁接"并无过多超出期刊的内容，就会消耗掉读者的耐心与信心，为其发展埋下隐患。

文学批评借助着微信公众号迈出了重要一步，在批评主体、批评方式、批评话语等方面都发生了较大的变化。但受困于人力不足、技术开发受限等因素，文学批评类微信公众号尚未发挥其最优质的功能，新媒体传播的优势并未充分显露，目前还处在过程之中。美国学者马克·波斯特在《互联网怎么了?》一书中倡导："数字化技术将带来巨大的变化，这一点不可否认，但关键不是设想一个炼狱(dystopia)或者乌托邦(utopia)，而是理解当下正在发生的事情，并且尽我们所能以最好的方式去理解它们的结果。"③面对文学批评领域的新变化，我们在倡导多元、客观、民主、科学批评的同时，还要思考传统文学批评的审美经验如何更好地培养新媒体的问题，就如多丽丝·莱辛说的，我们拥有语言、诗歌和历史的遗产，这份遗产将永远不会枯竭，它就在那里，永远。

第二节　豆瓣的文学批评

网络技术的革新促进新媒体行业的迅速发展，人们对知识、信息等的认知

① 葛红兵、叶片红：《大众传媒时代艺术批评标准问题之我见》，《艺术百家》2007 年第 4 期。

② 王德胜：《"微时代"：美学批评的空间意识建构》，《浙江社会科学》2017 年第 1 期。

③ [美]马克·波斯特：《互联网怎么了?》，易容译，河南大学出版社 2010 年版，第 63 页。

从依靠传统媒介转向新媒体平台，文学的发展也与新媒体密切关联，文学批评方式从传统书面批评向新媒体媒介批评转型。从传播学的视角，“技术的革新产生了大众传播媒介，为文学的大规模普及提供了必备的条件，大众文学顺势产生，作为大众传媒等现代传播手段的被承载者，传递到大众手中”①。新媒体的时效性、互动性、自由化、数字化等特点促进了文学批评的公共性，呈现大众参与文学批评的局面。

成立于2005年3月的豆瓣（www.douban.com）是Web 2.0的重要一员，不同于Web 1.0时代，它是以用户为主力军的社交网站。该网站提供书籍、电影、音乐等作品的相关信息，是“添加了TAG、RSS等Web 2.0技术，糅合了自媒体、微内容、长尾理论等时髦的互联网概念，以书、电影、音乐等为媒介，以‘UGC（users generated content）’为核心精神的聚合用户的互动社区和开放平台”②。豆瓣中有大量的书评、影评，以及对应的书籍、影视作品的评分，这些批评和评分在一定程度上影响大众阅读或观影的选择，具有广泛的大众认可性。它的功能和价值已不仅仅是一个社交网络平台，更在于将文学性、权威性、民间性和分享性等融为一体，开拓广泛而深远的发展空间，为更新新媒体时代的文学批评方式贡献力量。

一、媒体批评的文学性

新媒体提供了网民参与批评和互动交流的场域，新浪微博、微信、知乎等平台体现了新媒体与评论的舆情趋向。在众多平台中，豆瓣的文学性较强，创始人杨勃最初对豆瓣的创建设想就是基于书籍的交流，“书和电影自己都很喜欢，而且这里面的价值更大”，豆瓣便是“在于帮助大家去发现更多自己不知道但是有价值的东西”。③ 豆瓣的讨论区以文学批评为主，其中有大量和文

① 禹建湘：《网络文学产业论》，中国社会科学出版社2011年版，第5页。

② 范以锦、董天策：《数字化时代的传媒产业》，暨南大学出版社2008年版，第327页。

③ 黄修源：《豆瓣，流行的秘密》，机械工业出版社2009年版，第21页。

学相辅相成的观点,影评、乐评等文字也是从文学审美角度出发而作,豆瓣中文学批评的主体是“作为接受主体的读者和批评家”①。早期的豆瓣定位,“首先,这是一个叫‘豆瓣评论’的博客网站。其次,这是一个关于书籍的网站。再次,这个网站的核心内容是书评式的博客”②,可见其文学修养与品格。

豆瓣的文学交流过程是网友对书籍或影音作品进行了解,给予相应的评价和分析,在互联网平台交流与分享。网友任意进入一本书的专区,会看到豆瓣评分、简介、作者资料等基础信息;讨论区的短评和书评则体现读者对书的感知和思考,主要内容为书中的细节、背景、话语方式,故事的横向纵向类比等。例如加西亚·马尔克斯的《百年孤独》,豆瓣评分 9.3 分,在短评区中有十几万条文学批评,书评区是针对此书的长评,字数不限。《百年孤独》的书评《那些关于时间和孤独故事》一文是作者整体阅读该书后的深入思考,约 1.7 万字,将故事中的人物从第一代至第七代一一梳理,完整而细致,同时也总结了小说的艺术特色,表现自己的独到见解。此篇文学批评有 9000 多名网友认为有用,共收到 800 多条网友的回复。

以往的文学批评多在专业学者或文学爱好者中进行。在媒体并不发达的年代,一部书或电影的出版、上映,对它们的评价并不能及时量化并形成系统,大众需要搜集和整理相关知识、经验,而后才能交流和讨论,时间、精力成本很高。而豆瓣的创立为公众提供了一个可以进行文学批评的自由而便捷的平台,于读者可资参考,于平台则是其后续推广的重要指标。新媒体与文学性的结合,是现代传媒手段和文学性批评话语的统一。

二、豆瓣评分的权威性

以书、影音为讨论载体的网站并不多,豆瓣的评分机制无论是从量还是从质上都具备了大众认可的权威性的意义。较高程度的使用率使豆瓣的权威性

① 刘再复:《论文学的主体性》,《文学评论》1985 年第 6 期。

② 黄修源:《豆瓣,流行的秘密》,机械工业出版社 2009 年版,第 15 页。

不断加强，对文学作品和影视等的推广与宣传起到重要作用。面对一部新电影或一本新书，想要快速了解它的品质，网友就可以点开豆瓣进行搜索，读取评分和文学批评，从而决定是否观看。在观看之后，如果未能达到观者的期待视野，他们便会去豆瓣专区书写自己的观点，供其他准备观赏者参考——这一事前、事中、事后并行的欣赏模式已然成为常态。豆瓣的评分机制已经深刻影响大众的日常生活，以一种不可替代的权威性被广大民众接受。豆瓣批评的内容符合“先发布后过滤”的理念原则，在众多批评中选取网民支持的优质批评进行分享或置顶。同样由网民打分的评分系统又间接影响文学或影视的发展，提供符合民意的文化走向。换言之，豆瓣的评分依靠大众进行文学批评，是符合大众审美取向的较为客观的参考系统。评分在一定程度上影响文学的宣传推广，高评分的作品会吸引人们去欣赏，激发更多的人参与文学批评和交流的热情。而低评分的作品则意味着接受程度较低，传阅性少。但这种“低”的存在，并不意味着作品本身创作质量的“低”，可能是多重原因导致，包括作品本身晦涩难懂、取材生活性不强等。这种评分也会吸引人们去辩驳“低”的分数是否合理，去更多关注这方面的文化现象。

豆瓣根据大众喜爱程度推出“最受关注的虚构类图书”“豆瓣 8 分以上 Top250 电影榜单”等推荐项目。每年年末豆瓣都会根据评分、标记和访问数据列出相应的年度读书、电影、音乐等榜单，如“2023 年度读书榜单”中就罗列出年度图书、年度中国文学、年度外国文学、再版佳作、诗歌图书等多项。2023 年度图书分别为《我在北京送快递》《明亮的夜晚》《一百年，许多人，许多事》《同意》《我还能看到多少次满月升起》。这些书目均在 2023 年出版，评分在 8 分以上，批评众多，读者关注度高。较高使用率的豆瓣清单式统计在一定程度上影响人们读书或观影的选择，而这些数据又是由大众提供的，这样交互性影响形成一个良性循环系统，促进文化的发展。豆瓣的数据、评分、推荐等并非专业性纯文学性质的评判，而是基于民间化的大众喜闻乐见的文化取向。豆瓣的高使用率和民众的高参与度让它的文学批评从民间化视角得到大众认可,并处于十分重要的地位。

三、豆瓣文学批评的民间性

不同于传统文学批评凌驾式、启蒙式的话语掌控,新媒体时代的文学批评依靠众多网民亲自参与思考讨论,带来民间性的话语方式,体现民间性的意愿选择,他们大多以非学术理论性质的民间性立场对文学进行评鉴,简明而直接地表达自我独特的见解,促进文学批评的多元化发展。“自由平等的数字媒介向大众开启了文艺话语权,从而确立了主体的平民视角,用平民化的情感,平民化的视角,去关注普通百姓的生活,成为主体新的艺术追求。”①平民化的文学批评正是从民间性立场去认识新媒体语境下的文学批评,文学与新媒体的结合,产生新的话语批评方式。“当下在媒体上传播的文学批评,显然不同于在学术期刊上发表的当代文学研究论文。前者要大量调用文学史和理论的知识,后者主要表达个人的直接见解,简明扼要向读者推介某些图书或者阅读经验。”②

豆瓣书籍、影音部分的文学批评大致有这样几种:有直抒胸臆式的情感表达,这一类是基于阅读或观影后人们抒发内心直白而感性的情感诉求,或者直接表明对作品的喜好或厌恶之感;有夹叙夹议式的讨论辩驳,这一类是观者以较为深刻的角度切入,开启对作品的分析和评议,这类文学批评多以理性的视角思考议论,或以比较的方法分析评述,带给大众客观的点评和议论,价值较高;也有声情并茂式的书写交流,这一类在豆瓣也很常见,观者在欣赏作品之后产生情感共鸣,以文字的方式记录自己内心的波动,或讲述自己所见所闻,赞同或驳斥作品中的事件或人物。这些不同类型的文学批评,从批评主体来看,包含普通批评者、文学批评爱好者、文史哲专业批评者或单纯情绪型批评者。自由的新媒体环境包容网民不同的审美和批评,给予他们发表文学评鉴

---

① 欧阳友权:《数字媒介下的文艺转型》,中国社会科学出版社 2011 年版,第 191 页。

② 陈晓明:《当代文学批评:问题与挑战》,《当代作家评论》2011 年第 2 期。

的平台。批评语言具有民间性和原发性,这充分体现新媒体语境下文学批评的表达方式。

对四大名著之一的《红楼梦》的传统“红学”研究在中国已经成为一个十分著名的学术流派,专业学者从文学、哲学、史学等多角度对《红楼梦》进行深度阐释和分析,探究作品的文化、艺术、哲学意蕴。人民文学出版社于 1996 年 12 月出版的《红楼梦》在豆瓣评分高达 9.6 分。豆瓣的书评区有短评、书评、读书笔记、讨论论坛等多种形式,与传统“红学”研究不同,豆瓣的文学批评呈现多元化趋势,大众关注点多集中在情节、人物、语言、版本、作家等主要方面。以 2017 年 7 月为例,在 1996 年 12 月版《红楼梦》主页的书评栏共有 29 篇书评。关于此书的推荐,23 篇评者五星推荐,5 篇评者四星推荐,1 篇评者二星推荐。星级代表评者对于作品的一种态度,总体而言,《红楼梦》收到的评价非常高。而批评者从各种角度切入,书写对《红楼梦》的认识和感悟。粗略统计,在 29 篇书评中,关注情节的批评约占 41%,关注人物的批评约占 34%,剩下的文学批评则是关注版本、语言、历史文化或追问结局等方面。短评区的批评直抒胸臆类居多,简短而直白地表达人们对该书的情感。当然,也存在着不喜欢《红楼梦》的看法和批评,持反对声音的人亦能给出各自的理由。这充分体现了文学批评话语方式的转型,有学者认为“随着网络文学与传统写作之间的交流与碰撞,学院批评、传统媒体批评和新型的网络批评的界限已经变得不那么分明了”①。民间性的文学批评在新媒体时代占据重要的地位,无论是谁,只要注册了豆瓣账号,便可直接抒发自己的文学批评见解,与不同意见者交锋应答。就豆瓣而言,民间性的话语方式和自由的言论环境可以让批评者充分表达对作品的理解,这是其优点。这些文学批评的民间性话语方式对艺术创作有导向意义,即在新媒体时代,以网络为媒介,表达群众的审美和意愿,提供民众文化交流与文学批评的平台,以民间性的话语方式将大众的文学批

① 苏晓芳:《网络与新世纪文学》,中国社会科学出版社 2011 年版,第 159 页。

评理念集中,然后反过来影响文学创作的走向。

然而,豆瓣的评分机制和批评模式也存在值得商榷之处。首先,它的评阅针对所有注册者开放,意味着拥有豆瓣账号的网友可以随意点评某部书籍或电影。评者评出星级,再由豆瓣根据数据整体计算出评分。以豆瓣电影为例,在发表见解时,豆瓣会让评者自主选择“想看”或“看过”两个不同分类阐述感受,赋予了评者极大的自主权。如果没有看过某部作品的网友在评点时选择“看过”一栏书写,那么这种文学批评会影响评分的准确度。其次,豆瓣评分的自由性使它并未将批评人群逐一划分,其中包含普通评者、文史哲专业评者、理工科专业评者等多种群体,每个人对文学或影视的理解程度不一,切入角度不同,影响文学批评的质量。在众声喧哗的背后,一些文学批评仅仅是批评主体自我情感的直接宣泄,一些偏激口语、詈语等也出现在书评或影评中,并不能真正或如实地反映书籍或影视的文学内涵。

与豆瓣类似的电影评分机制也见于其他网站,如美国的IMDb互联网电影资料库(Internet Movie Database,IMDb),中国的Mtime时光网、格瓦拉网,还包括猫眼电影、淘票票等提供电影评分的平台。对于相同的一部电影,不同网站的评分会有差异性。与豆瓣文艺化的点评不同,像淘票票之类的平台面向整体观影人士,参与者大多是线上买票的观众,更加商业化、生活化。Mtime时光网的评分以音乐、画面、导演、故事、表演、印象六个方面综合评估为标准,更细分也更加专业化。新媒体时代,众多影视或书籍的评分平台在崛起,与商业模式结合,使用率不断提升,豆瓣若想继续在其中处于领先地位,就要更精准地将文学批评呈现出来。豆瓣评分系统的低门槛和民间化带来评价机制、话语方式革新的同时,也在某种程度上制约了文学批评的精准度,这也是豆瓣未来发展需要面对和思考的问题。

四、豆瓣平台的分享性

豆瓣将书籍、影音等分成不同讨论区,网民可以在其中交流互动,分享性的理念在豆瓣运营中占据重要地位。这种分享性包含学术名家分享文学知识，加入市场因素运营，多以付费的模式见于豆瓣时间；分享阅读体验的豆瓣读书、豆瓣阅读等；分享精彩点评的豆瓣读书、豆瓣电影、豆瓣音乐等。

豆瓣提供分享文学知识的平台。2017 年 3 月 7 日，豆瓣正式上线内容付费产品豆瓣时间。豆瓣时间邀请学界名家、青年新秀、行业达人等进行交流，以文字或音频等方式进行思想的碰撞。首期专栏为北岛主编的音频节目《醒来——北岛和朋友们的诗歌课》。诗歌专栏的文学课程由北岛亲自策划、编选，并邀请西川、欧阳江河、刘文飞等 16 位诗人、诗歌译者和专家，朗诵并讲解 51 首中外经典现代诗。首期专栏共 102 期节目，定价 128 元，从 3 月 13 日起，每周一、周三、周五各更新两期。豆瓣时间可以看作豆瓣的一次转型，将文学与商业模式融合，以此进行文化知识方面的传播与盈利。豆瓣将新媒体与文学融合，又将文学与商业模式融合，实现了自我转型升级，为网友带来专业知识分享，也激发爱好文学人士的学习热情。哪一个时代都是需要文学的，文学的交流和批评需要孵化平台。付费模式下的文学知识传播更注重知识产权意识，网友通过订阅豆瓣时间，听名家分享交流心得，并抒发自己的文学感悟，提升文学素养，这也是促进文学批评分享性发展的重要因素。

阅读体验的分享在豆瓣读书、豆瓣阅读中很常见。豆瓣读书中的互动讨论、书评书写促进众多读者围观与表达阅读体验。在豆瓣阅读这类提供电子书籍阅读和购买的平台上，新媒体手段赋予其独特的分享性，它可以记录读者自己看过的书目、书写的阅读批注等，也可在阅读途中看他人的批注，补充自己的理解，相当于一种文学批评互动交流的资源共享，带来更优质的阅读体验。

精彩点评的分享在豆瓣随处可见。作为文学性的社交网络平台，豆瓣集合众多文学爱好者在一起评点某部作品，这些批评或原创写作具有积极的、生动的文学性。与书和影音作品相辅相成，这种文学批评具有极大的发展空间，通过原创书写吸引大众阅读，再根据网民的热度，豆瓣置顶或推荐精彩点评供大家思考与分享。例如在豆瓣电影的首页会推出“最受欢迎的影评”“更多热门影评”等,这些精彩点评的分享吸引更多人关注和观赏影片,参与评点和互动,在一定程度上带动文化的传播和发展,形成良性互动循环。同时,精彩点评的持续推送和大众的高度认可,使一些文学爱好者不仅仅局限于点评的分享,也在豆瓣上发表原创文章,分享文学创作。这些原创作品属于网络文学的一种,文学点评或故事性的书写,让其作者吸引一定数量的粉丝,完成自己从新媒体文学批评者向创作者的转变。这一转化模式为文学空间注入大量人才,一定程度上促进了新媒体文学的繁荣发展。例如在 2023 年举办的第五届豆瓣阅读长篇拉力赛中,要求参与作家以“女性”“悬疑”“幻想”等题材创作小说,截稿时间为 2023 年 7 月,共收到 5178 部投稿,之后为复选和决赛环节,读者可以免费阅读入围作品,也可在评选阶段报名成为评委参与评分,与特约评委一同评审,最后有颁奖仪式和相应奖励。在分享性的理念下,读者既阅读了优秀原创作品,也孕育着、积蓄着创作的冲动,使豆瓣的文学批评走向更为明亮的发展方向。换言之,豆瓣文学批评为新媒体文学的发展提供资源,这种文字或点评的分享性并不局限于文学批评,它可能激发文学批评者的内在潜能,从而使其成为优质原创作家。

以新媒体为载体的文学批评的分享性,与豆瓣的文学性、权威性、民间性等共同构成文学批评的新期待。在新媒体语境下的文学批评发展具有广泛而深远的空间,豆瓣也将不断发展,成为愈加成熟的文化类社交网站,开展更多文学批评或文化交流的实践。

第三节　百度贴吧的文学批评形态

百度贴吧于 2003 年 11 月开始内测,2003 年 12 月 3 日正式上线,是一个基于关键词搜索,以兴趣为导向的线上交流平台。庞大的用户群体与海量的数据信息,使得贴吧从建立之初便成为各类话题的集结地。

贴吧全平台根据主题关键词分为娱乐、小说、影视综等 14 个专区，其中小说专区又可再细分。综观整个文学类贴吧，虽亦有传统严肃经典文学及作家类贴吧，如鲁迅吧、白鹿原吧等，但其关注人数和帖子数量远不及网络文学作品、网络作家类贴吧。因此，发生于贴吧的文学批评也多集中于对网络文学与网络作家的批评。

一、贴吧批评的特质

百度贴吧作为 Web 2.0 时代极具标志性的网络平台，发生于其中的文学批评也呈现出别样的风貌。英国学者戴维·冈特利特在《网络研究——数字化时代媒介研究的重新定向》一书中指出，网络观影者的评论虽然“并不能代表一个完整的电影观众群。但是，这些观点比那些由电影研究专家们写的单一的、主观的、通常还是晦涩难懂的‘解读’性文字要好。事实上这些样本与多数定量研究中使用的样本一样具有价值（也很奇特），人们所提供的数据就是他们就电影自发地发表的感想，也是他们想要写的话”①。此论断不仅指向网络电影评论，在百度贴吧的评论中也是如此。由此，贴吧文学批评大致可归纳出以下特点。

1.“趣缘”的开放与封闭

瑞格尔德在《网络社区》一书中最先提出“网络社区”的定义：“互联网上出现的社会集合体，在这个集合体中，人们经常讨论共同话题，成员之间有情感交流并形成人际关系的网络。”②百度贴吧作为一个较有代表性的网络趣缘社区，将拥有相同兴趣因子的个体聚合在一起，从而形成一个个虚拟社群。用户在贴吧的搜索框中输入关键词，如果已经存在基于该关键词建立的贴吧，用

① ［英］戴维·冈特利特主编：《网络研究：数字化时代媒介研究的重新定向》，彭兰等译，新华出版社 2004 年版，第 88 页。

② Rheingold，H.，*The Virtual Community*，London：Minerva，1994，p.4.

户可直接进入浏览并发帖互动，若基于该关键词的贴吧尚未建立，则网站会询问用户是否要就此建立贴吧。一旦该贴吧建立起来，若有其他用户也对此有兴趣，便可进入该贴吧一同讨论，极强的开放性吸引着大批量的用户。具有鲜明特色的贴吧一旦形成，便形成一个个具有相对封闭性的空间，该空间内会聚的是一类拥有着共同兴趣，甚至是共同价值取向与价值追求的“志同道合”者。因“趣缘”的隔离，贴吧文学批评多呈现出模块化的特点，是一种“命题”性的批评。例如对《红楼梦》的批评大多发生于红楼梦吧中，对《诛仙》的批评也几乎全是在诛仙吧中发生。如此设定带来的便是用户的分流与“再部落化”，用户只会选择自己感兴趣的贴吧进入并在该吧内活动。兴趣不同者不会进入该贴吧，贸然进入便会自讨没趣，无法融入该社区。与该贴吧兴趣点不同甚至相悖者，迎接他的便会是“冷漠”“群殴”，甚至是“驱逐”。看似开放的趣缘社区，一旦建立起来便是高墙林立，只有手持“通行证”者才会被允许进入。

2. 批评的离心喧哗与向心集中

贴吧的出现打破了传统的文学批评生态，文学批评的话语权被赋予给每一个贴吧用户，人人都可以是批评家，精英式的批评传统几乎被瓦解，取而代之的是“众声的喧哗”，其主要特点就在于“随意”二字，主要包括内容与形式的随意性。内容的“随意”是指用户对于作家、作品的批评没有一个确定的标准，一切任性而发，想说什么说什么，享有极大的自由。而形式上的随意是指发表的批评没有字数要求，可以是长篇大论，也可以是三五个字的短评，或者可以发表情包、图片等非文字性评论。一切传统经典批评的清规戒律，在贴吧中都得以取消，随心所欲的离心性批评造就了一场场声色犬马的言语狂欢。贴吧中动辄千万量级的发帖数，实是传统文学批评所不能匹敌的，庞杂的用户群体将贴吧营造成一个各说各话、离心喧哗的场域。吧内的核心话题被不断延展，甚至促使一些贴吧的“转型”，将其带向完全不同的方向。

在这样一个看似无秩序、无规则的批评场内，有一股无形的向心力在拉扯。首先,贴吧作为一个趣缘社区,几乎所有言论都围绕这一特定的兴趣点展开,虽偶见无关话题,但难以形成合力,大多被吧内居民忽视,或者被吧务清理。由此,趣缘既是吸引用户的方式,又是加强向心的手段。其次,贴吧的文学批评的话语构成中充斥着大量"行话"。每个贴吧都有一套具有鲜明区别性特征的话语体系与言语逻辑,流行于其批评体系之内,尤其常见于一些网络文学贴吧之中,这些话语一旦形成便可以起到一定的凝结作用,促成一股强大的向心力。例如,斗破苍穹吧中"斗皇""斗宗""斗尊"的晋升序列,盗墓笔记吧中的"粽子""倒斗""黑驴蹄子"等,这些语汇、句式构成了具有鲜明贴吧特色的批评话语,并不断地更新重造。此类话语术式构建成出一座座虚拟的"巴别塔",因彼此不沟通,遂可以将"外行"拒斥于千里之外,这种强大的向心作用是对"局外人"的自动屏蔽,将其变为带有某种文学沙龙特色的内部交流。这种俱乐部式批评与传统文学批评截然不同,追寻体验式的感性交流,而非传统批评所要达到的严谨的学理研究。这类批评在离心力与向心力的合力作用下构建起贴吧文学批评的基本形态,营造出特定的批评风貌,离心只是个别的微观表现,而向心才是最基本的批评样态。

自 2003 年上线,百度贴吧通过多年累积,已经发展成一个拥有庞大用户群体且特色鲜明的虚拟社区。近年来,贴吧也风雨不断,所谓"贴吧推广"业务的推出,导致众多广告涌入;贴吧管理混乱,无效"水贴"井喷,甚至出现了贴吧买卖的现象……诸多事件的发生与不恰当的解决方式造成用户的使用疲倦和贴吧自身形象的负面影响,贴吧被贴上低水平、低素质等负面标签,最终致使大批量用户流失。这些问题亟待解决,否则会使平台陷入恶性循环之中。但作为当代文学批评发生的一个重要场域,贴吧依旧值得研究者关注,并将其纳入当代文学批评的版图之中。

二、"贴吧"批评与传统"评点式"批评的对接

新媒体的出现对文学、文学批评的影响是全方位、多层次的。麦克卢汉在

《乔伊斯、马拉梅和报纸》中指出:“每一种表达媒介都深刻地修正人的感知,主要是以一种无意识和难以预料的方式发挥作用。”①媒介的发展带来人们感知活动的深刻变革,新媒体文学应运而生,当代文学批评的言说渠道被拓宽,文学批评的机制被改写。新媒体一方面促成了文学批评新格局的形成,另一方面也带来了许多棘手的问题。

新媒体文学批评作为一种新型文学批评样态,与传统文学批评模式风格迥异,但二者犹有可比较之处。评点式作为中国古代文学主要的批评样式之一,“它源自经注,发端于诗文批评,明中叶以后盛行小说批评”②,自身特点鲜明。评点式的文学批评主要包括两种批评手段——“评”与“点”。“评”包括总评、眉批、旁批、夹批等;“点”则运用钩、抹、标、划等符号对文本作圈点标识。“点”在新媒体语境下的文学批评中囿于多种原因较少使用或较难显现,而“评”这一端则蔚为大观。以下试将二者从形式与内容两方面作简要比照。

1. 形式上的文与论杂

以金圣叹对《水浒传》的评点为例,其批评文字主要集中出现于三篇序言、“读法”、总评以及小说内部的眉批、旁批和夹批。长评独立成章,短评散落其中,与小说文本结合巧妙,相得益彰,是一种极具个性化的批评方式。以楔子“张天师祈禳瘟疫,洪太尉误走妖魔”③为例,前有数百字的总评,对《水浒传》这部小说整体作了统领性的解读,包括该书命名的原因、楔子的寓意等前言性解说,同时也有多则数十字、少则一二字的夹批、眉批点缀其中,批评氛围富有生气。此种文与论混杂的批评形式,于新媒体语境下的文学批评中也

① [加]埃里克·麦克卢汉、弗兰克·秦格龙编:《麦克卢汉精粹》,何道宽译,南京大学出版社 2000 年版,第 96 页。

② 谭帆:《中国古代小说评点的价值系统》,《文学评论》1998 年第 1 期。

③ 曹方人、周锡山标点:《金圣叹全集》一,江苏古籍出版社 1985 年版,第 27 页。

屡见不鲜，此处以起点中文网中存在的文学批评为例，作简要论述。起点中文网创建于 2002 年 5 月，是国内最大的文学阅读与写作平台之一，平台特色鲜明，具有一大批水平相对较高的网络文学作品。起点中文网的一大特色就是读者的评论模式，读者不仅可以发布小说长评，而且可以在阅读过程中进行“夹批”，并且可以看到其他用户对作品的段评、章评等。读者在阅读小说的过程中可以随时阅读、点赞、回复他人批评，也可以发表自己的看法。章节结束后有一个“本章说”的模块，是读者对特定章节的总结性的评论。新媒体语境下文学批评中的段评、章评与传统评点式的批评形式大体相似，文章正文与批评话语梅花间竹式的错落布局，使用户在阅读文本的同时浏览评论或发布即刻的想法。不同之处在于传统评点方式更为自由，批评者可以随处随地地评点，而新媒体语境囿于媒介的特性与技术性因素，其评论的发表被规定在“专属”的区域内，如段后、章后等。

2. 内容上的即兴品评

传统的评点式批评带有“鉴赏”的特点，批评包括作品的思想感情、布局谋篇等，并且大多是直接感悟式的评论，这与中国传统的诗文品评传统相关。以金圣叹评点《水浒传》为例，批评中大量出现“妙”“好”“奇句”“写得出色”等强烈主观感受性的文字，同时还有一些解释说明性文字，作补充论述。点到为止的批评气质，见于中而妙处难言，耐人寻味。此种即兴品评的方式也是新媒体文学批评的特色：字数少、速度快、态度明、灵光一闪的直抒胸臆，是用户即刻感受最直接的表达，虽未见得经得起推敲，但一定程度上是最有温度的批评之一。贴吧文学批评大多十分随意，篇幅可短可长，并带有明显情绪化、断言性的特点。

仔细审视这些批评性文字，就能发现贴吧文学批评与传统“评点式”批评，虽有可比性，但各自特色依旧鲜明。第一，从批评语言上来看，新媒体语境下的文学批评多为主观感受性的断言式话语。首要原因是该类批评发生于网络平台之上,媒介的转变致使字斟句酌几乎变得没有可能;第二个原因是贴吧用户大多不是受过专业训练的文学研究者,多数为该作品的忠实爱好者,因此在话语组织方面比较直白、简单、感性。第二,与传统“评点式”批评相比,贴吧文学批评也呈现出浅层次、外围性的特点,主要表现在:其一,批评多集中于文本的故事情节,仅就内容进行言说,少有涉及形式、手法等因素。关于小说的讨论大多集中于情节,且并未就其“文学性”进行分析。造成这种现象的一个原因是网络小说往往以故事性取胜,文笔可能略显粗糙,因此对小说的讨论大多围绕于故事性。对于严肃文学,贴吧的讨论又是何种情形?以平凡的世界吧为例,关于该小说的讨论与前文提及的网络文学的话术相比,虽也大同小异,但总体水准高于平均值。不同的贴吧,其用户群体的层次也略有差异。其二,整个批评环境十分杂芜,文学批评鱼龙混杂,大多还是浅层的外围式批评。主要原因在于:首先,用户群过于庞大,群体下移使文学批评带有一种平民性与大众娱乐性;其次,由于网络文学在贴吧已经取得绝对压倒性的关注度,基于网络文学以故事为王、艺术技巧相对欠缺等书写特点,网络文学的批评主要围绕故事情节来展开;最后,由于批评发生场域的特点,用户大多发布一些带有强烈主观色彩的感受性的批评,分享的都是当下最直接的感受,理性的相对缺失致使该类批评很难达到专业文学批评的水准。正是这些原因塑造了整个贴吧文学批评的面貌。第三,传统评点式批评是读者本位的批评,批评家拥有着对文本的“霸权”,不仅可评,同样可改可删,除了词句的校雠,还有文本的修订、删改以及润饰,例如金圣叹“腰斩”《水浒传》、毛批《三国演义》对“拥刘反曹”价值观的强化等。此等强有力的对小说文本的干涉性介入是新媒体语境下的文学批评所不具有的,但是新媒体语境下的文学批评同样也呈现出作者与读者的交往行为。有些作者对读者的留言熟视无睹,坚持自我的写作,有些作者则会对读者的反馈作出回应。余华就曾在知道网友留言中关于《兄弟》上下两部分篇幅差距过大的问题之后对小说进行了一番删减。余华说道:“我一生没有写过日记,也不想把博客写成私生活,通过新浪这个平台,和读者有一些直接的交流,这对一个作家来讲是非常重要的。作家是感性的,读者也是感性的,我想把它做成一个精神上的博客。”①新媒体的出现大大拓宽了作者与读者的交流渠道,不过新媒体语境下的文学批评活动对作者的文本创造来说只是一个影响因子,远没有传统评点式批评的强大影响力。

① 叶剑松:《博客与文学的碰撞——从余华博客看博客对文学创作的影响》,《山花》2006年第10期。

第五章 新媒体语境下的女性文学批评

屈指算来，即便我们较为保守地把“女性文学批评”这个词广泛应用的初始时间界定在新时期起始，距今也四十余年了，宽泛的界定可上溯至20世纪之初。这几十年中，中国本土的女性文学批评从最初的激动热烈到狂飙突进式的反叛解构，再到而今的平淡从容，貌似波澜不惊，实则沉稳笃实，其间经历了浮沉，经历了纷扰，甚至经历了“人到中年”的冷漠。我们不妨客观、冷静地厘清这许多年的研究思路，总结经验，褒扬成就，发现缺憾，以便使女性文学批评发展得更加精致美丽。女性文学批评是在我们已有的文学理论基础之上特殊强调女性特质的批评，同样涉及文学的本质、特征、发展规律和文学与社会的相互作用，但更注重女性写作的目的动机、女性文学作品的特质、女性写作的意义价值等。例如在文学起源的问题上，一般性的文学理论观点会认为文学起源于劳动，而我们在同意此观点的基础之上还会认为女性文学是女性生存的需要，是女人安身立命的手段之一，是对女性生命的阐释，语言能让女人优雅地飞翔。关于文学作品，文学理论会讨论“典型”“现实主义”等叙事观点和写作手法的问题，女性文学批评则偏重女性写作在时间、空间维度上的独特表达，女性叙事的所指、能指、转换生成等要素不同于男性作家之处，女性独有的“隐身衣”“空白之页”“双性同体”等关键词。女性话语既有共通的细腻、优美等特点，又有各自的语词运用风格。

中国的女性文学批评经过几十年的实践，学术积累扎实、学术眼光包容，研究成果在质和量上都不可谓不丰厚，但也存在困境——女性传统被赋予极高价值，女性意识被赋予极高评价，女性理论被赋予极高期许，但女性文学批评的圈子却越来越窄。我们关注与女性相关的词义辨析，关注作家作品，关注文坛热点追踪，但我们的视野却并不开阔也并不高远，很容易在安宁和幸福中凝固。在新媒体语境下，中国女性文学批评如何更好地发展呢？

第一节　女性文学批评的“中国经验”

具体到女性文学批评上，“中国经验”就是中国女性文学批评所具备的研究理念、标准、式样，以及独特的风格和情感。女性文学批评的“中国经验”应有这样几个层面：历史传承，我们的研究是在历史传统文化的延续中进行的，基因血脉无法割裂；美学神韵，华夏文论几千年的丰硕成果属于男性也属于女性，我们研究女性叙事之美，经典的评价标准（无关于性别）几乎都是内化的；本土现实，我们的女性研究发展史是独一无二的、无可复制的。

一、从强调性别色彩到双性和而不同的批评轨迹

女性文学批评以作品为原点，而不是以生活现实为原点。批评始终围绕着文学作品这条主线进行，不凌驾于作品也就是不凌驾于生活实质之上而形而上地空谈女性意识、女性主义甚至女权运动。作家是生活的转述者，作品是现实的记录模本。女性文学批评对性别文化的判断总是力求凸显某个文学作品中形象的个别性，同时又体现一般性，强调感性、体验性，又强调合情合理性。女性文学批评最初的工作就是挖掘、整理文学作品中已有的习焉不察的女性创作，并积累了珍贵的成果。不仅有谢无量、谭正璧等对中国古代女性作品的整理研究，更有新时期以来对正在进行时的女性作家作品进行的评说。

李子云的《净化人的心灵》、张维安的《在文艺新潮中崛起的中国女作家群》等成果比西方女性主义文学批评正式引进中国学术研究领域早三四年的时间。[①] 及至当下，对作品的批评几乎与作品同时出现，例如《收获》在2016年第2期推出了张悦然的长篇小说《茧》，同期便刊登了金理对小说的评论文章《创伤传递与修复世界》，甚至设置了“微信专稿”的栏目，刊登了双雪涛的《双手插袋的少女》，也是对《茧》的读书札记，作品与批评互动互生、互为印证，具有极强的时效性和极佳的传播效果。

女性文学批评以实践为根据。这不仅体现在对某些创作时间较长、创作作品类型较广、创作特色变化较明显的作家批评上，还体现在对同一部作品的批评不断深入上。对同一位作家的追踪，比如张洁、王安忆、铁凝、迟子建等，随着时间的推移，她们的创作风格发生了演变，从少女的清新明丽、多愁善感到成长后的犀利质疑，再到成熟后一切了然于心的超越，评论界都给出了准确及时的批评。对同一部作品的批评不断深入，是随着批评方法、批评视角的位移而发展的，“一个文本呈现在它的读者面前的形式不决定于文本本身，而决定于读者惯常应用于文学的符号因素”[②]。我们以张洁《爱，是不能忘记的》为例。张洁有着清醒的、痛苦的，甚至神经质的女性意识和对女性命运的思考，相比于当时文学界沉湎的“伤痕”“反思”创作潮流，该文提出的问题较为超前。小说以女儿的视角叙述了母亲钟雨一生的不幸，找到爱情却无法拥有。作品在20世纪80年代初期发表后被称为“石破天惊”之作，不仅因触及“第三者”“没有爱情的婚姻是不道德的”等敏感话题，还因为“如果有来生”的天国许诺引起了评论界的哗然。肯定张洁小说的人说，“为什么我们的道德、法律、舆论、社会风气等等加于我们身上和心灵上的精神枷锁是那么多，把我们

---

① 乔以钢、林丹娅：《女性文学教程》，河北教育出版社2007年版，第303页。

② ［美］卡勒：《文学能力》，载中国艺术研究院马克思主义文艺理论研究所外国文艺理论研究资料丛书编委会编：《读者反应批评》，文化艺术出版社1989年版，第178页。

自己束缚得那么痛苦?”①否定一方则义正词严地表示:“对于社会生活的不完善,对于人们心灵中旧意识的影响,作家完全应该批判。”②好或不好,这是比较典型的正反对峙,但总有一些文学特质是难以名状的,即便是几十年后的今天也难以达诂。近年来,年轻学者试图以两代人两条线索各自的故事引导对文本的再解读,以往的批评只关注了“他们”,即老干部和钟雨的故事,而忽略了“我”作为叙述人的成长,“具体到这篇小说,就是叙述者通过讲述获得了精神上的力量,在叙事中追认和补偿了自己的成长,这样一来,叙述者的成长就具有了象征意味”③,让人眼前一亮。这样的持续批评得以进行,一则因作品的丰富性,具有多元的阅读生长空间,每一句话、每一种思想都能引发多维的而且可能是完全相反的解释,能不断地激发灵感;二则因实践的丰富性,可以适时地引入新的视角、方法(复调叙事、潜文本等)充实批评。像这样对同一部作品举一反三、触类旁通的解读使女性文学批评不断焕发生机与魅力,是非常值得提倡的。

女性文学批评的整合既是性别整合也是文化整合,前者契合了中国社会精神文明“和谐”的倡导,后者印证了“全球化”的理论视野。中国女性文学批评虽然是以作品为发声的依据,在研究实践中逐渐积累经验,但我们的批评不仅是就事论事的分析,还是举一反三、触类旁通的综合研究。女性文学批评不是在书斋、楼阁中闭门造车,而是将研究置于更广阔的背景之下。在经济危机、恐怖袭击、大气污染的现实生活面前,性别不是一切,文学还面对着更为重要的问题,那就是生存和发展,更好地生存和更好地发展。性别只是文学创作者和批评者的一种类属身份,本身并没有文艺研究不可或缺的价值论和认识论的分量,也不能单独构成对文学作品意义的发现和阐释。中国女性文学批

---

① 黄秋耘:《关于张洁作品的断想》,《文艺报》1980 年第 1 期。

② 肖林:《试谈〈爱,是不能忘记的〉的格调问题》,《光明日报》1980 年 5 月 14 日。

③ 杨庆祥等:《文学史的多重面孔——八十年代文学事件再讨论》,北京大学出版社 2009 年版,第 100 页。

评走过一段弯路，但这仅仅是成长经历中的一段叛逆期，成长后的女性文学批评研究较为迅速地从偏激中醒悟，从偏离的轨道回归到与男性平等沟通对话、共荣共振的正途。女性文学批评关注各个角落的生活现实、关注各个层面的文学表达、关注国际国内的研究现状。中国经济的发展、文明程度的提升为中国女性文学批评研究向全世界展示成果提供了必要条件。

女性文学批评实践可概括为：从批评对象来看，我们不仅有对国内女性文学的垂直、动态批评，有对国内外女性文学的平行对比批评，也有对海外华人女作家、来华外籍女作家的批评，可谓全面而丰富；从批评主体来看，中国女性生存境遇的改善带来女性心态的改变、精神风貌的改观，女性文学批评的潜能得以发挥，在世界舞台上发出了中国声音；从批评方式来看，中国女性文学批评是综合女性生命体验、精神底蕴和体悟思维的创作，具有与西方女性主义、女权主义的“争权”“夺位”“离间”“拆解”明显不同的气质。把握了这些特质和形态，我们就能以发展的战略眼光，建立起有中国特色的女性文学知识体系、学理体系和批评体系，女性文学批评就能在两性和谐的土壤中实现整合的文学理想。

二、从“取自他者”到“力主强己”的理论发展路径

中国女性文学批评并没有历史渊源一脉的理论传统，但存有女性文学批评的种子（姑且不论《诗经》中的女性之作，仅对蔡琰、李清照、鱼玄机等的研究就可撑起一方天地），只是较为羸弱，经不起雨打风吹。中国女性文学批评不是像弗吉尼亚·伍尔芙那样在“自己的一间屋”中进行女性空间想象，不是像埃莱娜·西苏那样要以女性“躯体”建造另一套语言系统与男性抗衡，而是在对传统美学经典的继承、参照、质疑、对话中建构，在试图摆脱男性话语霸权的控制中发芽，基于引介西方女性主义理论为契机生长。女性话语是温文尔雅、雍容大度的“诗评”“文评”，而非激进的政治立场和性别对抗。

中国女性觉醒肇始于男人，是男人说，女人应该自立、应该反抗，女人才开

始醒悟,认为我是我自己的。这与中国整体的哲学、文化背景有关,也与女性自身的发展有关。以李大钊、陈独秀、鲁迅为代表的“男人”促成了少数先行女子关于“人”的口号的提出。“女人是人”,那么是要先成为“人”还是先成为“女人”?“男人”说:“女子这两个字包括一段极长的悲哀历史”,“我们中国是讲纲常名教的礼义之邦,关于怎样去限制女子的自由,怎样去使得女子不能发展他们的能力,同时剥夺他们的人格的种种法子,总算完备极了。我们的女子受了数千年传下来的遗毒,就失了他们的知觉,变成男子的一种极妙玩物”。[①] 于是女人就这样认同了,她们开始践行他们的理念,激越昂扬地遵守着男人、战友乃至恋人的规训。具体到中国女性文学批评,最初的评论家也是以男性居多,茅盾的《冰心论》《庐隐论》开创“作家论体”批评体式,鲁迅对《生死场》“生的坚强”“死的挣扎”“一语破的”式的点评,成仿吾、梁实秋的“大一国文”式论点论据的总结归纳,都是对女性文学高屋建瓴又中肯科学的批评,是后来女性文学批评的范本。

梳理女性文学批评已然的大致构成,可以归纳为两种对立统一的势力:对传统的习得与对“强己”的追求。

习得层面,这是将传统的、男性主导的艺术标准及其社会功用内在化的部分,是深入骨髓的基因,“不忘本来才能开辟未来,善于继承才能更好创新。”[②] 西方女性文学批评的一个特点就是从赞同型读者到抗拒型读者,而我们没有先验地将文学理论等同于男性文学理论,那无异于抬高他人而降低自我。中国女性文学批评以传统文化为资源,观照女性文学创作,从理论角度讲有其合理性,从实践角度讲则是有效地运用了美学经典的有益成分为我所用。文化遗产有精华也有糟粕,它的负面影响(男尊女卑、三从四德等)对女性产生过长期的腐蚀作用,但其精华部分却是全人类的宝贵财富——如周易的阴阳互

① 慰慈:《女子解放与家庭改组》,《每周评论》1919 年第 34 号。

② 中共中央宣传部编:《习近平新时代中国特色社会主义思想学习纲要(2023 年版)》,学习出版社、人民出版社 2023 年版,第 193 页。

转、道家的柔弱刚强、“虚静”“物化”“神思”“直寻”等美学理论，女人作为人类的一极同样可以沐浴在理性光芒之中。《文心雕龙》《闲情偶寄》《人间词话》都是女性文学批评的理论资源与评价依据，批评话语同样适用“形文”“声文”的文质之道与“造境”“写境”的优美宏壮之辩。本就不存在哪一套话语系统是男性专属的而哪一套是女性独有的，“习得”便是自然而然的文评之道。钱穆在《国史大纲》中陈述：“所谓对其本国已往历史略有所知者，尤必附随一种对本国已往历史之温情与敬意”，“所谓对其本国已往历史有一种温情与敬意者，至少不会对其本国已往历史抱一种偏激的虚无主义……将我们当身种种罪恶与弱点，一切诿卸于古人。”①古代文论积累的审美经验可以更好地培育我们的审美思维与评说表达，对历史要怀有感恩和敬畏之心，这样才能从容地理解历史、学习文化。比如对《青春之歌》的文本批评，我们既可以采用传统的社会—历史批评方法分析小说的叙述语言、结构安排，小说如何实现以情爱方式演绎政治，男性的性别魅力如何与政治魅力相互印证；也可以从作家主体入手，分析杨沫与林道静的原型，女性自我价值的实现必定要和阶级、社会解放相结合；还可以借用古代文学的研究方法对小说的几次版本修订进行考证。更有可能的是，我们可以从小说的表层故事爬梳出小说对传统叙事模式的沿袭——出走、私奔模式，绝处逢生、英雄救美模式，三角或多角恋爱模式，女性精神上的寻父模式，等等，这种继承不是刻意的，而是像阳光、空气和水一样就在那里，自然而然就要汲取的。西方女性文学批评力主建立排他的系统，中国女性文学批评则不同，我们是在传统中创新，源头是中国文学理论。

自立自强层面，这是力主女性“强己”的努力，是女性的自我发现、自我完善，在倡导女性自主权的层面，你若芬芳，蝴蝶自来。20 世纪 80 年代初期的女性文学批评对宏大叙事的反抗不过是青春期的莽撞、冲动，有失风范却也有着真性情，是成长的必经阶段。然而，与反抗伴随而生的是女性精神的孤独、

---

① 钱穆：《国史大纲》，商务印书馆 2010 年版，第 1 页。

失落甚至溃败——女性所反抗的对立面其实并没有把她们当成敌人，“女作家不只是处在一个固定不变的男/女或者男性/女性二元系统中，而是处在一种社会关系的多元的不固定的机体中。”①女性就像堂吉诃德一样，进行的是一场去向不明的无望厮杀，注定不会成功，“墙角的花，当你孤芳自赏时，天地便小了”。然而，“三恋”“两垛”“玫瑰门”等探讨女性生存、爱恋和性别身份的在历史夹缝中生存的文学作品，《当代女性主义文学批评》《浮出历史地表》等理论著作，王安忆、铁凝等作家，孟悦、戴锦华、王绯、林丹娅、张京媛等学者，无论是在挖掘女性文学传统还是在引介西方女性思潮上，都作出了卓有成效的贡献，在多元文学批评思潮中展示了女性文学批评的实绩。林丹娅《当代中国女性文学史论》从“被书写的历史”“抵制书写的历史”写到“书写的开启端”，意在呈现“她被塑造的苦难与挣脱的意向”，如果女性文学研究“一味地从‘主义’出发，也就变得越来越不实事求是。因为这一切工作和结论要做得对‘主义’有利，去迁就主义，符合主义对事情已经提供的看法。主义成为它自己的一个世界，一种不受外部干扰的符号系统，一种纯粹的形式”②，这不是唯物辩证法的思想态度和学术态度。人类的文学遗产不等同于男性的专属，女性自立自强也不等同于抛弃所有的历史传承。“中华优秀传统文化是中华民族的‘根’和‘魂’。”“5000多年连绵不断、博大精深的中华文化，积淀着中华民族最深沉的精神追求，包含着中华民族最根本的精神基因，代表着中华民族独特的精神标识，是中华民族生生不息、发展壮大的丰厚滋养。”③有着这样深厚的学养，我们怎能妄自菲薄，轻言放弃？

---

① ［美］苏珊·斯坦福·弗里德曼：《超越女作家批评和女性文学批评》，载马元曦、康宏锦主编：《西方女性主义文学文化译文集》，广西师范大学出版社2008年版，第94页。

② 崔卫平：《我是女性，但不主义》，载张清华主编：《中国新时期女性文学研究资料》，山东文艺出版社2006年版，第225页。

③ 中共中央宣传部编：《习近平总书记系列重要讲话读本（2016年版）》，学习出版社、人民出版社2016年版，第201页。

三、正在进入性别共荣状态的当下中国女性批评

性别共荣是一种相对稳定的状态——寻求与男性的合作，走向性别和谐、共同繁荣，这才是能让中国女性文学批评站起来的精神脊梁。自有“女性主义”一词以来，我们一直在说男性如何自私、霸道、不公，于是女性的怨恨、反叛、复仇成为常态，可这并非人类文明的应有之义。女性研究并非刻意于揭露男性的短处，而是发挥各自性别的长处，女性可以怎样，男性可以怎样，让一切变得更好。“通过文艺作品传递真善美，传递向上向善的价值观，书写和记录人民的伟大实践、时代的进步要求，彰显信仰之美、崇高之美，弘扬中国精神、凝聚中国力量。”①女性文学批评怎样迈向和谐共荣？和谐不是一方对另一方的妥协，更不是一方对另一方的降服，而是双方都要向着共同的目标前行，不做社会历史年轮里的龃龉。“上帝造人只有两种：男人和女人。这决定了他们必须相依相偎才能维系这个世界。宇宙间的太阳与月亮的转换可以看做是人世间男女之间所应有的关系，他们紧密衔接，不可替代，谁也别指望打倒谁。只有获得和谐，这个世界才不至于倾斜，才能维系平衡状态。”②这个世界就是如此，男人和女人无法分离，彼此欣赏才能比翼双飞。

21 世纪的性别文化背景在两性地位、权益、身份定位和价值判断上都出现了新特质。王安忆《遍地枭雄》主人公韩燕来的出现，为女性文学创作增添了一个前所未有的形象，标志着女性公正地审视男性；铁凝在《笨花》之中对男性恰如其分的表现，既没有夸饰的拔高也没有刻意的贬低，向喜与三个老婆的故事背后是亲人之间的惦念关怀，两性较量的火花被亲情之泉默默熄灭；迟子建则以《额尔古纳河右岸》中鄂温克族男女的生存状态和对命运的抗争，为“双性同体”理论构想提供美好而理想的实践范式。女性文学批评与此同步，

① 中共中央宣传部编：《习近平总书记系列重要讲话读本(2016 年版)》，学习出版社、人民出版社 2016 年版，第 200 页。

② 迟子建：《听时光飞舞——迟子建随笔自选》，广西民族出版社 2001 年版，第 85 页。

已将凌厉的目光收回，而以审慎、开阔、高远的姿态进行研究，避免狭隘和偏执。以近两届中国女性文学学术研讨会的议题为例。

2021 年第十五届中国女性文学学术研讨会讨论了“女性文学史：理论与方法”“性别政治与现代文学的发生发展”“女性文学与当代中国社会变迁”“生态、媒介与性别想象”等议题，在一定程度上体现了具有时代特征的人文关切。

2023 年第十六届中国女性文学学术研讨会主要议题为“启蒙、革命与女性主体构建”“性别政治与中国当代社会转型”“媒介、跨域经验与性别想象”“21 世纪女性文学的新变”等。本次会议回应了当下社会文化热点问题，并拓展了性别话语的深度与广度。

会议议题的提出是研究领域的风向标，从后续各届会议论文汇编中可以看出，大多数的论文实现了会议的倡导。女性文学批评已不仅限于追踪作家作品、归纳思潮流派，而是抬眼望向了更高的天际线，不仅关注女性自身，更是将整个社会纳入了研究视野。

“清朗”的女性文学批评不再呐喊、彷徨、怨恨、愤怒，不再向世界控诉女性“最残酷的爱和最不忍的恨”，而是尽量客观、冷静、科学地将女性生存、女性文学最真实的一面加以分析、表述、评价，为作家指引理论、为读者指点迷津、为研究指明方向，从而呈现文学及至人类文明的整体之美。

女性文学批评是历史因袭、文化基因、政治制度、经济体制等多方合力作用的结果。中国的女性文学批评不等同于世界其他地方的女性意识，它既是漫无边际的女性之网的有机组成，又有着独特的质地和颜色。西方的女性主义从理论到实践都比我们先行，但时间的早晚是否就是判断“先进”“落后”的标准？曾经有人认为，不论是英美派、法国派，还是殖民、后殖民的女性主义理论，都可以用来解说中国的女性文学，也都可以被视作研究理念、研究方法的前沿，仿佛拿来的就一定是好的。但女性文学批评毕竟不是水月镜花，而是社会、历史、文化、审美等多因素的综合实践，就像光合作用，它不仅需要传播来的花粉，更需要土壤、阳光、空气、水分，后面这几点才是我们本土独有的，是中国气派、中国作风，是我们的“中国经验”。面对全球经济危机、恐怖袭击、环境污染等问题，如何表达中国女性的声音？今天的中国文学，今天的中国女性文学批评，应该有信心、有勇气让世界听到、看到、领略到我们的女性智慧、女性风骨，让全球共享我们的研究经验。

第二节　中国女性文学批评的生长点

生长点本意为细胞分裂活动最旺盛的部分，在此引申为女性文学批评发展前景最为明亮的领域。仅就当下而言，“生长点”可能仅为萌芽，比如女性文学批评的文献整理、文学史定位、媒介新质等问题，还有待温床润泽，助力其更深入地发展。

一、生长点之一：对女性文学批评研究文献的整理

现今的女性文学批评多层次、多方位地阐述了当代中国女性文学的特征及话语模式，既有当下的亲证，又具有相当程度的理论建树。我们在追踪女性作家写作现状方面做得非常好，及时、生动，有代入感、体验性。以2015年、2016年的《人民文学》为例，在推出周晓枫的作品《初洗如婴》的同时有她本人的“档案”《我从来没有走过这么漫长的海岸线》，亦有张莉的评论《有肉身的叙述》；发表黄咏梅的小说《病鱼》的同时有她的“写作观”《提着菜篮子捡拾故事》，还有曹霞的评论《故乡、“病鱼”与命运——评黄咏梅的〈病鱼〉》等。正是因为女性文学批评的“在场”特征——批评家、作家都欣欣向荣，让人容易忽视文艺思潮、文艺论争的转瞬即逝，我们应该未雨绸缪地整理资料、文献，为将来的文学史备份。

陆续有对某一阶段女性文学批评的综述论文，如乔以钢《在实践和反思中探索前行——近20年中国女性文学研究简论》（《妇女研究论丛》2015年

第 6 期)，乔以钢《在开阔的视野中钻研求索——中文学科女性文学/性别研究博士论文综述(2006—2016)》(《妇女研究论丛》2018 年第 4 期)，陈静、王蓓《中国近代女性文学批评刍议》(《中国社会科学评价》2017 年第 2 期)等。著作有谢玉娥编《女性文学研究与批评论著目录总汇》(河南大学出版社 2007 年版)等。虽然批评家为文献资料整理做了繁复、细致的工作，但与繁荣鲜活的文学写作场域相比还远远不够，还缺少在资料汇总的基础上系统、深入地对某一作家、某一现象的分析评述性研究，这是令人遗憾的地方。

第一，我们对过去几十年的文学工作者、文学事件显得有些健忘。比如喻杉的《女大学生宿舍》获 1982 年全国优秀短篇小说奖，小说后改编成同名电影，电影获文化部 1983 年优秀故事片二等奖，1984 年获政府最佳影片奖，1984 年获捷克斯洛伐克第二十四届卡罗维·发利国际电影节导演处女作比赛大奖，1987 年又获《中国电影时报》举办的新时期十年电影评比的女导演处女作奖，可见影响之大。胡辛的《四个四十岁的女人》获 1983 年全国优秀短篇小说奖，也是在当年引起极大反响的作品，但我们在现在的研究中已经很少能看到她们的名字了，即便是当代文学专业的研究生也不一定知道作家和作品的名字。趁这些作品的评论资料还在，还可以找到，我们应该尽可能地做一些专题式的研究，以思想带史料，采取压缩式的历史架构来处理问题，建立实证的、整体性的研究。

第二，有些人、有些作品基于特定时代的特定原因没有受到公正的评说，我们今天可以拨开历史的迷雾来还原文学现场，以历史唯物主义的态度进行研究。比如遇罗锦，她的《一个冬天的童话》以朴实无华的笔触、真实强烈的感情讲述了她的家庭、经历和婚恋，甚至大胆地写了婚外情，是伤痕文学的重要作品。但由于她的哥哥是遇罗克，她又讲述的是不伦之恋，该作品在当时文艺界的评奖中屡次受阻，也影响到读者、评论者对该作品的共时和历时接受。当时就有正反两种态度：肯定者认为这是“实话文学”，是“真的新文艺”，是时代之歌、生活之歌、爱情之歌和心灵之歌①；否定者认为小说存在着不健康的政治情绪，“对读者，尤其是青年读者，具有腐蚀作用”②。我们只有在掌握足够多的原始材料，如小说发表的背景、作者的生平及创作谈等周边文本，评价才会变得公正。我们现在应该做的不仅是将作家作品重新置于真切发生的社会情境中，更要客观地为作家和作品的后续研究提供可靠的依据。

第三，有些文章、观点只有电子文档，在网络中搜罗很方便，可一旦作者将博客文章、微博、朋友圈删去，我们便无据可考。如果对这些资料略加分类，便可归纳出如下几类：作家本人的创作谈、生活感悟；网友的琐记，包括评论家、朋友、亲属、学生甚至单纯就是“粉丝”的文章；作者和读者的互动留言。这些浩如瀚海的电子资料随着作家“开博”“朋友圈”时长的延伸而越积越多，和纸质文档共同组织了一个内容丰富而且充满想象空间的“作家的故事”。例如作家庆山的微博粉丝数量已超过千万，颜歌、周嘉宁、春树等青年作家也都拥有相当庞大的粉丝群体，对于这方面的研究资源是不容忽视也不容错过的。

文献整理是研究的起点，充分发掘、分析、完善固有的文学资源，以客观、公正、新锐的眼光对待文献，才能为女性立言，为历史存档。结合女性文学批评的历史、现状乃至未来，批评文献研究要在溯源追本、解疑辨误的基础上建立研究者的学术风格，做到有据后的有理，方得史料价值与学术价值的并存。

二、生长点之二：女性文学批评的文学史定位

这一部分所说的女性文学批评研究生长点是指对现有文学史（著史者有男性也有女性）中女性作家之评价。研究的第一个阶段是质疑、解构、反叛已有的文学史，认为男性著史者写女性文学史时带有偏见；第二个阶段是女性研究者另起旗帜，自己写自己，以性别为依据建构女性文学史；第三个阶段是试

① 郑定：《这是“实话文学”——评〈一个冬天的童话〉》，《作品与争鸣》1981 年第 1 期。

② 蔡运佳：《一部有严重思想错误的作品——评长篇小说〈春天的童话〉》，《花城》1982 年第 3 期。

图超越性别而以文学性来定位作家，尊重历史本来面目、书写符合历史规律的文学史，敢于给出作家明确的文学史定位，敢于写出作家的优势与不足，敢于挖掘女性作家更深邃、更高远的理性底蕴与审美品格。就现状而言，这一阶段还在建设中。

虽然我们对文学史的质疑由来已久，但女性研究者对男性文学史的质疑是在文学史观、文学史入史标准、评价体系基础之上的再质疑。文学史是对一个时期的文学思潮、作家作品、文学论争所作的记录与评说。著史者的文学史观有差异，对象选择有差异，对文学史的评判标准有差异，写出的文学史必然差异巨大。女性文学批评对男性著史者的质疑是“有史为证”的。

先看文学史观，草野的《现代中国女作家》是较早出现的女性专题文学史，然而作者在写史过程中表现出的男性性别偏见尤为明显。在该书的代序言《写完女作家以后》中，作者特意强调“此外还有两件事要告诉读者”，其中第一件事就是：“女作家是不能与普通作家并论的，无论看她们或批评她们的作品，须要另具一副眼光——宽恕的眼光——我便是在这种限制之下，用了这种标准来考察她们的。”①显而易见，草野认为“女作家”和“普通作家”是不同的，要以“宽恕”的心态来给她们写书，否则以“她们”的写作水平便难以入史。

再看评价标准，大多数文学史依照社会—历史批评的评价体系给作家定位，注重外在世界与作品的联系，从社会、道德、伦理的角度来探讨文艺现象的成因、经过及反作用，评定作家创作的高低轻重。贺玉波在《中国现代女作家》中对丁玲的评价远高于冰心、庐隐，主要是因为丁玲作品的社会性价值高于冰心、庐隐。他说冰心“只想以逸然的态度来写她的家世以及个人的感怀”②。“我读冰心诗，最大的失望便是她完全袭受了女流作家之短，而几无女流作家之长。古今中外的文学天才，通盘算起来，在质量两方面女作家都不能

① 草野：《现代中国女作家》，北平人文书店 1932 年版，第 2 页。

② 贺玉波：《中国现代女作家》，现代书局 1932 年版，第 23 页。

和男作家相提而并论的。”①草野的《现代中国女作家》对冰心与庐隐的评价也大概如此：（对冰心）“作者对人世间的大小问题，都是知其然而不知其所以然，只知这样那样的问题，而不求这样那样问题如何解决，这是她最大的毛病，她许多作品的致命伤”②；（对庐隐）“她看见的世界的一切是没有圆满的，她觉着苦就是甜，甜反而觉着无味，这种心理，我们平心静气而论，实在是矛盾的病态的；这种病态心理的产生，固然由于环境的恶劣，而作者自己有意造作，亦所难免”③。这样的评价视角未免偏执，作品的社会价值固然重要，但女作家独特的人生感悟、情感视角、话语方式更应是她们被写入文学史的理由，即她们到底能提供哪些无可替代的文学史贡献才应是作家作品文学史定位的首要原因。

由于文学史观和评价标准不同，被收入文学史的研究对象差别较大。现有的文学史虽版本众多，但大致现代文学史上写到的女作家有冰心、丁玲、萧红、张爱玲等人，多数当代文学史写到的有杨沫、茹志鹃、张洁、王安忆等。仅以几本通行的文学史中没有被“兼容”的作家为例：张炯《新中国文学史》（海峡文艺出版社 1999 年版）写到了温小钰、马瑞芳；陈思和主编《中国当代文学史教程》（复旦大学出版社 1999 年版）写到了严歌苓；孟繁华、程光炜《中国当代文学发展史（修订版）》（北京大学出版社 2011 年版）写到了葛水平、鲁敏、马晓丽、魏微、叶弥；朱栋霖等主编《中国现代文学史 1917—2013（第三版）》（高等教育出版社 2014 年版）写到了张悦然。这就让我们不得不困惑于文学史的千差万别，其中有我们较为熟悉但并不能确定“她们”是否能够被纳入文学史的，还有我们研究者都认为是不够了解、比较“冷门”的作家。有的文学史将“女性”单列，有的没有，有的虽列出了“女性”，却在别的章节中也写女性作家。

① 梁实秋：《“繁星”与“春水”》，载黄人影编：《当代中国女作家论》，上海光华书局 1933 年版，第 213 页。

② 草野：《现代中国女作家》，北平人文书店 1932 年版，第 13 页。

③ 草野：《现代中国女作家》，北平人文书店 1932 年版，第 48 页。

就目前掌握的不同版本的文学史来看,学界对女性作家入史的标准、女性写作的价值界定等,还远未达成共识。

近年来越来越多地出现了专门的女性文学史,作者固然是女性居多,她们自己写历史,“女子由过去梦中惊觉后的活动,不是向男界‘掠夺’,也不是要求‘颁赐’,乃是收回取得自己应有的权利”①。女人当然是有能力撰写历史的,比如五四时期的陈衡哲,她所编撰的《西洋史》在内容和理论分析上都采取了独特的女性视角。这部历史教科书表现出的强烈的女性意识,不仅在当时绝无仅有,而且提供了女性历史观的独特价值导向和意识阐释。既是史学家又是文学家的沈祖棻,书写风格激越中有细腻,柔美中有粗犷,堪称历史写作的典范,“不是只能蘸着香脂腻粉,写一些空虚平庸的少女伤春,而是蘸着风雨尘沙,把无边的烟柳斜阳,故国山川,一起写进浩荡春愁里去”②。可惜这样的作品仅如昙花一现般出现在文坛,下文难再。几十年过去了,女性自身的研究可否为文学史写作提供明确依据?提到女性文学就是陈染、林白、卫慧、棉棉,这样的文学史“定论”可否被突破?还有作家作品的归类,比如王安忆,她的《本次列车终点》被看作“知青小说”,《小鲍庄》被看作“寻根文学”,《长恨歌》被看作“新历史主义”,她的《纪实与虚构》在於可训的《中国当代文学概论(第三版)》(武汉大学出版社 2009 年版)中被认为是“寻根”努力的徒然,家族史的虚幻加之作者的孤独感和漂泊感,致使作品无法在读者那里产生对现实的认同……铁凝的代表作是《哦,香雪》,还是《玫瑰门》?迟子建的代表作是《世界上所有的夜晚》还是《额尔古纳河右岸》?

没有作家定位或作品评价的文学史是不能形成自身意义的,因为对历史的叙述不能替代文学本身的真实。我们常常认为,女性作家的作品不被文学史收纳是因为男权压抑。但扪心自问,女性作家的创作真的能在文学史上站

---

① 石评梅:《致全国姊妹们的第二封信》,《京报副刊 · 妇女周刊》1925 年 2 月 25 日。

② 舒芜:《沈祖棻创作选集 · 序》,载《沈祖棻创作选集》,人民文学出版社 1985 年版,序第 1 页。

得住脚吗？文学史会不会将女性作家拒之门外？女性作家能不能在文学史中坦然承认自身的缺点？女性作家不是无瑕疵的。女性身上的弱点有时是社会制度、历史文化包括男人的歧视造成的，有时也有女性生理和心理上的因素。不研究女性自身的问题，不寻求克服的办法，不仅会在两性间产生问题，在同性间也会产生是非。批评需要阅读与审视，也需要判断与结论，文学史写作如果故意抬高作品的价值，而缺乏对作家创作主题、风格本质的深度探寻，对女性文学的整体发展是没有好处的。这就要求评论家分析、阐释现有的文学，发现其中的意义、价值，更要发现其中的不足、弱项，以及有待改进、深入的部分。

当然，对任何一位作家或一部作品的评价都是相对的历史评价，想要盖棺定论是徒劳的，我们只能在女性文学批评研究的发展中得出一些相对客观的看法。无关著史者的性别，无关入史对象的性别，文学史批评亟待建立起主张男女主体性平等，并在主体性平等的前提下尊重性别差异性的历史观念和文学观念。

三、生长点之三：新媒体语境与女性文学批评的有效对接

新媒体成为文学批评重要的传播与阅读手段。媒介发展使文学批评主体、功能指向乃至思维意识、话语风格、审美接受等方面产生一定程度的变异，既有利于全息化批评格局的形成，也为女性文学批评实践提出新的课题。我们已有一些关注新媒体的研究成果，比如王绯的《21世纪新媒体与文学发展》（社会科学文献出版社2012年版），通过揭示“跟进小说”之谜、娱乐经济的“伪语境”，以及对网络小说的文本造访和类型探究等探究新媒体发展规律，体现作者的独到见解；黄鸣奋《赛伯女性主义：数字化语境中的社会生态》（《吉首大学学报（社会科学版）》2008年第5期），指出赛伯女性主义关注技术的社会应用，宣扬妇女和现代机器之间所存在的亲密关系，以此有别于排斥技术的传统女性主义。这些成果注重在网络上建立适宜于妇女生存的虚拟环境，对与之相关的联结性、批判性、创造性等问题进行深入理论研究，鼓励妇女

主动参与在线活动,并通过新媒体艺术来表达自己的诉求,取得了一定的成绩。但如何将女性作者、批评者、接受者与新媒体有效地关联起来,发掘新的理论兴奋点,是我们要认真考虑的。

一是批评的社区团队化。女性写作本就有“幽闭”“内视”“私人化”的特点,女性文学批评如果各自为战,极易陷入重复研究、浅表研究等无效圈套。女性文学批评应向社区化发展,定期设立议题,定期总结,有针尖对麦芒的论点交锋,更有对某一议题持续、深入的开掘,构建团队模式的研究风格。以往的研究多为自说自话、一事一议,新媒体最大的优势是没有时间、空间的壁垒,对待较为重合的研究对象,学者已能像辩论赛一样在对己方观点立论的同时批驳对方观点,使文学批评充满生机。女性文学批评是一个大的范畴,可以细分为许多领域,理论研究、作家作品研究、文学现象评说等,每一个领域里又可以细化为许多条目。即使我们的研究只专注于一项,哪怕只是“释名”或者“辨义”,只要观点明晰,说理充分,能够做到举一反三、触类旁通,也很有意义。批评既是对文学作品的批评,也是对批评的批评,移动终端将作者的创作动机、过程等都置于读者的视野下,虽然在某种程度上弱化了文学的神秘性,却使批评更有亲和力。如果理论界能对新媒体平台及时予以关注,使新媒体上的批评文字既有理论根基,又有现实温度,则有助于消弭横亘在“理论”与“文学”之间的隔阂。

二是批评的超越性批判。新媒体的浩繁往往缭乱我们的视野,文学批评既要拥有对写作对象所在场域全面而精深的知识储备,又要有能力、有勇气“凌驾”于普通读者之上,给作品以明确的价值判断。传统纸媒期刊,与作品同期推出的批评套路可以归纳为:首先,强调作家主体的可开发性、可研究性,多将作家提高到哲学或历史高度,比如刘芳坤在评论中将孙频说成有“五四”女作家的感伤,有“张爱玲们”的灵魂余温;汤天勇评价张好好《布尔津光谱》,将其比拟萧红的《呼兰河传》;王力平称赞何玉茹固执地追问生活的意义和价值等。其次,关注文学作品中的历史难题、人生困境、精神超越,王力平评论何玉茹的小说“以人的存在为目的，以发展和完善人的本质力量的丰富性为目的”，“坚守理性的宁静”，“倾听人性的风铃”，“小说中始终点亮着的那盏理想主义的烛火”，[1]论者使用的都是一些中性词，似乎是用在哪位现实主义作家身上都可以的评价。最后，体现评说的个性化，为作家和作品找到一个恰到好处的定位。张莉在评价张悦然的作品《茧》时这样结尾：“选择历史这个脚手架来完成个人艺术创作的蜕变，这是属于张悦然式的自我破茧……作为具代表性的‘80后’小说家，张悦然以这部细密、沉稳、扎实、有理解力、有光泽的27万字长篇作品完成了自我蜕变，重建了新一代青年之于历史的想象。”[2]论者从作者创作的整体历程中定位这部长篇，进而论及其他“80后”的历史题材写作，在理论资源、艺术感觉方面是到位的。可是因为被评论对象的在场，论者“知人论世”，也就难免存在着为“熟人”讳的现象。其实读者还能从小说中读到张悦然一贯的写作问题，比如她对情节组织的不连贯，对心理阴暗面的过度渲染，特别是，诸如“虐猫”等虐待动物的桥段在小说中不止一次地出现（《黑猫不睡》《誓鸟》《茧》等），这样的施暴甚至给我们留下书中的人物对此习以为常、漫不经心的印象。我们是否可以这样推断：如果同一作者的几部书都沉迷于同一情节，那便是作者的审美想象近于凝滞的信号。而这些，批评家指出了吗？

新媒体文学批评对所有人开放，批评家的评论如果无法释放超越普通读者的能量，其存在合理性便遭质疑。这能量为何？一是精当的是非判断，二是合规律、合目的的前瞻引领。直陈缺点的批评在新媒体语境下是较为常见的，评论者会不留情面地发声。更有作者的“求评”，以借助网友的群策群力写出更好的作品。“只要不是人身攻击，亮出批判的利剑，大刀阔斧地驰骋在文学

① 王力平：《追问日常生活的意义——读何玉茹小说集〈楼上楼下〉》，《南方文坛》2003年第1期。

② 张莉：《制造“灵魂对讲机”——评张悦然长篇〈茧〉》，《文学报·新批评》2016年第122期。

艺术的殿堂上，用学术和学理的手术刀来摘除文艺肌体上的毒瘤，保持批判者的本色，唯此才能使批评正常化……使批评回到正确的学术与学理的轨道上来。”①新媒体的批评话语存在缺少严谨的学理论证、客观的评价标准、耐心的评论接受等问题，但黑白分明的留言能让作家本人和其他读者获益匪浅。真正优秀的批评总能给作家带来灵感，为读者生成美感。

当前的女性文学批评多是对既定人、事、物的分析评价，没能高屋建瓴地给作者创作提供指引，没能接地气地给读者阅读提供品鉴。可不可以利用新媒体的大数据资源调研女性文学向何处行的问题，再在和谐美好的性别观指导下进行创作？亚里士多德说，诗人的职责不在于描述“已发生”的事，而在于想象“或然律”下可能发生的事。批评是源于作品、评判作品的，但批评更应是对文学未来的追求。我们想要探讨的不仅是女性文学批评是否反映了性别文化，更是它是否建构了未来。

面对不断衍生的研究生长点，女性文学批评要注重研究对象在特征、结构、功能层面的差异性展现，要注重正在深刻变化的文学现实以及社会现实，要在直观性批评、情绪性批评的基础上加大反思性批评的力度。我们期盼中国女性文学批评能更有气质、更有气场地面向世界。

第三节　新媒体与中国女性文学批评实践

新媒体时代来临不仅意味着文本的传播速度与范围与日俱增，还使得鉴赏批评文本的群体规模不断扩大，尤其是匿名网友的批评留言越来越多，并且对读者的影响效果也愈加显著。在过去的几十年中，女性文学批评的对象多局限于严肃文学的范畴，尤其近些年间学者更多地倾向于梳理发展脉络以及译介西方理论。而中国当代女性文学作为性别视角下相对弱势群体的文学，

① 丁帆：《中国当代文艺批评生态及批评观念与方法考释》，《文艺研究》2015 年第 10 期。

借助互联网技术在大众文化领域获得了突飞猛进的发展,出现起点女生网、晋江文学城等"女性向"的网络阅读平台。"女性向"一词最早兴起于日本,指"以女性为受众群体和消费主体的文学和文艺作品的分类"①。女性文学批评也随之发生变化,其主要表现为延展的批评空间、独立的批评平台、新兴的批评主体。变化产生的原因除了我国女性文学批评的部分思想传统能够适应新媒体,还因为新媒体这一场域赋予批评者空前的自由。新媒体这一场域的出现不仅满足女性读者群体的阅读需求,还让普通网友在女性文学批评中自觉缓和了对男性角色的态度,这也预示着两性关系由对抗走向和谐的可能,促使文学的性别研究焕发新的活力与生机。

一、新媒体与女性文学批评的新特征

胡友峰认为,"直到电子媒介的兴起,互联网的交互性才使得真正意义上的读者的主动性显著呈现。以往学院派批评的经典遴选体系一家独大的局面被打破,以兴趣集中起来的作为'网络群落'原住民的读者的大众遴选体系开始活跃起来。"②在新媒体语境下,读者的性别意识集中体现为"女性向"文学场的形成。而女性文学批评却不局限于该文学场中,它出现在各大线上阅读平台,网友凭借自身对性别意识的基本印象,对各类女性文学作品进行批评与鉴赏,呈现出批评范围扩大化与批评切入点多样化的特征。以消费为主导的文化市场在新媒体技术的支持下开辟出满足众多女性网友的文学场,为女性文学批评搭建了相对独立的文学空间。批评者自我投射于文本之中,对女性的生存与发展问题进行思考与追问。更有一批来自高校的"学者粉"自愿置身于网络女性文学批评活动之中,试图运用专业知识构建女性文学批评的新范式。

---

① 付筱茵:《"女性向"与"网络女性主义"——近年热映都市青春爱情片新观察》,《电影艺术》2017 年第 3 期。

② 胡友峰:《电子媒介时代文学批评的审美变异》,《中州学刊》2020 年第 1 期。

1. 延展的批评空间

女性文学批评从广义上可以理解为对所有女性文学及周边现象的批评。当新媒体作为一个创作场域日臻成熟时,诞生于其中的网络原创女性小说成为女性文学批评的主要对象之一。这些批评文字有时被包裹于各种新生的流行语之中,但我们依然能看到其中鲜明的女性意识。批评者对于新媒体中的各种文本都不再回避,其中较为小众但逐步呈现上升趋势的是对电子游戏中的文本开展女性文学批评。例如暨南大学陈雅佳等在《〈恋与制作人〉:游戏仿真类网文的创意与误区》一文中,以文学研究的方法针对这款以网络文学为蓝本的文字冒险游戏进行分析,在总结其“玛丽苏”式情节模式和标签化完美人物形象等方面的特征后,分析其与网络文学的互动关系,最终发掘出女性玩家在过程体验中不适的背后隐藏着大众文化中对性别认知的误区与漏洞。① 批评者对在新媒体场域内网络文学与网络游戏的互动关系进行女性视角的观察,探索这一娱乐现象背后反映的深层心理结构,发掘当代女性潜藏的精神诉求。这不是一种简单地为了盈利而展开的优化探讨,而是对女性心理机制的正视与关注。

如今新媒体阅读平台中包含的信息丰富而多元,不再只诉诸单一的文字,更多时候将文字、图片、声音三者融为一体。因此批评者对女性文学的关注点也不再停留于文字,还会包含一定的视听元素。例如,豆瓣网友慕容复在对《简·爱》这部名著进行分析时,不仅直言于书中看到了一个底层女性面对强权压迫、性别歧视时所展现的坚强与独立,还表示“这么多年过去,终于有一版的《简·爱》不再使用那种寡淡的风格做封面,而是选择一位风格明显契合

① 陈雅佳、郑焕钊:《〈恋与制作人〉:游戏仿真类网文的创意与误区》,《网络文学评论》2018 年第 3 期。

女主的大红裙子女性作为封面”①。除了西方经典女性文学著作，中国的文学作品也在时代与场域的变化中凸显出渐强的女性意识。杨沫的《青春之歌》在1958年第一次印刷出版时，其封面由一众知识分子组成，画面中男性人物形象更加突出，这十分契合其初版扉页上所写的：“小说刻划了当时从苦闷、彷徨到觉醒和成长的知识分子，写出来了他们的痛苦和欢乐、流血和战斗，也描写了一部分人的动摇和沉沦，以至叛变的时代渣滓的面貌。”②如此经典的女性文学作品在当年并未显露明晰的女性意识。而如今在微信公众号“当代”中推介《青春之歌》的文章中，不仅使用了将单独女性形象置于画面中央的电影宣传画，还插入了电影中林道静的单人剧照。可见当代批评者认同这是一个知识女性在大革命时代的成长故事，而并不是一个无性别意识视角下的青年群体的缩影。当代文学作品运用封面、宣传插图等一系列视觉化事物肯定作品的女性意识，而新媒体使得文学批评的作者与读者都可以直观感受到此种冲击眼球的元素。

2. 独立的批评平台

女性文学批评力图在各大阅读平台中占据一席之地。在当代读者十分熟悉的豆瓣、百度贴吧、知乎等平台，经常可以看到女性文学批评者的身影，她们不再是直白地高喊独立平等的口号，而是从两性关系、同性情谊、镜像理论等方面作为批评切入点，随后又跳出文本观照自身。比如2019年豆瓣最受关注图书榜上的《82年生的金智英》，无论是短评还是书评，有超过半数的文学批评以女性意识为指导思想。短评榜榜首网友海带岛认为，“五年前或更早的时候，我可能还曾傲慢无礼又冷酷没良心地觉得这样的生活与自己无关呢，就像大学里的金智英短暂地觉得自己和母亲将拥有不同的人生。而实际上，东

---

① 慕容复：《有些流行小说，一直流行到它们成了经典》，2018年8月15日，见https://book.douban.com/review/9593753/。

② 杨沫：《青春之歌》，作家出版社1958年版，第1页。

亚这种结构性的性别泥沼,可没有什么旁观者和幸存者。”[①]而书评榜热门文章《她三十五岁,过完了你举步维艰的一生》中截取金智英不同年龄的生活片段,评述女性在拥有不同的社会身份时所遭受到的不公平待遇,并且在每一个片段中,男性都被放置于女性的对立面。这些困境的出现除了性别差异,批评者将矛头指向了男性的冷漠、歧视,甚至道德沦丧。结尾处引用了原著者的卷后语:“女儿说她长大以后想要当太空人和科学家,我希望、我相信,也努力想办法让女儿的成长背景可以比我过去的成长环境更美好,由衷期盼世上每一个女儿,都可以怀抱更远大、更无限的梦想”[②],从中可以看出她将改变现状的希望寄托于同性情谊之上。在一些不具备明显性别色彩的线上文学讨论区之中,女性文学批评中的很多观点时常出现,其中暗含了网民们较为进步健康的性别观。反思与关注女性生存与发展的网民数量足以将一本当代女性文学作品推至年终榜单的榜首,由此我们便不难相信,如此庞大的读者基数可以在新媒体语境下开辟出独立的女性批评空间。

新媒体为女性在性别文化角逐中提供冲破男权文化重重包围的可能,一种堪称“她江湖”的以女性为中心的文学机制在逐步形成与壮大。这在新媒体文学的“女生频道”中体现得最明显,这种在创作者、阅读者、评论者、组织者等各个方面都以女性为主导的新媒体阅读平台的典型案例包括潇湘书院、红袖添香、起点女生网、晋江文学城。[③] 她们虽然对于平台人气榜单上的小说各抒己见,但是每条批评的点赞与回复代表了其拥有一定的影响力,并且批评内容暗含着一定高度的审美追求。她们无法像专业批评家一样准确运用理论进行文本细读,但对故事情节与人物形象有一定的真实性与情感性的追求,对

① 《82 年生的金智英》,2019 年 9 月 7 日,见 https://book.douban.com/subject/34434309/comments/。

② 螈与龙:《她三十五岁,过完了你举步维艰的一生》,2018 年 10 月 28 日,见 https://book.douban.com/review/9729476/。

③ 孙桂荣:《“她江湖”文学场与新媒体时代的“女性向”方式》,《烟台大学学报》(哲学社会科学版)2019 年第 4 期。

文本中的人物具有人文关怀的倾向。在红袖添香网站2019年第一季度风云榜榜首的《暗黑系暖婚》的评论区中，网友易先生对宇文冲锋没有在“最干净的时候”遇到姜九笙表示遗憾，但在批评中并没有表现出一种强制性的要求与审判。这与日本学者与谢野晶子的观点不谋而合，处子身份不应作为一种性别对另一种性别的要求与束缚而存在，贞操是一种趣味、一种信仰、一种对清洁的喜爱，而不是一种道德戒律。① 起点女生网2024年第二季度畅销榜榜首的《御兽从零分开始》，评论区榜首的网友残夜惊梦有代表性地表达了女主形象上不尊重知识和不重视细节的形象缺陷，致使小说情节强行“降智”，可见由机械复制诞生的人物类型逐渐不再受读者欢迎，当代读者追求具有艺术真实性的人物形象。而同期在起点女生网的小说《九零药香满田园》位居出圈榜榜首，网友蕾姆酱siki肯定女主人公的人物形象和价值追求，选取常用于描绘男性角色的词语如聪明敏锐、果断狠辣等对她的形象进行总结。这便与我国20世纪80年代女性文学创作与研究的高潮中频繁出现的“异托邦”形成较大反差。张洁、张辛欣等作家笔下的女性同样保持独立，追求自由，但最后走上雄化的道路，并且在对男人极度失望之后选择抱团取暖。她们将自己异化得与男人别无二致，却没有感受到胜利的喜悦，这显然不是一条适合中国女性的道路。在新媒体语境下的女性文学批评，赞同女性个性的发展，又对她们寻找伴侣的行为给予肯定。在如此自由的批判空间中被广泛认同的情感倾向，或许才是更易为广大女性所接受的发展方向。

3. 新兴的批评主体

最初的中国女性文学批评者以受五四新文化影响的男性为主，五四之后，杰出女性知识分子逐渐加入该行列。前者希望在批评实践中促进女性的觉醒以壮大自己的革命队伍，后者中的大多数将青春献给如火如荼的民族解放斗

① ［日］与谢野晶子：《贞操论》，周作人译，《新青年》1918年第4卷第5号。

争与国家建设,她们对女性文学多以男女平权等社会学观点为先验进行批评。到21世纪初,陆续有学者指出中国女性文学批评中存在着浓厚的文化批判意味,例如贵州师范大学教授林树明认为"中国当代女性主义文学批评真正的不足"表现在"批评观念先行,批评视点及方法较单一,未充分重视作品内部全部的复杂因素,文学批评的'文学性'不足"。[①] 新媒体时代,一群身处高校的文学研究员以兴趣为起因,以专业技能为手段,组成了"学者粉"这一群体,对大众文化中产生的女性文学进行学术批评研究。学者肖映萱在寻找"学者"与"粉丝"的平衡点时说:"身为一个学院派的读者,我难以避免地有着相对精英的阅读趣味,我必须首先承认自己的'粉丝'身份……我想为爱读网文的这一代女读者,发出真正属于她们的声音。这是我从事文学研究的出发点,也是我作为批评者提笔时不曾改变的初衷。"[②]而她的导师、北京大学教授邵燕君在践行"学者粉丝"身份时更侧重于"越是在资本横行、大众狂欢的时代,越需要建立精英标准,而这正是学院派的义务"[③]的观点。

在邵燕君的带领下,北京大学网络文学研究团队对"女性向"网络文学的研究初具规模,并且定期将研究成果发布于该团队的专属微信公众号"媒后台"之上。面对新媒体领域的原创作品,她们归纳文本中的人物类型、情节模式、语言风格,还不时将其与更早的女性文学进行比较,甚至试图梳理网络文学阶段性的发展脉络。这些学院派批评者面对网络文本,不仅可以快速捕捉其突出特征并提炼出情节模式,还可以利用之前积累的专业知识将大众文化元素与严肃文学中的经典范例进行对比思考。他们从读者的角度切入,兼顾经济要素与国家政策,准确地读取接受主体的深层心理。例如《"女性向"网

---

① 林树明:《论当前中国女性主义文学批评的问题》,《湘潭大学学报》(哲学社会科学版)2006年第3期。

② 肖映萱:《我的批评观:女性的文学权利》,2017年1月4日,见 https://mp.weixin.qq.com/s/Z8L2AodHZiR-te0-63WbSA。

③ 肖映萱:《邵燕君:从"60后学院派"化身"学者粉丝"》,2016年5月25日,见 https://mp.weixin.qq.com/s/UnurACM_Z7XOXFREGEpYow。

络文学与“网络独生女一代”——以祈祷君〈木兰无长兄〉为例》，网文的大部分读者为独生女一代，她们在现代经济社会有独立生存的能力而最后又被要求回归家庭，批评者认为这与立功返乡的花木兰有着很高的重合度。在论证了独生女一代与网络女性主义有着密切联系之后，文章以一个《性转建国大业》的视频彰显其鲜明的女性意识与平权思想。① 除此之外，“学者粉”的女性文学批评并未止步于文本，同样对网络女性文学作品的影视化改编进行批评。例如在《你们对强女人的想象与理解　果然匮乏得令人难堪》一文中，批评者指出：“当小说《芈月传》费尽心思从五千年历史中找出一个大秦宣太后，用女政治家的谋略和眼光，试图超越人们对女人‘只会心机宫斗’的想象之时，电视剧《芈月传》‘一朝回到解放前’，选择用最老土的灰姑娘模式，来塑造一个用爱感动世界的白莲花。”②批评者在其中所表达的不仅是对影视团队将文本改得面目全非的不满，还暗含对大众传媒行业浅薄理解女性独立意识的无奈。不仅对女主角的“白莲花”形象不满意，认为在万事需要男性出手相救而自己只做“圣母”的女性身上看不到任何女性意识，只不过是男性想象中的理想伴侣；还有对这一具有代表性的高知名度文化传媒团队的失望，在无法理解原著深刻意义的同时对女性的生存困境与理想缺乏思考与探索。由于网络文学创作的匿名性，批评者只能将注意力投射于文本或自身。学院派加入网络文学批评的行列中，不仅可以运用文学批评等相关理论对文本作出更加精确的分析，还可以借助大数据的统计信息，运用接受美学理论帮助更多读者对自己的内心有更贴切的把握，甚至对群体性的社会心理有更清晰的探究。

由此可见，女性文学批评在新媒体语境下呈现出了新特征。在批评对象方面，网友批评的对象并不局限于女性文学领域的经典作品，还包括新媒体领

① 高寒凝：《“女性向”网络文学与“网络独生女一代”——以祈祷君〈木兰无长兄〉为例》，2016 年 10 月 27 日，见 https://mp.weixin.qq.com/s/ZDahf_PjqjStvUCeFG3hCg。

② 薛静：《你们对强女人的想象与理解　果然匮乏得令人难堪》，2015 年 12 月 17 日，见 https://mp.weixin.qq.com/s/bkZeaiPPgtHdD5rXTErjGA。

域的原创作品，甚至也涉及相关的非文字内容。在批评空间方面，女性文学批评在新媒体语境下获得了自由发展的可能，不仅将更多志同道合之人吸引到同一空间之内，还使该空间内的女性文学批评者更专注于发表自身的意见。尤其在对男性角色态度方面，也让我们看到了网络中匿名的女性文学批评者境界的提升。这种人道主义关怀下蕴含着男女平等的潜意识，预示着女性文学批评距成熟又近了一步。近几年来形成的新兴批评群体——身处高校的"学者粉"使新媒体语境下的女性文学批评有了系统发展的可能，这种基于兴趣而生成的批评冲动更能够体现女性文学批评者内心的真实需求。

二、新媒体语境下女性文学批评新特征的成因

新媒体语境下女性文学批评发生变化是多方面因素共同作用的结果。女性文学批评在近代中国曲折的发展历程以及当代传播过程中的流变都对当代女性文学批评实践产生着潜移默化的影响。

1. 对中国女性文学批评传统的继承

虽然女性文学批评在不同的阶段呈现出不同的批评视点与批评范围，但其聚焦的一直是女性的生存与发展问题。中国女性文学与女性文学批评最初是指向封建主义对"人"的奴役，男女两性曾经是，甚至现在还是在这条战线上继续并肩战斗，只有在这一战斗基本结束之后才开始转向"两个人的战争"，进而转向"一个人的战争"。① 面对不同的社会现实，批评者采用不同的价值标准进行文学书写与研究，但对于女性文学批评所观照的内核，李小江曾这样总结："反映出当代中国妇女要求全面发展的愿望。一种强烈的'求全意识'贯穿她们的行为，成为她们的信念。但她们几乎无一不在'求全'的实践中碰得头破血流。因此她们反抗。但是，反抗什么呢？向什么人去要求权利

---

① 参见王春荣：《并非另类：女性文学批评》，辽宁大学出版社2012年版，第56—57页。

呢？不是向社会、向政权，也不是向男人、向家庭，而是向传统！”①其中的“传统”不是狭义的封建制度中产生的纲常礼教，而是过往之中形成的一切阻碍女性自我发展的落后观念与刻板印象。即使在不同时期有不同的内容与表现形式，女性文学批评所致力的现实目标未曾动摇。新媒体语境下的女性文学批评着眼于现实，易引起其他批评者的共鸣，由此在新兴的电子媒介场域内依旧能够吸引一众读者对女性文学文本进行鉴赏与批评。而新媒体平台也正是抓住其具有一定数量的关注者、利于形成虚拟文学社区的条件而开辟出女性文学场，在两者相互促进的过程中，女性文学批评的独立空间也逐步形成。

女性文学批评者在中国传统文化的宝库中找到符合自己特性的批评路径与风格。温文尔雅的批评传统所关注的不仅不再局限于“女性之生存”的问题，还有“女性之美”的思想。中国女性文学批评传统并非周易阴阳之“阴”的狭义发展，温文尔雅与雍容大度之中也有阳光、健康与自信的成分。这种具有审美属性的批评传统使得我们对女性文学的批评存在跨媒介的可能。新媒体中的批评对象常常不再以单一的文字模式呈现出来，无论是文本的出版宣传，还是其影视化改编，都需要一种能够统摄文字、图像、声音等多种元素的方法对其进行观照。此种批评传统的审美性能够让学院派文学批评家在性别研究领域着眼不同于历史学、人类学、心理学、社会学等学科的批评角度，并收获特别的研究成果。

新媒体语境下的女性文学批评者对中国的批评传统也有所发展，在批评的过程中以现实问题为旨归，批评者具有越来越明晰的文学意识，致力于以文学文本为切入点介入性别研究。对女性文学的批评过程从注重其与现实的重合度提升为追求艺术真实性，批评者开始关注人物情感与故事情节，由此逐步实现文学中性别研究的内化，这是一种将观照现实的政治文本与心灵差异的

① 李小江：《背负着传统的反抗——新时期妇女文学创作中的权利要求》，《浙江学刊》1996年第3期。

性别文本重合于女性文学之中而生成的较为恰当的方式。总之,即使在新媒体语境下的女性文学批评也可发现中国女性文学批评传统的痕迹,温和的批评态度与复合的批评标准给予性别文学研究者更广阔的发挥空间。

2. 新媒体场域内批评者的空前自由

从网络中感悟式批评占据多数的现状可知批评者在新媒体中宣泄情感是其批评行为的主要动机,而女性文学批评在面对作品作出价值判断的过程中极易输出批评者的情感。新媒体语境下的文学批评整体呈现简单化的趋势,从批评语言到批评方法,几乎没有人长篇大论或故作高深,都在从简的批判活动中将审美情感直白地表达出来。① 可见在"众声喧哗"的新媒体场域内,匿名网友的"简单批评"呈现上升趋势。他们不像学院派批评那样有一定的专业底蕴与学术追求,也不像媒体批评那样有传播技巧与利益追求。在网络之中的文学批评更多的是为了抒发由文本引起的感情,甚至宣泄日常生活中的情绪。女性文学批评可以让人在阅读完作品后的短时间内作出判断,而站在女性自由与独立的角度很少会受到他人的驳斥,由此更多的网友以女性文学研究为保护伞,在发泄情绪的同时又获得来自他人的默许甚至认同,从而在虚拟世界中收获愉悦与安全感。

新媒体场域在为读者提供相对自由的批评环境的同时,也建立起一个相对封闭的批评空间。网络文学平台为方便读者快速查找到心仪的作品,会将文本进行分类展示,由此也会逐渐出现例如女性频道甚至女性文学网等女性文学场。新媒体为女性构建专属的阅读与批评区域,其中除了阅读平台试图凭借差异化来营利的目的驱动,更多是网络自身发展的结果。网络接纳不同的创作者、阅读者、组织者在允许的范围内进行文学活动,而由此形成的电子虚拟社区对"道不同"之人实现分割区域下的"不相为谋"。在现实领域,女性

① 黄也平、李德清:《"复杂批评"还是"简单批评"?——关于社会需要"简单批评"的几点说明》,《河南师范大学学报》(哲学社会科学版)2018 年第 4 期。

文学研究者要将自己的文学作品放入公共领域进行宣传与传阅；而在网络场域，读者通过关键词的检索进行有目的的选择与欣赏。在这些女性专属区域内，网页设计风格与超链接分类选项已将大部分的男权主义者挡在门外，读者与批评者凭自身意愿进入这个有着鲜明女性主体性的文学场，并且在进行阅读与鉴赏的活动中以一种虚拟的无性别意识为出发点，发表见解或抒发情感。读者忘我地徜徉在女性文学世界里，女性文学批评不需要被提及，因为它作为入场券已经验明了每一位参与者的身份。读者只需要以自身的意愿进行创作与批评，就像男性在过去几千年的现实世界中从未标榜自己是男性而进行文学活动一样。她们以为是在自由地用文字来观照世界，其实她们对世界的观察透过了一层其不自知的“女性意识”的玻璃。

在这样“一间自己的屋子”中，没有他人意愿的强加，无论是温柔贤淑还是豪气冲天，都是女性自己的选择。而在这种自由的空间中发展生成的新的思想内容，会更符合女性自身的特质。由于外界压力与干扰的减弱，女性会将思考转向内部，在自省与反思中探索发展的方向。除此之外，网络批评者的匿名性使得接受主体自身也获得了极大的自由，每一个批评者可以充分表达自己对女性文学研究的见解。网络环境中，批评者的身份彼此隐藏，使得讨论区的人们更加关注对方所表达的内容，对于每一条触及心灵的意见作最为沉静的思考。例如在女性文学场域中出现对男性的同情，其中暗含着女性批评者自身思想境界的提升，不仅在两性关系上将男女置于同等地位，还会产生些许的优越感。女性文学研究者在面对社会变迁时逐步提升自身精神境界与审美趣味，使得自身可以更为客观理性地看待女性发展问题，从而实现了对践行男女平等的进一步思考。

由此可见，新媒体为女性文学批评带来的变化既有中国女性文学批评的自身发展传统的原因，也受到新媒体场域自由性以及用户身份隐匿性的影响。中国女性文学批评于传统中沉淀下来的温文尔雅的气质与浑融的美学内涵为其在新媒体语境下的蓬勃发展提供更多契机与方向，而这在继承中的发展也将成为实现我国文学理论本土化进程中的重要一环。在开放又独立的批评空间中,批评者在面具之下自由发声,极易促使女性文学批评获得实质性的进步。在选择平台或文本的过程中,读者从自身的意愿出发进入女性文学的领域。在进入该领域之后,其女性意识会回归于潜意识,认为自己在一个无性别意识的环境中进行鉴赏与批评。这种在弱化性别对立的前提下批评两性关系、同性关系,甚至对社会现实问题的思考,才更能彰显女性本色,也更符合女性需求。

三、新媒体对女性文学批评的价值

新媒体语境下的当代文学批评经常因其个性化或商业化的营利机制而被忽略价值,但其实“新媒体批评依然习得文学批评的审美原则,依然担负着对读者的认知、欣赏、思想健康建构等文化功能”①。在新媒体中以性别视角切入文本的批评,无论发言主体是匿名网友还是知名学者,都是着眼于女性的生存现状以及发展前景,试图寻求两性和谐关系的可能性。在鉴赏作品时,她们正视并解读女性的欲望,自觉地探索两性合作的问题,并且也引发了对于“性别”一词的终极思考。

首先,新媒体为女性文学批评者提供了专属的创作空间,使其可以在最大限度的自由下参与文学活动,使女性文学批评拥有更为广阔的天地。批评者的批评内容不再是明确地为女性争取如同从男性中心世界复制过来的权力与地位,而是真正将关注点放在女性如何得到更符合自身特征的发展之上。新媒体语境下的女性文学批评深刻地挖掘出女性作者隐藏于文字背后的欲望,在走向真正“私人化”的过程之中还原女性有关于人的本来面目。自 20 世纪 90 年代开始的女性文学“私人化”写作企图解放女性的感性欲望,但与此同时

---

① 刘巍:《新媒体文学批评的可能路径之一——以“腾讯文学评论专区”为例》,《当代作家评论》2019 年第 2 期。

她们再一次陷入“被看”的境地。① 在批评者的眼中，女性的欲望远不止于此，生存欲望由女人征服一个拥有世界的男人变为女人去征服世界。而这于梳理网络女性文学发展脉络时发现的转变，如果再被归类于女性独立意识，未免过于陈旧与草率。她们只是发掘了自己作为人的生存欲望，为解决“我首先是人，然后才是女人”的难题提供了路径。“女人是人”的论题很早便为批评者所关注，但是大家的关注点更多地集中于狭义的“欲望”上——“性欲”。网络中的独立文学场以迎合欲望为存活前提，女性文学批评于其中揭示的各种欲望可以理解为她们心灵深处的声音，而猎奇无法支撑一个文学世界的长期运行。一切欲望化为职业理想、艺术追求、政治抱负等具体形式，如果一定要从性别视角切入解释这一新变，只能将其视为女性在寻找自我的过程中发现了与男性的共同点。这些共同点的暴露并非一种徒劳与无谓，因为女性文学批评从一开始就是和男性的割裂与对抗，斗争得几乎忘记了两者之间存在相似性。这种相似性肯定了两者拥有共同目标的可能，也完全有理由相信它会成为开启一段崭新的两性关系的契机。

其次，新媒体语境下的女性文学批评让我们看到了其与21世纪初学院派女性文学批评者相同的观点，网络中女性读者自发地倡导两性关系的和谐暗示了大众文化与精英文化在技术的助推下达到的某种契合。女性对男性由敌视到漠视，如今已经发展到了获得普遍认可的“理解”。尤其需要指出的是，新媒体语境下的女性文学作品中包含将男性视为审美对象的类型，而其不过是体现女性内心的一种更为深刻的焦虑，并非一种真实的压迫倾向。如今呈现出来的对男性的理解也全然不是为了缓和矛盾，而是女性在文学批评的过程中自主生发出来的思想。这种来自批评实践中的倾向，更体现了女性文学批评的一种进步——以一种比从前更高的姿态来面对两性关系。女性用人道主义观照男性的同时，也未将自身神化，她们在不断述说女性的生存困境。人

① 孙秀昌：《女性文学：狂欢于“私人化”写作的坚冰上》，《河北学刊》2003年第2期。

生存于世经常感受到来自他者的威胁，两性的合作可以让双方都变得更加强大，这一合作的基础可以是两人共同的理想目标或有着双方基因的生命体，总之两性的合作可以从女性开始理解男性为起点。这种在平等的潜意识上缔结的联盟，其平等的契机是女性思想的进步与提升，但其深层次的内涵是两性因自身特点与优势而形成了互补性功能，从而为共同的目标作出不可替代的贡献。

最后，新媒体中开辟的具有性别色彩的文学场里存在一些跨性别的书写与批评倾向，引导我们对“性别”一词进行重新思考。在女性文学场中出现了一定数量的具有男性化性格与行为特征的女性人物，并得到部分读者的接受与认可，排除新兴阶段读者的猎奇心理、基于网络文学的消遣娱乐作用与自我释放作用，他们更多地看到并认可了女性性别展现的别样可能。这种有悖于传统“性别”观的思索可谓当代女性文学批评的一股强劲力量。我们所认定的“性别特征”总是处于过去式的状态，人们用约定俗成的方式去评判当下的行为，但很少让观念与时俱进。既然其存在是为了解决如此实际的问题，那便可以从结果论的角度进行剖析。以中国传统文化的朴素观念为例，阴阳协调更易让一个家庭、一个群体、一个联盟得以保存与延续，中国古人基于生理条件与历史经验将男性归为阳刚、女性归为阴柔。而时代的更迭与社会生产环境的变化使得男女两性与所属阴阳特质可以根据个人喜好与特长进行换位。对其他仅是内部分工与大众相异的群体应给予更多的理解与包容，坚信所有的分工模式都致力于一个更好的结果。保证一个联盟里存在阴阳两性，而不规定生理属性直指性别特征，或许能更好地实现对人的关注与解放，在社会效用方面希望性别歧视壁垒可以逐步走向淡化。

总而言之，新媒体语境下的女性文学批评在为满足女性自身包括性欲在内的各种欲望构建的文学帝国中正视了男女两性的共同之处，并且在女性意识逐步走向成熟独立的过程之中对两性合作有了更清晰的认识。“性别特征”不应被规约，应随着社会实践的丰富不断调整，以满足更多鲜活个体的需要。

新媒体语境下的文学批评发生了多种多样的变化，女性文学批评在有技术支持的批评空间中也获得了一定的发展。不仅以女性意识进行文学批评的人越来越多，批评范围也在逐步扩大。网络中的匿名性与分众性使得女性文学批评者可以在相对封闭的区域进行更为自由的分享与讨论，其中产生的对男性的理解，体现了男女平等的内涵。有专业知识的“学者粉”开展的或宏观或微观的批评为新媒体语境下的女性文学批评树起了座座丰碑。中国女性文学批评的传统使得其在大众文化中有着越来越大的影响力，而新媒体的独特性质也让女性文学批评获得了长足的发展。面对女性文学批评所呈现的新特征，可以将其理解为弱势群体依靠技术的力量获得一定程度的心灵慰藉，我们相信这种被越来越多的读者认可的性别共荣的潮流与技术的进步有着密不可分的关系。

第六章　新媒体语境下文学批评样态的“审美共同体”

批评样态是人在审美活动中所形成的思维、观念,以及由此统摄的实践与表达,批评样态关涉批评秩序的潜隐和内化,其外显是批评主体的认知、评价、判断,趣味等。“审美共同体”不仅指向文学,更指向电影、戏剧等文学相关的艺术门类。客观的、科学的、超越的评价需要时间的沉淀,更需要研究的推进,对某一问题的盖棺定论或许要等到一切偃旗息鼓之后。然而,不容置疑的是,我们是这一历史阶段的见证者、参与者,甚至是制造者,也应将这一样态尽数呈现。

第一节　文学批评主体“需求”的层次与倾诉多声部

15 世纪的印刷术敞开了知识的大门,为读者的广泛阅读提供了技术支持。今天,以数字和互联网技术为支撑的新媒体为文学活动的各个层面提供了全新的资源。从文学创作到文学接受再到文学批评,新媒体为互联网时代的人们参与文学活动的各个环节提供了极大的便利,利用新媒体文学平台,人人皆可进行文学创作和文学批评。换句话说,在新媒体文学时代,人人皆可成为作者和批评者。就文学批评活动而言,不同于纸媒时代的媒体批评和理论性较强的专业学术批评,新媒体语境下的文学批评借助虚拟的网络世界而存在,更具复杂性与多变性。在这一语境下,批评主体在现实世界的身份、地位等种种外在的差异性都暂时被遮蔽或消解,阐释和解读权利被重新整合和分配,所有读者对同一文本或文学现象都有着同样的阐释和解读机会。虚拟空间和网络匿名性提供的面具为批评主体提供了最基本的安全感,增加了新媒体文学批评中公众批评话语的自由度,并逐渐呈现出多声部的特点。

一、文学批评主体"需求"的层次

美国学者马斯洛把人的需求分为五个层次,即生理需求、安全需求、社会交往和归属感的需求、自尊需求和自我实现的需求。"在生理需要得到满足的情况下,其他(更高级的)需要会立即出现,这些需要(而不是生理上的饥饿)开始控制机体。当这些需要得到满足后,又有新的(更高级的)需要出现了,以此类推。我们说人类的基本需要组成一个相对优势的层次。"①根据马斯洛的需求层次理论,人的需求层次建立在满足感上升的基础之上。当个体的基本生存需求得到满足后,个体开始寻求参与社会交往与集体行为。

1. 虚拟空间的安全屏障

新媒体语境下的文学批评在借助虚拟空间和匿名性为一般读者提供安全性保护的基础上,也为满足一般读者的高级需求提供了优质平台。注册一个虚拟账号,使用一个用户昵称,即可与他人实现即时性的交互沟通,发表自己的观点,确认自己的存在,并期待来自他人的认同。当主体面对一个几乎全新的文学活动环境,尤其是一个存在种种不确定性的虚拟环境,往往会表现得茫然无措,并伴随着痛苦和恐惧,既渴望自己的隐私与安全得到保护,又有维系

① [美]亚伯拉罕·马斯洛:《动机与人格》,许金声译,中国人民大学出版社 2012 年版,第 22 页。

社会关系并参与其中的需求。一边对新的文学批评样式充满好奇，渴望参与其中；一边又害怕在参与的过程中泄露个人信息，威胁自身安全。新媒体的超时空虚拟空间和匿名性使这一难题得以解决。

新媒体移动终端利用数字网络技术为公众提供了超时空性的互动交流平台，在虚拟的互联网空间中构建了一个独立于传统文学批评，而又与传统文学批评有着千丝万缕联系的“批评空间”，为参与批评的主体提供了第一层的安全保护。它以高度的开放性、包容性允许更多人参与到各种批评话语的生产与传播中，召唤所有的批评主体参与到文学批评中，发出自己的声音。文学批评存在于各类移动终端上，借助虚拟网络空间而存在；同时它又拥有客观实在性，虽然不同的批评主体不处在同一时空场域，但却可以在一个依托于虚拟空间而存在的“公共领域”里交流。哈贝马斯曾对这个由阿伦特率先提出的“公共领域”概念进行完善与界定，在他的笔下，“公共领域”不仅仅作为一个个体行动的舞台，对所有公民开放，而且具备社会交往、信息交流和舆论媒介的功能。在新媒体语境下，文学批评的空间即便不能与严格意义上的“公共领域”画上等号，但它至少也是一个存在于虚拟空间的公共场所，原则上讲，它对所有读者开放并且各方都有平等的进入权。每个人都可以利用新媒体移动终端直接、自由地发表观点，参与到文学批评中。

不同于具有明确实质性的地理意义上的场所，在新媒体中，一切场所都变得飘忽不定，无论参与者是什么身份或处于何处，都通过电子终端相互连接。与实存的地理空间相关的文学批评社区似乎失落了，虚拟空间得到扩展，好处是被抽离的参与者及其相互关系在其他的时空距离获得了重新组合的机会。同样，如果这个虚拟的批评广场停止运行，那么其中的参与主体可能会将视野转到其他广场。如果个人退出这个批评的广场，但仍会有其他的新鲜血液流入。也就是说，新媒体语境下，文学批评的参与主体是随意自由流动的，而批评空间具有相对的稳定性和可持续性。

在电子媒介时代，世界显现出“地球村”的某些特征，如同步性、整体性，人们都被卷入"地球村"的凝聚状态。在现实世界里,面对陌生的环境与人,人首先倾向于自我保护,保持安全距离,以求得安全感。而在新媒体提供的虚拟世界中,人与人之间的关系更多是非地缘的,为了达成某一目的而聚集在一起。互联网将这些不同阶层、具备不同知识结构与素养的人会聚在一起,为之提供开放度极高的讨论广场。在这里,人人都拥有感知的权利。然而,由于媒体传播的瞬时性,稍有不慎,就要承受随之而来的语言暴力、"人身攻击",安全感也由此成为新媒体语境下文学批评参与者在批评过程中追求的首要目标。

新媒体移动终端利用数字网络技术为文学批评参与主体提供了虚拟的安全距离。公众得以利用媒介主动参与文学批评,在互联网建构的虚拟空间中围绕不同的话题建立不同的批评圈子,这是一个独立于精英批评与传统媒体批评的"舆论场"。这种虚拟空间为文学批评的参与者提供了非现场性,为批评主体参与文学批评提供了第一层安全感的保护。

2. 匿名的保护

想表达自己的真实想法但是又不想让人知道这种想法是出自"我",这就是匿名性的魅力。新媒体语境下,文学批评的参与者借助匿名性面具,得以获得第二层安全感的保护,在最大程度上实现发言自由、批评自由。人类戴面具已有几千年的历史,追溯面具的起源我们可以发现,最早的面具极有可能产生于狩猎活动,为了便于接近猎物,猎人用面具把自己装扮成各种动物。在世界各地的民俗活动中,人们往往利用面具把自己装扮成神鬼及各种奇禽怪兽,以表示对自然力的崇拜或在想象中对自然力的征服。面具的基本功能是遮盖与保护。在新媒体语境下的文学批评中,网络匿名性赋予的面具在一定程度上会为一部分资质平庸、没有经过专业学术理论训练的批评主体提供安全感,消除羞怯感、自卑感等心理障碍。批评主体得以无所顾忌地张扬自我,发展个性。当网友的安全感得到满足,在面对一个新环境的时候,他们也可以游刃有余。

匿名性不仅仅是作为保护工具而存在，更多的是带来一种新的身份，安全感是在新身份的获得过程中取得的。匿名可以在发表言论的主体与现实生活之间增加屏障，降低因发言不当受到的攻击。在人类历史上，不乏因言语失当而引来杀身之祸的人。很多时候，不想为自己招来祸患的创作者会为自己找来一个代言人，借以隐藏原有身份。网络空间的虚拟性和超时空性，使得利用虚拟的网络世界参与文学批评的人在面具的掩饰下，其真实身份不会被直接暴露在公众视野范围内。在网络空间中进行发言活动，基本不要求发言主体以现实世界中的姓名示人。大部分网站只需要使用邮箱或手机号便可注册登录，虽然可能会要实名认证，但此后即可利用自拟或系统随机给定的昵称跟帖留言，这就让个人批评和观点的发表得以以“代言人”的面貌出现，降低问责风险。

3. 社交及归属感需要

马克思说，人“是一切社会关系的总和”①。人是作为社会性的人而存在的。奥地利心理学家阿德勒在他的心理学著作《自卑与超越》中指出，人生受到三大约束，前两种是地域空间和男女两性差异的约束，第三种便是社会性的约束，个人生活在与他人的联系中。可以说，人无时无刻不处于社会关系的枷锁之中。互联网时代，人们可以借助信息技术实现对地域空间和时间差异的突破，社会性的约束对人的作用则更为明显。当生理需要和安全需要都很好地得到了满足，对爱、感情和归属的需要就会产生。这样的一个人会渴望同人们建立一种关系，渴望在他所处的集体中有一个位置，他将为达到这个目标而作出努力。②

① 《马克思恩格斯选集》第 1 卷，人民出版社 1972 年版，第 18 页。

② ［美］亚伯拉罕·马斯洛：《动机与人格》，许金声译，中国人民大学出版社 2012 年版，第 27 页。

新媒体语境为维系个体的社会性提供了一种可能，人们参与到文学批评中，除了要获得信息的满足，人际交往或者说维持社会关系、获得他人的认可及尊重也是一个重要的使用诉求。在很多时候，我们参与文学批评与我们“镶嵌在社会群体中”有很大关系。新媒体语境下，文学批评的参与群体日益壮大。微信朋友圈、微博等社交平台的转发转评功能，呼唤着人们文化素养与文学修养的提高。几乎所有能提供文学文本阅读和批评的新媒体软件都具备转发、评论、点赞等功能，用户可以把自己的批评言论通过社交媒体分享到自己的交际圈子。很多平台还设有回复、回帖、留言等功能，文学批评主体可以通过这些方式实现与作者或其他批评参与者的直接沟通交流。如果能够得到作者本人或名流大咖的回复，不能说这不是一件极大地满足批评者自信心或虚荣心的事，对于一般读者而言，这既是安慰也是肯定。以微信读书为例，用户可以通过与微信绑定，将自己对某一文学文本的批评言论同步分享到微信朋友圈，作为一种话题进行讨论，维系自己的社交关系，在人际关系网络中获得认同。用户也不必将自己暴露在全部社交圈子的视野下，用户拥有相当大的自由选择度，他可以利用微信朋友圈权限设置功能，分享自己想让别人看的，看自己想看的，屏蔽自己不想看的。也就是说，用户自己制作、发布的内容，可设置对外浏览权限，屏蔽部分人或设置黑名单。

现实世界中的社交缺失也是导致人们转向网络虚拟世界的重要原因。当个体在现实世界中感到孤独或失意时，他很可能转向虚拟世界寻求慰藉。当读者在纸媒时代的文学批评中的声音微乎其微时，新媒体语境下的文学批评确实为他们向外发声提供了有利条件。批评与阅读不同，批评是外向的，阅读是内向的。阅读作为一种个人的沉浸式的体验，尤其是阅读高度凝练的文字，需要持续的精神集中，读者审视自己的内心，并不涉及他者的直接介入。而批评，特别是依托互联网技术存在的新媒体文学批评，借助匿名性的掩护，给所有读者以排遣孤独的机会与渠道。它把隐藏在自我世界里的读者带到社会关系中，弥补个人现实生活中的社交缺失。出于维持社会关系、维持社会交往的正常需要,读者主动或被动地参与到新媒体文学批评中。

不可否认的是,相当一部分人发布批评只是为了附庸风雅、盲目跟风。比如,当某个社交圈子都在谈论某个文学舆论热点时,为了维持社会关系,个体不得不参与讨论。反之则会被排斥在社交话题之外,产生孤立感与社交危机感。

4. 释放自我与求得认同

新媒体提供的虚拟空间是虚拟性的社区,批评主体得以就话题为中心展开讨论与批评,并在其中积极地展现个性,释放与表现自我,寻求个人心理满足和社会认同。这不仅是大众参与文学批评的“狂欢”,也是向具有权威性的文学批评发起的挑战。

当个体处于特定的情境中(匿名状态),其身份地位是去个性化的,能够联系到个体的相关信息都被模糊化了,问责风险被降到了最低。更多的个体参与到集群行为中,做出很少出现甚至根本没有做过的行为,以此宣泄自己在现实生活中的压抑。新媒体语境下的文学批评展示的更多是基于个体社会际遇的个性化内容,有着更为浓厚的感性主观色彩。去个性化与张扬自我并不相互矛盾。去个性化指的是参与新媒体语境下的文学批评主体外在的身份地位被消解,而张扬自我是指个体内在感性和理性的迸发。数字技术提供删除功能,当批评主体发现自己言语不当、言语失范的时候,可以随时选择撤回或者删除自己曾经发表过的批评言论。个人可在任何时间删除自己对文本作出的批评或评论,一定程度上会减少个人言语不当造成的恶劣社会影响。新媒体语境下的文学批评允许多种不同的批评话语共存,网友得以自由发言、评论、彼此求证,并同时呈现在观者面前,因此很难在文学批评中找到一个能为所有人所接纳的固定的意义,对同一文学文本或现象难以形成统一的意见。尊重批评主体的意愿,注重隐私保护,成为新媒体语境下的文学批评发展的趋势。这种“大浪淘沙”更倾向于将符合大众审美趣味的文学作品推向前台,但同时也可能湮没一些艺术性高于通俗性的文学作品。新媒体语境下的文学批评确实在一定程度上有满足个体自尊和寻求他人尊重和认同的可能,这一点十分珍贵。

二、倾诉多声部

自新媒体文学批评诞生以来,普通读者或者说一般读者就“当仁不让”地成为主力军。新媒体为一般读者的个人诉求与情感表达提供了无障碍的发言平台,虚拟空间的开放和包容允许人们自我袒露和交互沟通,并期待着来自他人的认同,自由由此成为文学批评中的廉价门票。新媒体语境下,文学批评的话语构成主要是一般读者的个人文学经验表达与主体内在感受的直接宣泄,体现着个人的审美趣味和价值选择。期待新媒体语境下的文学批评能回归批评本色,建构其在特殊文化语境下的批评标准和方法。当然,我们也不能忽视新媒体文学批评随意的、炒作的、无关文学的内容,甚至是不善意和不和谐的声音。

1.“雁过留痕”的点评

在新媒体语境下参与文学批评的大部分人是一般读者、普通的文学爱好者,未受过专业的理论训练,其文学理论知识匮乏,很难对文学作品作出专业的、中肯的评价,他们的点评往往只是个人阅读经验和情感的一触即发、一种对文学的直觉感受,随性而至。这种直觉性的、简短的评论话语,确实能引发读者共鸣,拉近读者、批评与文本之间的距离,但未能触及文学本质,对新媒体文学批评理论的建构作用十分有限。

“雁过留痕”式的随意点评透露出参与新媒体语境下的文学批评的一般读者既想要留下自己的痕迹,表明自己读完了作品,也反映出一般读者的无奈,因为理论知识缺乏或语言组织能力不强而无法倾吐自己的心声,只能以“雁过留痕”式的随意点评来满足一种心理上的仪式感。此外,在各类文学网站的点评区存在大量的“灌水”点评，“看完了，过来打卡”“签到”“飘过”这样的跟帖俯拾即是，很少触及文学本质及深度。这折射出个人参与文学批评是参与者的个人需求与情感诉求的直接表达，但确实存在刷存在感、蹭热点等问题。

2.“伪装”的模仿者

某些读者面对新媒体文学中海量的文学信息和文学现象无法给出令自己满意的专业性的文学点评，因此出现炮制、抄袭专业学院派批评话语的现象。与“雁过留痕”式的随意点评和集体“灌水”相比较，这种模仿式的批评相对有“营养”，然而这也只是他人的智力成果，而非参与者本人的文学经验，与真正体现学识的批评不能同一而论。断章取义、浮光掠影般地套用专业术语对文学作品进行的讨论和批评往往是浅薄的。随手拈来的专业学术批评为参与新媒体语境下的文学批评的一般读者满足个人诉求提供了话语资源与便利，然而这种复制式的话语却与文学批评的目标相悖。因为新媒体语境下的文学批评的一个重要实践意义就在于，通过接受千千万万个不同读者的反馈，开发文本意义的多种可能性。如果人人都在模仿专业，那么纯粹的个人的文学经验表达将会重新淡出人们的视野，新媒体语境下的文学批评仍将是传统的专业批评一统天下的局面。无论其出发点如何，我们并不提倡这种模仿式、复制式的批评，而是鼓励纯粹的、个人的独特文学经验表达，以此来促成新媒体语境下的文学批评充满生机和活力的局面。

形形色色的读者拥有了解释文本的权利，难免出现一些以文学批评者自居而不行批评之事的人，借批评、点评之名发表煽动性或不尽出于善意的言论，导致一些不属于文学范畴或不具备文学性质的成分乱入。例如，为了满足某些个人或群体的利益诉求或利害关系，书友或粉丝会指责其他作家的文学作品，以此泄一时之愤。总之，新媒体语境下的文学批评为个人需求与情感倾诉敞开了大门，出现以个人诉求或他人利益为衡量尺度的言论不足为奇，一些非理性的批评言论及行为还有待于新媒体语境下的文学批评标准和秩序的确立和完善。

三、人人互联却异议共存

虚拟空间和匿名性虽然在很大程度上为参与批评的主体解决了准入和自由发言的烦恼，主体在参与的过程中也可以满足社会交往与某种自我实现的需要，但在新媒体语境下的全民参与批评仍然不是绝对意义上的平等。尽管新媒体语境下的文学批评赋予了批评主体同等的参与度，但在批评的过程中，又产生了新的话语权力关系。在不同的批评主体之间寻求认同是一个困难重重的过程，批评主体在争取和赢得他人或社会认同方面仍然是不平等的。

新媒体"使得人们可以在实体性的社会群体之外，获得一些保持并发展其独特旨趣的个人空间，这是它的积极意义"①。但新媒体网络技术也给人们提供了改换或隐匿身份的机会。由于批评主体的知识结构与审美趣味不同，理解的差异必然存在，很多时候，谁也没有办法给出一个人人接受、人人认可的意见。而新媒体语境下的文学批评的优势之一就是它以极大的包容性允许不同理解、不同声音存在。麦克卢汉认为我们生活在与部落之鼓共鸣的独有压缩空间中，人类由此开始从个人主义和碎片化向集体认同的转移，以部落为基地，麦克卢汉将这种新的社会组织称为"地球村"②，但他从来都不认为"地球村"是绝对稳定和宁静的。"地球村"实际上确保了所有议题的最大分歧，个体的批评话语得以实现整体意义上的共享。新媒体语境下，文学批评的自我建构过程在很大程度上是批评者彼此复制对方大脑的过程。我们吸收他人的想法，他们即成为我们的一部分；同样地，我们也成为他们的一部分，观点和态度的多样化进一步发展。人人都想获得他人的认同，赢得他人的尊重，但取

① 张跣：《想象的狂欢："人肉搜索"的文化学分析》，《文艺研究》2008 年第 12 期。

② ［加］马歇尔·麦克卢汉：《理解媒介：论人的延伸》，何道宽译，译林出版社 2019 年版，第 17 页。

得他人的肯定是相当困难的事情，异议共存成为常态。

借助网络的匿名，现实社会生活中的身份、地位和权力等级等种种差异虽然暂时被遮蔽或消解，但并没有彻底消失。“现实世界的各种权力关系虽不直接反映在虚拟世界，但却会以某种特殊的方式成为其翻版。”①新媒体语境下的文学批评有话题圈子，就会有形形色色的权力关系。“在任何一个虚拟社区当中，并不是每一个不同的社区成员都享有相同的权力。每一个虚拟社区都会有意见领袖，会有意见领袖的崇拜者，会有想方设法成为意见领袖的人。”②无论是在现实世界还是虚拟世界，意见领袖价值观如果与主流社会价值观相符合，就会起到正向的风向标作用，然而一旦与正统的社会价值观相违背，对社会造成的负面影响是难以评估的。新媒体语境下的文学批评以互联网为技术依托，确实赋予了批评主体平等参与批评的机会，新的话语权力结构正在孕育，但旧有的话语权力结构尚未终结并将持续发挥效用，批评的自由和权利也只是相对的，而非绝对的。

第二节　新媒体与电影批评

电影批评是对电影的解释、说明、判断，批评的过程也是创造、更新的过程。电影批评的目的无外乎广告宣传、市场消费、艺术研究、反观创作等。随着影评传播场域及传播渠道的更新，影评的方式、手段，甚至话语本身也在变迁。尼尔·波兹曼认为“一种重要的新媒介会改变话语的结构”③，影评传播媒介的变化主要是从纸质（如《大众电影》）到电子数码（豆瓣、知乎、贴吧等），这一变迁改变的不仅是传播的外在样态、写作和接受主体、阅读方式等，

① 张跣：《想象的狂欢：“人肉搜索”的文化学分析》，《文艺研究》2008年第12期。

② 张跣：《想象的狂欢：“人肉搜索”的文化学分析》，《文艺研究》2008年第12期。

③ ［美］尼尔·波兹曼：《娱乐至死·童年的消逝》，章艳等译，广西师范大学出版社2009年版，第25页。

更是改变了影评本身的话语方式、话语体系、功能指向等。

一、新媒体影评的场域配置

场域是一个相对独立的社会空间，在这个社会空间中，人们进行某种交流和竞争，并以此塑造社会关系，建立自我认知。区别于实存的地理场域、血缘场域、伦理场域，新媒体影评的场域是虚拟的、松散的、自由的，是基于利益和兴趣建构起来的数字空间。场域理论来源于法国社会学家布尔迪厄，他认为整个社会世界可以被解释为诸多场域的集合，每个场域是由各种权力关系交织而组成的，它们都恪守自身的逻辑法则与原则，但同时又处在同一个相互作用的关系网中，相互影响、相互融合。场域是动态的集合。美国学者华康德对布尔迪厄的理论进行解释，指出每一个场域相对独立地拥有其遵循的价值观，通过资本或权力的方式，“根据他们在空间里所占据的位置进行争夺”①。

在新媒体影评的社会文化场域中，批评主体地位的分配与确立通过创造文化资本即评论话语进行。基于拥有的资本数量和种类，以及网络上的交流与竞争行为，不同的批评方式、批评力度在批评场域中占据了不同的位置。“文学场是不同的资本持有者角斗的空间，一个始终烽烟四起、鏖战频频的场所，文学场由许多位置及其相互关系形成，具备不同习性和文学资本的行动者进入文学场，争夺位置的占有权。”②当前的影评场域可被理解为“融媒体”，即媒体融合——线上线下共存、纸媒数媒俱在。有影响力的传统权威纸媒影视批评的转向、拥有专业扎实影史知识的知识分子影评的参与、搞笑又不失犀利的新媒体影评的兴起，使新媒体影评逐步成为人们获取信息、左右观影意向的首选之地。

影评的传播场域可分为这样几类：一是一些知名的电影媒体，如《当代电

① ［法］皮埃乐·布迪厄、［美］华康德：《实践与反思——反思社会学导引》，李猛、李康译，中央编译出版社1998年版，第135页。

② 赵一凡等主编：《西方文论关键词》，外语教学与研究出版社2006年版，第582页。

影》《电影艺术》《大众电影》，它们在推出纸媒的同时也在微信公众号转发原创文章，用专业理论去分析电影的优劣，分析票房走向，预测发展脉络。二是知识分子的自媒体影评逐步兴起，影评作者有知识、有感悟、有评价，依托新媒体平台对电影发表有洞见的解读，如“虹膜”“24 楼影院”等，聚集了一大批热爱电影的受众群体。三是适应新媒体传播习性，以即时化、热点化、搞笑化为特征的影评主体，如“独立鱼电影”“Sir 电影”“十点电影”等影评类微信公众号，犀利风趣、爱憎分明，这类影评是新媒体场域中的佼佼者。我们姑且称这股新兴力量为“新媒体影评”，技术支撑是其行为基础，而这类影评更多的是以独辟蹊径的思维模式、标新立异的语言、搞怪幽默的配图等吸引关注，在新媒体场域中争取话语权，为自己营造出带有辨识度的评论空间。

二、新媒体影评写作策略之变

新媒体打破了以往纸质媒体的言说方式与习惯，不同的载体呈现出不同的媒介性质，写作者和接受者的特点都发生着改变。新媒体影评改变的不仅是电影批评的样态与内容，同时也在很大程度上推动着电影批评文本的重塑。

1.“魅力人格体”的虚拟第一人称

“魅力人格体”这一概念由“罗辑思维”团队首先提出，即叙述者以固定的人称或绰号自称，营造出真实亲切的沟通效果和推心置腹的交流效应。比如“独立鱼电影”的写作者自称鱼叔，“Sir 电影”的写作者自称 Sir，“十点电影”的写作者自称“十点君”。这种人称化的虚拟形象取代了“我认为”“我们认为”等传统影评人称称谓，将学理性、权威性降低，增添了寻常的谈话乐趣，写作者和接受者的交流平等而亲切。

很多影评的开篇是自说自话式的开头，具有口语化、具象化的声音传达效果。这一做法源自最初的网络聊天历史，并在个人化的自媒体写作时代达到巅峰，形成写作者与接受者直接对话的艺术效果。一方面，写作者人为地为读者制造出一种虚拟的、仿佛很亲近的朋友形象，类似于网站新闻中的“小编”。这只是个模糊的称谓，“小编”的性别、年龄、外貌我们一概不知，我们只知道“小编”是倾诉者。具有强烈自媒体属性的网络影评写作者将“自说自话”的特点发扬光大，基本固定的推送时间和特意营造的言语风格模式，满足了新媒体时代受众对于影评的心理期待。另一方面，这种固定化的人格设置和话语风格，适应了新媒体时代受众对于话语权改变的需求。尼古拉·尼葛洛庞帝在《数字化生存》一书中有过这样的描述，“在后信息时代，大众传播的受众往往只是单独一人，在数字化生存的情况下，我就是‘我’，不再是人口统计学中的一个‘子集’。”①数字化时代已经成为现实，时间与空间维度上所显示出的信息流动的极大自由都是前所未有的。网络时代的受众比之前任何一个阶段都具有主动性、积极性和参与热情，他们渴望平等的对话和相互尊重的双向交流。新媒体的出现颠覆了信息资源与传播权力只掌握在少数传播机构和个人手中的情况，信息传播的多渠道和信息产生的多样化使得信息的传者和受者已不再是过去“给予”与“接受”的关系，二者之间的界限变得模糊，网络影评的真诚率性、草根气息和平民精神，给电影批评带来了新鲜的气息和充沛的活力。

新媒体影评的人格化特征是影评写作者表达感情倾向的一种推广策略与营销手段，用讲故事的口吻与活泼生动的语言构筑起自我形象，快速拉近与受众的距离，说者与听者的情感被网络化、虚拟化生存环境裹挟、满足、填充。正如雪莉·特克尔所言，“在网络中，人们被压缩成一种人物简介，通过移动设备，我们在极其有限的自由时间用一种新型缩写语言，与他人对话，字母代替词语，表情符号代替情感。”②正是媒介的虚拟化沟通样态与模式，使影评写作

① [美]尼古拉·尼葛洛庞帝：《数字化生存》，胡泳等译，海南出版社1997年版，第192页。

② Sherry Turkle, *Alone Together: Why We Expect More from Technology and Less from Each Other*, New York: Basic Books, 2011, pp.18–19.

者将自我隐身为虚拟化的形象，大胆表露着真实的情感。但不可否认的是，他们正在以一种情感补偿、情感陪伴的方式，诉说着对电影的真实体验，而且他们的影评大部分是值得信任的。然而，新媒体影评大行其道的、看似满足了虚拟情感的代言人形象，也会导致受众主体意识、辩证思维模式、理性批判精神的弱化。习惯了在电影上映时先看影评或在电影串场时草草浏览几分钟影评所获得的心理体验不同于纯粹欣赏一部电影的审美愉悦，影评也是需要沉淀的艺术。何况，各大微信公众号争相推出代言人，他们的话语模式甚至语音语调都极为相似，这就使本该特色鲜明的影评人走向模式化、同质化。为了夺人眼球，新媒体影评正在不可避免地滑向戏谑化、玩笑化、肤浅化的深渊。

影评人在进行影评创新的同时，应该铭记老一辈批评家对待批评的态度。无论影评的形式与内容如何变化，其内核的批评精神应该代代传承，始终坚守。“影视艺术评论应逐步形成自己特有的风貌：既有一定的理论光彩和思想深度，又有令人愉悦的活泼多样的表达形式；它是一种值得为之奉献心血的理论追求，又是一股有助于影视发展繁荣的不可忽视的力量。毋庸置疑，评论是在一定的哲学观、历史观、艺术观和美学观的指导之下，对影视艺术品进行感受、领悟、分析、判断，乃至理论性概括和审美鉴赏的一种创造性的思维活动，同时又是一种科学，尽管尚未具备严谨的结构的系统。”①

2. 标题的“去中心”与“争中心”

如何凭借犀利有趣的标题获取受众的注意力，如何使用户在如恒河沙数中的微信公众号中选择自己，如何激发读者的兴趣点并刺激其进行持续阅读，是每一个新媒体影评人迫切要解决的问题。通过对比研究，我们可以看到，新媒体影评的标题与传统影评相比有了极大的变化。

新媒体影评的标题，分为以下几种。

---

① 谷启珍：《影评：理论形态及其基本类型》，《文艺评论》1992 年第 4 期。

第一，情感型。相对而言，传统的电影批评坚守传统的分析模式，标题中的情感倾向较为隐晦，一般不含有好恶鲜明的褒贬，如《〈唐人街探案2〉：类型的快感与泛文化的隐忧》《难以入心的盛唐气象幻灭图——影片〈妖猫传〉分析》，这样的情感浓度是传统影评标题的标准样式。而新媒体影评出于夺人眼球的目的，经常以先入为主的情感倾向给读者暗示，如《这部电影不能批评？我偏要》《姜文变了？姜文没变》《十年第一部9分国产片，去看去看去看！》《给他五星，给我们自己差评》《港片终于死亡，我们视而不见》《怎么还没人夸这部超越电影的电影？》。可以看到，新媒体影评标题的情感浓度更为鲜明且浓郁，带有强烈的个人视角，仿佛真的是一位老朋友在大声地为受众点评电影。

第二，数字型。传统的电影批评很少见到在标题中嵌入数字的做法，一般是在文章中罗列数字，直观地展示某些变化与发展。而新媒体影评借助豆瓣这一相对客观与权威的评分平台，采用豆瓣评分佐证自己的观点。豆瓣评分是非常有说服力的举证，电影的高低上下一目了然。

第三，比较型。传统影评也涉及比较问题，往往是在电影之间进行分析与比较，如《文化冲突中的电影策略——〈卧虎藏龙〉、〈刮痧〉比较谈》《古典审美文化精神在武侠电影中的转化与消解——〈龙门客栈〉、〈新龙门客栈〉和〈七剑〉文本比较阅读》《伤花怒放：从〈孔雀〉、〈青红〉到〈世界〉》《电影叙事中的身份建构：自我与他者的关系——以〈疯狂动物城〉与〈海洋奇缘〉的比较为例》。而新媒体影评从横向比较的角度审视电影，其关注点偏向于国别间的比较与分析，如《此战争片一出，韩国电影又赢了》《印度又出了一部我们求之不得的好片》《说到韩国电影，它才是我心中第一》《韩国又出神作？这次我们输得不服》《我们求之不得的电影，又被韩国人抢先了》。这样的比较显现了写作者的影评功底，也扩大了阅读者的视野范围。

第四，热点型。传统影评面对热点问题，保持着滞后性、反思性的思考模式与行文方式，影评《主体建构与困境救赎——叙事学视域下〈妈阁是座城〉

小说与电影对读》(《艺术广角》2020 年第 1 期)比电影上映时间(2019 年 6 月)滞后了半年之久,有的甚至更长,时效性不鲜明。尽管影评从宏观的角度梳理了女性电影的发展历程与变化,内蕴更为丰富,但也难免有些明日黄花。而新媒体影评依托新媒体平台,紧跟热度、流量至上的观点贯穿其写作始终,如《金庸仙逝,江湖再见》《今天整个娱乐圈都地震了,起因竟然是 15 年前这部国产片》《谢天谢地,他终于拿到了小金人》《蓝洁瑛:被嫌弃的松子的一生》都是发表在影人去世、得奖的当时当势,热度正旺,容易获得关注。

上述标题均属于新媒体影评中流量较高的影评文章。可以看出,有些微信公众号的影评文章为了吸引流量,扩大影评的传播范围以及接受群体,不惜以名不副实的标题、故意夸大的噱头获取关注度,从而争取新媒体影评场域中的权威与媒介中心地位。

当前的新媒体传播是一个“去中心化”并且不断“争夺中心化”的过程。传统单向度、点对点的传播模式与接受方式早已被互联网的高速传播瓦解。新媒体使得任何一个网络终端针对任何一部电影都有发言权与参与权,任何一个互联网用户都可以成为信息的发布者、接受者与传播者,而正是“去中心化”所带来的话语权分散与下移,导致了信息扩散渠道多样化、信息容量碎片化、价值判断多元化、影评陷入戏谑化、接收方式图像化等一系列问题。

自我赋权而得中心化。互联网数字媒介首先带来的就是新权利范式,或称为“媒介赋权”。喻国明等认为:“互联网在中国发展的 20 余年,是信息技术从传播工具、渠道、媒介、平台进化为基础性社会要素的过程,它从本质上改变了人与人连接的场景与方式,推动社会关系网络从差序格局、团体格局向开放、互动的复杂分布式网络转型,引发了社会资源分配规则及权力分布格局的变迁”。[①] 去中心化意味着“共享”,“共享”就是“分权”的外在显现,主动“分权”就是“自我赋权”。互联网时代的“媒介赋权”最初是社会群体的不经意行

① 喻国明、马慧:《互联网时代的新权力范式:“关系赋权”——“连接一切”场景下的社会关系的重组与权力格局的变迁》,《国际新闻界》2016 年第 10 期。

为。成熟的影评人正是利用了“媒介赋权”与积极的“自我赋权”，从而在网络关系网中争夺了大量话语权，获得了立足之地。新媒体影评若要被他人认可，首先要夯实自我认可的根基。

标题“吸睛”而得中心化。影评人精准判断用户喜好与情感倾向，并且对大众关注度较高的事件快速、精准地作出反应，不仅是在“蹭热点”，也是在为自己争夺批评的主动权，从而赢得主体地位，凭借独辟蹊径的标题、犀利有趣的观点获取大量的关注度、转发率和流量效应。新媒体影评正是在“去中心化”的网络批评场域中形成了新的传播中心，新媒体影评人成为网络影评舆论旋涡的中心与网民围观的中心，进而争夺“再中心化”的话语权威。

分众传播而得中心化。新媒体影评人要对用户进行有针对性的、刺激受众需求的分众传播，才能集聚大批用户，从而确立“影评中心话语”。德弗勒提出从行为主义的角度来阐释“个人差异论”，证明了“每一个人都根据自己的需要、态度、价值观及其理性和情感特征，对媒介抱有倾向性，并对媒介内容进行选择”①。当传播内容能够满足人们的动机和需要，并能够带来愉悦的心理和生理体验时，人的注意力就会指向和集中到这些内容上来，怎样保持这种注意力就成为影评人孜孜以求的目标。新媒体影评正是利用了分众传播的优势，精准定位用户群体的阅读偏好、阅读时间、阅读习惯等，平台则有针对性地推送与用户阅读需求相契合、与热点相结合，又不失个性的批评文章。这样做不但增强了阅读的用户黏性，而且带来了阅读与收益双赢的效果。

粉丝群落而得中心化。正如微信公众号寻找、定位读者一样，读者也在大数据的海洋中寻找着与自己有着相同观影兴趣、观影倾向的微信公众号，这是一个双向互动、交流的过程。网络“则形成了共通的影迷空间。网络为一批热爱电影的人提供了发表见解、寻求同道、培育趣味、获取知识的空间，使在现实生活中散落的影迷聚合起来成为群体。这种聚合相似趣味的人的空间功

① ［美］梅尔文·L. 德弗勒、埃弗雷特·E. 丹尼斯：《大众传播通论》，颜建军等译，华夏出版社1989年版，第335页。

能,是网络影评从开始之初直到今天的最核心的意义。”①读者可以在新媒体中找到自己感兴趣的影评微信公众号,通过翻阅历史文章来确认认同感,并且通过线上交流、留言、互动等方式,逐步完成这一群体认同行为。

本雅明的艺术生产理论认为倾向性是作品组织作用的必要的但绝不是充分的条件。一个作家如果没有教给别的作家什么东西就没有教育任何人。首先是引导别的生产者进行生产,其次是给他们提供一个改进了的器械,生产的这种模范性才具有权威性。而且这个器械使参加生产的消费者越多,越能迅速地把读者和观众变为共同行为者,那么这个器械就越好。影评人借助标题这一工具,将具有类似审美趣味和情感倾向的用户吸引入自己的粉丝群落,并且不断创新互动方式,持续刺激受众的兴奋点,进一步巩固粉丝群体。标题成为微信公众号以最单刀直入的方式吸引读者的双刃剑,倘若利用得当,将会打造有热点、有力度的权威影评类微信公众号;若利用不得当,便会陷入标题噱头化、文不对题等一系列话语危机中。

3. 影评语言使用的热点、痛点与堵点

新媒体语境下,影评人势必采用广大新媒体用户喜闻乐见的语言作为影评的传播载体,这类语言号召力大、感染力强,能够激发出受众的观影热情。相较于传统的学院式影评,新媒体影评大量、积极运用网络新兴词汇,既增强了文章的趣味性和可读性,又能紧紧把握住当下的热点与流行趋势,时尚而不失风度。

不同于新媒体影评亟须拓展用户、挖掘粉丝潜力,传统影评有着固定的受众群体,发表渠道、传播方式相对稳定。在进行电影评论的时候,影评人不会过分在意读者的倾向与喜好,语言客观、科学、严谨,平等交流效果差。当然,

① 唐宏峰:《网络时代的影评:话语暴力、独立精神与公共空间》,《当代电影》2011 年第 2 期。

电影批评不可缺乏理论的支撑,但是在当下语境中,如何适应受众的要求,如何将理论的分析代入情感体验,文章既生动丰富又不失学理高度,也是学院派影评需要思考的问题。

齐格蒙·鲍曼认为,现代知识分子面临着由“立法者”向“阐释者”角色的转换。“立法者”角色这一隐喻是对现代知识分子话语权力的最佳描述,因为“立法者角色由对权威性话语的建构活动构成,这种权威性话语对争执不下的意见纠纷做出仲裁与抉择,并最终决定哪些意见是正确的和应该被遵守的”①。知识分子之所以有更多机会和权力来获取知识,应归功于程序性规则,这些程序性规则既是获得真理的重要保障,也是道德价值判断和艺术趣味选择的有效依据。就纸质媒体语境下的传统电影批评者而言,他们就是电影的“立法者”,他们在电影的理解和欣赏方面往往要优于普通的观众,他们的思想主张和批评观念甚至能引领、带动电影创作的发展方向。而新媒体具有明显的后现代特征,是一种网状—链式的信息传播接收空间,强调开放、平等与对话,拒绝等级、说教与独白。这就要求知识分子不断调整自我的心态,“顺应数字媒介的特点,改变写作观念与傲慢的姿态,摆脱‘专家’名号的询唤,在民主、互动的氛围中用诚实、生动的文字与草根群体谈天说地”②,由“立法者”变为“阐释者”。北京大学教授李洋以“大旗虎皮”为笔名,或推荐电影理论,或介绍电影史,借助新媒体这一传播平台,实现了电影批评与理论的对接与升华。清华大学教授尹鸿这样评论电影《无问西东》:“那时候西南联大有一句话,对内要树学术自由之风,对外要建立一个民族的堡垒……因为这种精神在,西南联大就成为一个精神之核。”专家采用通俗易懂的语言,进行电影知识与相关文化的科普传播,既保留独一无二的学者气质,又引导受众去思考电影背后的文化底蕴与民族情怀,在学术论文和普及型文章中自由切换,在

① [英]齐格蒙·鲍曼:《立法者与阐释者:论现代性、后现代性与知识分子》,洪涛译,上海人民出版社2000年版,第5页。

② 黎杨全:《数字媒介与文学批评的转型》,上海三联书店2013年版,第79页。

新媒体场域中也争得了一席之地。

语言的文化内涵下降，只追求对观者的蛊惑性，这是新媒体影评的痛点。新媒体影评的主要目的是推荐电影，导向性明显，好恶鲜明。影评最后的指向是“看”与“不看”，影评人急于让观者沉溺于自己的推荐中，效益至上难免致使影评语言缺乏沉淀。反观老一辈批评家，其影评的文化底蕴之深、涉及范围之广、针砭时弊之专，不可不谓之入木三分，是新一代影评人难以望其项背的。例如钟惦棐的《读新片〈伤逝〉和〈药〉并泛论电影》①，从影片与小说的关系，谈及鲁迅的思想与《聊斋志异》的故事，深化小说与电影的互动与生成，最后从演员的表演谈到现实主义表演原则。全篇文章如涓涓细流，沁人心脾，时隔半个世纪读来仍有令人开阔、恍然之感。深厚的艺术鉴赏力、卓越的电影与文学功底，以及敏锐的细节把控力，造就了老一辈批评家的批评文本细腻、深刻、真实，即使没有配图与搞笑文案也能够给人以深刻印象。新媒体影评人在追求影评点击率的同时，也应该注重知识的积累与沉淀，不应该一味地满足受众的需求，博眼球、博关注。而是应该思考，什么样的影评文本能够既有现实温度与关注度，又不失批评的文化底蕴与思辨色彩，新媒体影评应该以怎样的方式被铭记。

学院派影评与新媒体影评各有侧重，如何能使新媒体影评更上层楼，顺利通过行进过程中的“堵点”？由于传播媒介不同与受众群体差异，戏谑的新媒体影评与温文尔雅的学院派影评，即使是针对同一部影片进行分析和点评，也会采取不同的切入点和言说方式，形成截然不同的审美效果。例如对影片《风声》的点评，Sir电影《全员炸裂，国片十年也就这一部》②一文，从演员阵容、演员采访、影片豆瓣评分等方面说明了影片的精良制作与获奖情况。又从敢丑、敢恶两个层面进一步说明电影对于谍战片类型的突破以及影片所呈现

---

① 钟惦棐：《读新片〈伤逝〉和〈药〉并泛论电影》，《电影艺术》1981年第12期。

② Sir电影：《全员炸裂，国片十年也就这一部》，2019年10月7日，见https://mp.weixin.qq.com/s/I-B49XTaAYY5AE2d-TxxqQ。

出的独特艺术效果，并且在论证的同时穿插大量的影片截图、剧照来佐证自己的观点。最后引用了电影结尾著名的独白，发出了“十年，我们热闹过许多回。但深刻呢，能有几回”的喟叹。传统影评以学术刊物、影评杂志、主流媒体为主要话语阵地，以影视批评理论为话语支撑，往往深刻又自成一体。学院派影评对《风声》的看法是小中见大，由《风声》引证到当代谍战影片的发展情况，具有前瞻性和鲜明的批判色彩。例如华东师范大学教授毛尖认为，“我的想法是，无论是谍战剧的走红还是谍战剧的弥散，都表征了当下中国的政治、经济和意识形态的方方面面，甚至，说得极端点，新世纪谍战剧就是当代中国的隐晦肖像。”①

可见，知识结构、文化水平与研究侧重点的不同，直接形成新媒体影评与学院派影评话语模式的各有千秋。新媒体影评凭借大量的图片、采访，力图还原电影的拍摄过程和幕后故事，并从影片的获奖情况、票房来印证自己的观点，但落脚点还是偏小，格局仅仅是“好”与“不好”、“看”与“不看”、“经典”与“非经典”的区分，有些狭隘和极端。学院派影评则着重于对电影文本的挖掘与思考，以及影片对于细节的把控与张力，并且注重电影与同类影视题材剧集的比较与分析，着眼于影片类型，并将其置放在整个社会历史文化进程之中，进行系统的、有归纳性质的总结与定位。这样的影评格局开阔、反思有力，的的确确指出了影片中存在的优势与问题，具有一定的指导意义与前瞻性、反思性。

三、新媒体影评的“图文互示”

章柏青认为：“一个时代有一个时代的电影，一个时代也有一个时代的电影批评。就网络影评而言，应该说，它是时代的产物，是新技术的产物。”②新媒体传播方式的改变，引发了新媒体影评与传统影评截然不同的批评、实践方

① 毛尖等：《当代的隐晦肖像：讨论中国谍战剧》，《南方文坛》2014 年第 4 期。

② 章柏青：《中国电影批评的困境与突围》，《当代电影》2011 年第 2 期。

式。在数字媒介和文化消费语境下，“其一，电影批评不再只是纯粹的艺术鉴赏活动，而是成为情绪宣泄、积攒人气、随意调侃的娱乐对象；其二，电影批评话语风格由严谨、理性、专业的知识话语转变成极端化、情绪化、媚俗化的大众话语；其三，电影批评文本由单一的、封闭的、静态的传统文本变成为多元的、开放的、动态的超级文本，电影批评真正进入了‘语—图’互文的写作时代”①。这种转变导致了影评话语模式的改变。

1. 影评之“影”大于“评”，“图”重于“文”

这里所说的“影”是全息的，既包含图片、符号、表情包，也包括动图、音频、视频等。传统影评也有使用图片等文字以外的方式辅助写作的，但图只是文的配角，起着补充说明、增强趣味之功用，而非如今“图”“影”与文字分庭抗礼或反客为主之情况。例如戴锦华的《时尚 · 焦点 · 身份——〈色 · 戒〉的文本内外》②一文，在有条不紊地针对电影文本进行分析的同时插入了主演剧照、电影原型照片等作为佐证，延展了影评的言说空间。虽然不排除这是一种“被动型插入图片”，意图是增加影评的卖点，但是在一定程度上也表现出了图像、影像及其所代表的视觉文化的潮流之势。

随着视觉文化的兴起，米歇尔提出了图像转向命题，认为当下的文化从以语言为中心转向了以视觉图像为中心。“现在它以前所未有的力量从文化的每一个层面向我们压来，从最精华的哲学理论到最庸俗的大众媒体的生产，使我们无法逃避。”③与之相应，文化评论也日益偏离了以语言为中心的理性模式，转向以图像为中心的感性文化模式。贡布里希写道：“我们的时代是一个

---

① 周旭：《从文本阐释走向话语消费　数字媒介时代电影批评功能的转变》，《北京电影学院学报》2018 年第 6 期。

② 戴锦华：《时尚 · 焦点 · 身份——〈色 · 戒〉的文本内外》，《艺术评论》2007 年第 12 期。

③ ［美］W.J.T.米歇尔：《图像理论》，陈永国、胡文征译，北京大学出版社 2006 年版，第 77 页。

视觉时代,我们从早到晚都受到图片的侵袭。”①在视觉文化的冲击与裹挟下,新媒体影评对于图像的使用远远超出了传统影评的使用比例。影评人变被动为主动,在图像与文字之间徜徉,以图文、影文互相阐释与互相生成的方式共同承担影评的叙事功能,文章中插入影片剧照、主演照片、搞笑图片、电影镜头拼接分析图等,解释和证明自己的观点。图像改变了自己的从属地位,转而与文字并驾齐驱,甚至大有图片为主、文字为辅的发展趋势。

造成“影”大于“评”的原因之一是技术的进步。技术的进步带来了很多便利,新媒体影评人奉行着“无图无真相”的原则,利用新媒体方便截图与贴图的优势,将电影片段进行光影与镜头的分析,对电影进行逐帧的图解。然而,我们无法忘记默片时代的影评人是怎样在黑暗的观众席上用铅笔在纸上画图、计量,再一遍遍打磨镜头的美感,写出评论。我们推崇传统影评人的如琢如磨,并非力图使时代倒退,而是向几代影评人的写作仪式感致敬。

造成“影”大于“评”的原因之二是影评人对读者的纵容。新媒体影评人对于图片的大肆使用与读者的阅读兴趣是正相关的,写作者积极顺应并响应甚至引导读者读图的心理预期。新媒体影评中的图像虽然起到了填补文本中的不确定点与空白点的作用,却也消解了文本的部分意义,消解了读者的理性思考,消解了传统文字文本的文化程度限制,消解了语言的线性逻辑,消解了文字符号由能指到所指的深化过程。

图像与文字的关系,归根结底是诗与画的关系,是文字与符号的关系。莱辛认为,“文学追赶艺术描绘身体美的另一条路就是这样,它把美转化为魅惑力,魅惑力就是美在流动之中,因此它对于画家不像对于诗人那样便当,画家只能叫人猜到‘动’,事实上他的形象是不动的,因此在他那里魅惑力变成了做鬼脸,但是在文学里魅惑力是魅惑力,它是流动的美,它来来去去,我们盼望能够再度看到它,又因为我们一般的能够较为容易生动地回忆动作,超过单纯

① 范景中选编:《贡布里希论设计》,湖南科学技术出版社 2004 年版,第 106 页。

的形式或色彩，所以魅惑力较之美，在同等的比例中对我们的作用更强烈些。”①文字与图像有着截然不同的审美效果，通过文字，读者可以结合自己的生活经历进行联想，而通过图像，一切想象都变得直观且具体。这也正是为何小说改编成电影普遍饱受诟病，仅仅一个演员，显然不能满足万千受众的万千种想象。新媒体影评过分依赖图像，导致读者的主体性受到损伤，与影评文本的互动性也有所下降。

传统影评文本通过语言的勾勒，引发读者去联想、回忆，想象出电影中的形象与场景。例如豆瓣上对电影《山河故人》的短评：“沉睡的小河从大学冰封到晋生炸响第一炮，很快变成了一条无人能阻挡的大江。在澳大利亚的海边，江的奔流都已是那么微不足道，源源不断的浪潮无时无刻不在袭来。当我们被潮流甩在了后头，总有那么一天我们会开始缅怀那些被自己抛在身后，如此时此刻的自己这般无奈的故人。”②影评人用清新淡雅的语言营造出电影的镜头感，勾勒出绵长的岁月跨度，具有极强的画面感，文字此时的描述效果未见得会比图像差。而如今的新媒体影评，凭借对图片、剧照、截图的熟练穿插应用，达到了比传统影评更为直观的、富有视觉冲击力的审美效果。新媒体影评的图像化虽然在某种程度上迎合了观众的读图需求与新媒体时代“图像至上”的审美要求，但是如果新媒体影评人过分强调图像、一味地推崇视觉传播，而忽略了文字的联想效果，也会致使读者的理解能力日益退化，逐步陷入只读图、不思考的窠臼中，造成理解力的萎缩与迟钝，不利于新媒体影评的持续繁荣发展。

2. 影评写作之超文本

伯纳斯-李在回顾设计万维网初期为何选择超文本时说，因为超文本能

---

① 宗白华：《美学散步》，上海人民出版社 1981 年版，第 27 页。

② 列车长 &solaris：《山河故人》短评，2015 年 6 月 19 日，见 https://movie.douban.com/subject/25890005/?dt_dapp=1。

为人们提供新的自由，以摆脱等级制分类体系的束缚。在他看来，超文本的基本特性在于它完全是分权式的。“等价”的信息空间与地址被运用到许多领域，信息呈几何量级扩充。新媒体影评也很好地利用了超文本的这种特性，在发布影评的同时在文章的最底部增加一些超文本链接。例如，独立鱼电影的推荐阅读环节、肉叔电影的猜你喜欢栏目、十点电影的今日推荐等，都利用超文本的跳跃性和信息的增值，将往期发布过的点击量较高的精彩影评展示出来，供读者进行选择性、拓展性阅读。新读者可以通过超文本链接来选择自己感兴趣的内容进行阅读，从而粗略地了解影评人的整体风格与批评观点，决定自己是否关注该账号；老读者可以通过超链接对自己感兴趣的影评进行二次阅读，加深对影评的理解和思考。这一做法既增加了影评的点击量与关注度，也能在一定程度上为微信公众号吸引读者、留住读者、发展读者起到积极作用。

影评的超文本链接摆脱了传统影评在发行时间、空间，资料查找方面的限制，凸显出了影评的文本间性，极大程度上维持了相似或相反的类型影评文本之间的互文阐说。与传统影评的选择性、单向性、封闭性不同，超文本影评具有开放性、跳跃性、包容性的特点。读者可以跟随超文本链接的指向点开多个链接，快速、便捷、灵活地访问互联网中的多个影评文本，并沿着链接的路径返回，甚至可以根据自己的需要或联想参与到链接的讨论中，即参与微信公众号的留言、讨论等环节，从而实现人与网络的互动与沟通。“以随机的方式去疆域的连结和线性目的论的因果关系，而在一个开放平滑的空间上去完成符码、去中心的解放。”①将历时性文本与现时性文本整合到一起，影评中的超文本链接形成了一种共时性的阅读模式、一个包含无限链接与可能性的开放空间，以关联性强、跳跃性强的优势强势抵达读者。过于浩繁的信息也会致使读者陷入信息之网中无法自保，常常是花费了大量的时间、精力却获取了无用的信

---

① 尤美琪：《超文本的歧路花园：后现代高原上的游牧公民》，《资讯社会研究》2002 年第 2 期。

息。这就要求阅读主体有足够的定性与定力去巩固自己的阅读兴趣，提升对庞杂信息诱惑的免疫力。

3. 表情包的模糊性与独立性

作为新媒体文化的新兴代表，表情包文化在近年来逐渐流行并且成为人们网上聊天的必备符号，也成为影评人抒发观点、抨击某种现象时的惯用工具。正如彭兰所说：“表情包的生产与使用，是一对编码与解码关系。表情包中每个元素的选择、不同元素间的组合方式，都是生产者的编码过程。互联网中最早产生的表情符号，是由字符组合而成，其组合规律固定，在使用时也形成了共识，解码者会采用相同的‘解读规则’，因此，通常不会产生多义性。”① 表情包的这种特性让影评人与读者同时站在编码与解码的两端。借助表情包，影评人进行一次编码，而读者完成了一次解码行为，二者对表情包的理解是可意会而不可言传的。影评人原本尖刻甚至带有挖苦性质的话语用表情包进行替代式表达便软化了许多。一方面，表情包的生动、活泼能够模糊影评者鲜明的立场与严苛的态度，将可能引起歧义的行为作幽默化处理；另一方面，表情包能使观者在会心一笑的解码过程中，发出不过如此的感慨，极端的情绪也会得以消解。

表情包的泛化致使其含义变得模糊。表情包的使用不是专属的，同一表情包可以用于不同的文本与场景，这就导致其意义指向变得模糊。正如桑塔格所言：“由于每张照片只是一块碎片，因此它的道德和情感重量要视乎它放在哪儿而定。一张照片会随着它在什么环境下被观看而改变；因此史密斯的水俣照片在照片小样上看、在画廊里看、在政治集会上看、在警察局档案里看、在摄影杂志上看、在综合性新闻杂志上看、在书里看、在客厅墙上看，都会显得不一样。上述各种场合，都暗示着对照片的不同使用，但都不能把照片的意义

① 彭兰：《表情包：密码、标签与面具》，《西安交通大学学报》（社会科学版）2019 年第 1 期。

固定下来。维特根斯坦在谈到词语时说，意义就是使用——照片也是如此。"①同样，一个表情在不同的表达语境中会呈现出不同的效果。而正因为这种解释的模糊性，一定程度上稀释、消解了单纯使用文字的确定性，在模糊了表意界限的同时，也模糊了阶层概念，表情包戏谑、讽刺、恶搞的属性可以视为是草根文化崛起的产物。

表情包的独立性并不与模糊性相矛盾，在新媒体影评中，表情包作为图片的一种，显然起着与剧照、影评截图等不同的视觉传达效果与文化效果。即：在不借助语言、语音的情况下，表情包自身也可实现独立意义表达。"戏剧性的、易溶性的、视觉性的瞬间正在取代建立在记忆认知机制上的文字符号。甚至社会建构与公共议题都具备着强烈的图像化表征。"②表情包消解了文本的严肃性，将那些写作者不能说、不敢说的隐性文本以一种戏谑化、搞笑化的方式表达出来，既传达了影评人的观点，又不失为一种招揽有相同兴趣"解码者"的手段。我们往往可以在影评的评论区看到"求表情包""表情包好好笑"等评论。文本的严肃性与表情包的戏谑性互相指涉并互相消解，共同完成了对传统严肃的电影批评的解构。

与新媒体影评争夺批评场域相似，表情包代表的话语权争夺，更多的是指向主流话语。正如研究者所说，"表情包的流行在一定程度上是草根话语抵制主流话语的一种方式，虽然还没有摆脱传统的'硬'平台，但本质是自己创立了一条以图像为主要表意形态话语体系的'软'通道。"③借助表情包，新媒体影评将图像文化贯穿于影评的始末，表情包代表的并不仅仅是一种观点，更是新媒体影评人对于影评、电影文本的立场，应该说，他们确实走出了一条草根文化的捷径，运用大量的表情包语言作为自己的代言人，替代自己发声。

表情包是建立在文字与图像基础之上的衍生品，如果过分依赖表情包，对

---

① [美]苏珊·桑塔格：《论摄影》，黄灿然译，上海译文出版社2008年版，第107页。

② 郑满宁：《网络表情包的流行与话语空间的转向》，《编辑之友》2016年第8期。

③ 郑满宁：《网络表情包的流行与话语空间的转向》，《编辑之友》2016年第8期。

图像狂热、对文字漠视，或许会导致评论者逻辑思维能力、语言表达能力、形象传递能力的退化，也会影响到读者的价值判断与有效思考的能力。

4. 短视频的“短”与“视”

短视频影评跳出传统文字影评的传播范畴，将重点放在“视”上，针对目前受众接受信息图像化、碎片化、戏谑化的特点和需求，采取“小视频”“抖音短视频”等更为新潮的传播方式来创新影评表达，进一步扩大自己的受众范围。他们直接将电影素材与个性化的幽默解说相结合，受众看一遍视频，相当于跟随视频作者看了一部“微电影”，极具代入感与真实性。短视频混合运用戏谑、无厘头的语言与幽默滑稽的图像，满足受众对于观影与评论的双重需求，直接观看视频比阅读影评更具有冲击力。

短视频影评呈现出系统化的属性。短视频影评改变了传统影评与新媒体影评受制于文字与篇幅的限制，将文字和图片压缩在一篇文章中的模式，呈现出系列化的言说方式。封面大多为剧照的衔接，呈现出一致性。短视频影评一般分为上中下三部分或者上下两部分，分别解说电影中的精彩片段、主要人物以及电影导演等要素，具有连贯性，迎合了受众的期待心理，与传统说书人的“欲知后事如何，且听下回分解”有异曲同工之妙。时间多为几分钟，适应受众碎片化的接收需求。系列化短视频形成了对同一主题的立体化解说与关注，在提高传播效率的同时增强了受众的关注度，扩大了传播范围，形成了比单一视频更具传播影响力和创造力的短视频矩阵。

短视频影评解构了传统的文字式影评，对抗着主流媒体的叙述话语，也对前述的图片影评造成了相当大的冲击，适应了新兴网民群体的接受需求，在网络中逐渐赢得了自己的话语权，达到了网络传播“去中心化”且不断进行“争中心化”的目的，在新媒体语境中的批评场域开辟出了一方天地。在一派众声喧哗中，我们看到了视频影评人的独具匠心，也看到了受众对于这一新兴模式的积极回应。

尽管短视频影评有创新之处,却不应对其盲目乐观。为了迎合受众喜爱吐槽、戏谑化的心理需求,短视频影评会刻意制造受众的接受兴奋点,导致观点幽默犀利有余,但文本的沉淀性不足,缺乏理性思考与宏观视野,极容易湮没在大数据的海洋中。同时,短视频影评缺乏有影响力的主张与观点,一味沉溺于自说自话、热点事件等大众狂欢之中,格局较为狭隘。受众对于热点事件的热情毕竟有限,一度被快餐文化钟爱的潮流也终将被快餐文化遗弃。

短视频影评能够走多远,取决于其自身生命力的延展。短视频影评应该既有鲜明观点,又有搞笑基因;既有对热点事件无缝对接关注的速度,又有对电影本身理解的深度;既有文化底蕴,又有创新力量。短,是短小精练;视,是视野开阔。唯有做到这两点,短视频影评才是真正有态度、有内蕴的存在,而不是昙花一现的互联网泡沫。

5. 全平台传播的"全"与"平"

新媒体影评没有将自己的影评局限在某个平台或网站,而是选择了全平台式的推广策略,以 Sir 电影为例,不仅有三个有关电影影评的微信公众号,影评观点互为支撑、互为补充,而且拥有网易新闻、微博、知乎、豆瓣、今日头条、抖音等多个账号,源源不断地将自己的观点传输给受众。借助多平台传输机制,实现对不同年龄段、知识层面、消费水平用户的基本覆盖,扩大了影评的受众范围和接收渠道,拓展了影评的接受度与自主品牌的知名度。同时,全媒体的传播策略能够使影评人接收到来自四面八方的意见,通过在评论区、留言区与受众进行良好、双向、互动的交流,也能针对用户不同需求与反馈,积极对自己的观点与不足进行订正和修改。借助全媒体平台,新媒体影评不断走向大众。

如果仅仅为了全,而忽视质量与用户的兴趣取向,那么全,也只能是露怯。新媒体传播的全平台化,一定程度上导致了内容的同质化和平面化,针对不同的用户群体仅仅做到了覆盖,而没有做到针对。不同平台之间的用户定位存在差异性，影评人只有注意到这种差异性并且根据差异性进行有针对性的传播，才能在不同的平台间游刃有余。

四、批评的变化应该指向批评精神的守持

雷内·韦勒克认为，“批评就是识别、判断，因此就要使用且涉及标准、原则、概念，从而也蕴含着一种理论和美学，归根结底包含一种哲学、一种世界观”①。大卫·波德维尔则提出批评是“作为建构的阐释”，认为在艺术批评中，阐释有描述和分析之意，“一部电影的阐释者可以将一些具有隐含意义的暗示阐发成具有指涉性的或明确的意义，批评家通过构建这种明确的意义使暗示浮出水面”。② 电影批评也是如此，既是一种建构性阐释，影评人能站在一定的高度上，将普通受众看不到、看不懂的部分阐释清楚；又是一种价值判断，归根结底是世界观、价值观的传播。无论电影批评的形式如何改变，内容如何丰富，图像如何演变，语言如何更迭，其内核都是指向文化批评精神。新媒体影评人在丰富影评言说方式的同时，也应该保持自己的理性思考与判断，不随波逐流，不人云亦云；传统影评人在适应新的传播渠道的同时，更要以高屋建瓴的眼光看待电影以及文化现象，只有这样，电影的批评精神才不会出现断层。

语言策略的变化不应该指向大众与精英文化的对立。“在较早的一批关于大众文化批评的文章中，我们看到西方法兰克福学派的文化工业理论实现了第一次‘本土移植’，即把大众视为一种被动的消极的存在，大众不过是没有判断能力的纯粹消费者，大众文化遵循的是一种欲望原则，其审美趣味是平

---

① ［美］雷内·韦勒克：《批评的概念》，张今言译，中国美术学院出版社 1999 年版，第 298 页。

② ［美］大卫·波德维尔：《建构电影的意义：对电影解读方式的反思》，陈旭光、苏涛等译，北京大学出版社 2017 年版，第 43 页。

庸的、雷同的。”①正因如此，长久以来，学术界对大众文化都是持批判的态度，是与“精英文化”相对立的存在。直至大众文化进行“自我赋权”，拥有自身话语系统时，精英文化才对大众文化进行批评、反省和修正。而图像化、戏谑化的新媒体影评的出现，是批评权力的迁移与返还。我们必须承认，这种大众化的媒体热潮确实拓宽了公众的审美视野，丰富了影评的艺术之林。我们也发现，批评权力的下移也带来了大众表达不当、过度表达等诸多问题，缺乏专业批评精神的同质化语言，只满足视觉效果的表情包堆砌，制约了电影批评的精准度与深度，大众陷入了只知狂欢、不知思考的误区。而如何引导大众在进行充分表达的同时，能够进行“精准的有意义的表达”，如何引导大众透过现象看本质，在纷繁复杂的电影文本、文化现象中，进行有深度的思考，这一使命是亟须专业的文艺工作者去承担的。文艺批评工作者应该以更加积极的态度主动介入网络文艺以及网络文艺批评之中，坚持批评精神与精英文化的视角，在新媒体、融媒体的浪潮中寻找自己的位置、意义与价值。

技术手段的变革呼吁影评写作的理性化。由于技术手段的变革和新媒体传播属性的变化，新媒体影评写作越发依赖图像、表情包与小视频，而将本该重点关注的批评精神与对影片文本的细读抛诸脑后。但我们始终应该谨记，是我们在使用图像，而不是图像在驱使我们；是我们在使用表情包，而不是表情包在奴役我们。本末倒置的结果必将是图像的滥用，表情包的俗劣，短视频的泛滥。新媒体影评写作应秉持理性的原则，可以有搞笑，可以有图像，但都应限定在适度的范围内，不应该一味地纵容读者的图像化期待，不应该任由大众文化的肆意发展。大浪淘沙，真正历久弥新的影评一定是有温度、有态度、有深度的文章。

新媒体影评在满足受众需求的同时，也应提高自己的理论深度与思考维

---

① 蒋述卓、李石：《当代大众文化的发展历程、话语论争和价值向度》，《杭州师范大学学报》(社会科学版)2019年第1期。

度,拓宽影评的言说范畴,在更高水平与更广层次上给读者以启迪与思考,以更加积极、兼收并蓄的态度回应时代的诉求,书写更具力量、更具重量、更具容量的新媒体影评。

第三节　新媒体与戏剧批评

新媒体语境下的戏剧批评与传统戏剧批评大相径庭。这种差异体现在戏剧的媒介性中,由于媒介处在戏剧批评与受众接受之间,也处在戏剧生产与市场消费之间,它是一系列交流与交换的过程,因而戏剧批评必然要通过媒介来实现其价值。戏剧批评这种借媒介以达到互通的属性就是戏剧批评的媒介性,在消费社会中已成为戏剧的一个至关重要的属性。

戏剧批评媒介性的日益彰显,一方面逐渐遮蔽了现代文学经典一直以来奉为圭臬的基本文学功用,另一方面对文学经典的精神维度进行着日甚一日的解构和颠覆。新媒体在文学批评中的角色已远不是传播性工具或负荷性载体,戏剧批评在碎片式的大众批评解构中丧失了其原始的权威性,戏剧批评进入了一个专业淡化、体系失序与重构的后现代媒介阶段。

一、多元与异质:新媒体视域下的戏剧批评形态

新媒体戏剧批评已经成为我国当下极其普遍的新型批评形态,就戏剧批评的传播载体而言,已经完全颠覆了传统批评的样式。新媒体戏剧批评形式更加多样,拥有更加社团化的细分受众群体和更加亲民的文化影响力,新媒体戏剧批评既包含线上的微批评、社区批评,也涵盖嫁接入新媒体的学院批评、传媒批评。整体来看,新媒体戏剧批评体量庞杂,批评体系尚未建立,批评标准尚未统一,媒介呈现、主题表现、话语方式都具有太多的不确定性,当然,也具备相当大的可成长空间。

1. 新媒体戏剧批评的媒介呈现形态

短平快的微博戏剧平台占据新媒体戏剧批评发生平台的主流,也是戏剧粉丝数聚焦最明显的新媒体平台。在新浪微博,戏剧类账号很多,其中粉丝数量较大的有"微博戏剧""孟京辉戏剧工作室""大麦戏剧""乌镇戏剧节""新浪戏剧""繁星戏剧村"等。微博戏剧评论篇幅较短,内容相对庞杂,但仍以戏剧相关话题为主。微博戏剧评论的优势是为戏剧提供了更加便捷的互动空间,根植于微传播渠道的内容更加"亲民",缺陷是专业性弱化,专业评论类信息很容易淹没于快餐资讯、明星八卦等热点中。

与微博平台相比,微信作为戏剧批评传播的第二大新媒体平台,虽然信息总量较微博平台少一些,但是由于微信平台文本传播不受字数限制,很多传统媒介或专业组织机构更愿意选择微信平台作为戏剧评论的嫁接之地,微信平台的戏剧批评相对更加专业,部落化、集中性也更强。戏剧评论微信公众号具有较高影响力的有"中国戏剧年鉴""戏剧与影视评论""上海戏剧""山西省戏剧研究会""茅坡戏剧青年"等。戏剧微信公众号的咨询性不强,以戏剧评论为主,兼顾介绍中外戏剧常识、戏剧实践动态等,为戏剧批评提供了良好的传播领地。

其余各种新媒体平台关于戏剧评论的传播力度也很大,但并非专业的戏剧评论平台,例如"学习强国"等综合类 App,对戏剧批评就具有较专业的选择性和较强的传播力。此类戏剧批评更多地体现了新媒体时期大众对传统文化的敬仰。

2. 新媒体戏剧批评的主题表现

新媒体戏剧批评根植的平台生态与传统媒体有所区别,在主题表现上差异甚大。传统媒体的戏剧批评主题往往是围绕作家作品、舞台表现、思想内涵、历史建构、传世影响等方面展开,而新媒体戏剧批评的主题广博而无章,通常包括戏剧明星演员评论、戏剧市场咨询、戏剧介绍评论、围绕戏剧产生的小众社交话题、戏剧相关的主流意识形态传播等。

戏剧批评新媒体平台作为当下戏剧主要争取流量的渠道，戏剧批评相关主题往往以自带流量的演员为切入点，这样可以更好地提升戏剧传播的广度和热度。例如《最丑古装女明星，毁了小龙女后，又来毁紫霞仙子！》一文就陈妍希出演小龙女引起争议后，又挑战舞台剧《大话西游之大圣娶亲》的紫霞仙子角色进行评论。北京公演的剧照也激起了网友的广泛讨论，网友对戏剧的评论并非从专业视角出发，却从大众审美视角诠释了形象与角色的契合标准。《新版〈雷雨〉“星星”扎堆不掩个性》等文章则是从明星及导演对于角色的诠释出发，对话剧进行评论。例如濮存昕表示自己希望突出“真情”，他认为周萍其实有满腔的真情，但是却给自己和周围的人带来了巨大的伤害，这是他自己无法控制的，也是该剧的悲剧魅力所在。潘虹认为，蘩漪的内心由于长期的痛苦压抑已经歇斯底里，“蘩漪就是一个疯子，导演对我的要求就是每个细节都要让人起鸡皮疙瘩。”这种视角与传统戏剧评论还是有较大不同的。叶惠贤也指出，“我选用演员的标准有两方面，一是要有比较大的号召力；二是要符合剧中人物的形象。如果演员决定了，班子组建了，事实证明，这个戏也就成功一半了。正因为我们的话剧有品牌的效应，所以更加应该强调艺术的质量。”“他们不光有精湛的演技，还有一种明星的团队精神，大家互相学习，互相启迪，产生新的灵感。南北艺术的交流使得他们在艺术上同时进步，所以我说他们齐心协力地排演经典作品是强强联手，每次演出都给观众不同寻常的感觉。”①由此可见，在新媒体戏剧评论中，虽然批评专业术语缺失，但是作为戏剧重要组成部分的演员、导演等的感受是对专业戏剧评论很好的补充，对戏剧本身的影响更不容小觑。

---

① 《新版〈雷雨〉“星星”扎堆不掩个性》，2005 年 3 月 16 日，见 http://yule.sohu.com/20050316/n224709337.shtml。

二、滑落与重塑:新媒体语境下的戏剧批评演变

新媒体语境下的戏剧批评演变是多种因素互相作用的复杂过程,戏剧批评的建构过程不仅取决于戏剧本位,同时也受制于外部多种社会文化动因的相互作用。当下,新媒体传播已经渗透至受众生活全部,尤其是新媒体技术的发展使戏剧的接受方式、理解模式乃至批评观念都发生了深刻的变化,原有戏剧批评系统也随之发生解构与裂变。

新媒体语境下的戏剧批评演变体现在泛批评勃兴与专业意识滑落。随着媒介市场意识的不断增强,戏剧批评的大众属性、商业属性开始逐渐萌发,戏剧批评模式发生了前所未有的变革。戏剧文学的生存环境和传播维度都难免受媒介意识干预,戏剧批评场域中充斥着媒介话语,或是误读、变异的表达方式,或是解放、延异的表述空间,据此戏剧批评不得不作出"适媒性"调整。在豆瓣、微博、微信、知乎等异军突起的社交平台中,戏剧批评传播经历着一次又一次的越位、跨界、扩充与融合。在以书影音为主导的豆瓣平台,戏剧算是小众的"北极圈",讨论小组大多由某一剧团的观众群体组成。在知乎的搜索框输入关键词"戏剧",大多数问答倾向于围绕表演者展开讨论,演员的天赋和功底是火热话题,例如"如何评价某一演员在某一作品中的表现",关于戏剧文学创作批评的讨论少之又少,此外还散落着一些关于戏剧基本常识的问答。这些新媒体平台上的戏剧批评,体现出21世纪以来占社会公共资源主流的娱乐话语向戏剧领域的渗透。可以说,新媒体改变了传统戏剧批评的延传轨迹,当下的戏剧批评在裂变重组的批评场域中进入了泛批评的寄宿空间。

泛批评以新媒体中各类戏剧批评形式的勃兴消弭了作为传统戏剧批评自律性支撑的精英性、审美性、权威性,同时也冲击了传统戏剧研究的核心,专业批评意识不断滑落。新媒体语境下,戏剧批评所特有的理性思考、审美感受都溢出传统批评场域,广泛地渗透到受众的日常审美领域,戏剧批评甚至开始成为戏剧市场策略的一部分,精英意识、主导精神、权力观念开始凋零,经典的戏

剧批评退化为新媒体场域中的感性消费产品。新媒体时代的剧评，批评者的个人主观情绪先行。

泛批评勃兴与专业批评滑落的同时，新媒体也重塑了适合媒介生存的戏剧批评的新增长点。从法兰克福学派对媒介资本性、异化性的批判，到大众传媒政治经济学派对传媒传播内容市场化、受众商品化的揭示，在传统媒介理论与文艺批评研究的视域下，媒介批判作为一种惯例性的理论而存在。大多数研究偏向的都是媒介对文艺的消解，而忽视了新媒体对文艺批评的重塑。实际上，新媒体为戏剧批评带来了很多建构性的力量。

1. 泛批评形态的多元呈现

新媒体的传播格局拓展了戏剧批评的接受路径，使戏剧批评更加亲民、多维、立体。新媒体语境下，戏剧批评的泛批评形态不断呈现，如微博、微信中的戏剧批评更加感性生动，更加符合受众的接受心理，将个体关怀置于审美机制与理论启蒙之前，虽然质量良莠不齐，但也反映了戏剧批评在新的媒介语境中的需求。随着主观需求的增加，戏剧批评的主体范畴不断扩大，新媒体语境下，人人皆为批评者，专业戏剧批评家的权威地位不断被消解，戏剧批评开始展露其平民姿态。平民化的戏剧批评还有利于扩大接受群体。例如知乎上对“对于刚入门的戏剧爱好者来说，有哪些戏剧值得推荐”的话题讨论中，认证用户、青年编剧张家安的回答清晰简明，他在推荐《雷雨》时说：“为什么一上来先读曹禺？有人可能会觉得对入门的人来说会很难，或者很枯燥。不不不，中国人的血液里有中国的情感模式的成分在，曹禺的戏剧的情感是一定最能打动国人的”，“其文学性成就很高，读起来十分舒服”。该答主用族群共同情感价值来消除新的观众群体对于经典戏剧作品的潜在恐惧，也淡化了普通观众对艰深晦涩的戏剧批评学术话语的排斥与抗拒。戏剧批评的亲民化是当下戏剧发展的必然要求。2019 年 12 月 3 日，保利、央华戏剧、《新京报》、北京师范大学艺术与传媒学院与法国萌彼利埃“演员”之春戏剧节，在北京昆泰嘉瑞文化中心举办了首届“世界好戏　中国观众”论道周，围绕“态度、深度、温度”三个方向展开7场主题活动。该戏剧节注重关注、讨论戏剧观众的培养问题。戏剧节主席让·瓦雷拉(Jean Varela)说道：“我个人来自一个没有戏剧的农村，后来中学我进入了一所戏剧学校，我们对于戏剧的公共教育非常重视，这不仅培养了后来的职业演员，也训练出一批带有好奇心的、拥有极高品位的观众。在蒙彼利埃演员之春戏剧节上，一方面我们演出世界戏剧的精品，另一方面我们支持年轻的创作者，并通过他们在自己的城市进行更广泛的戏剧普及。”著名导演埃里克·拉卡斯卡认为，戏剧不是一个人的作品，而是一个集体创作的作品。当代的戏剧离不开观众，作为接受者的观众对戏剧艺术的发展起到推波助澜的关键影响，就此，从创作到批评，都应有选择地靠近观众的心理，戏剧批评的亲民化为戏剧批评增添了温度，是历史语境的选择。

2. 个体化与日常化的鲜明特征

在新媒体传播机制的作用下，专业戏剧批评的意识形态开始被解构，新的批评话语被重新建构。文艺与意识形态一直有着复杂的关系，毛泽东在《在延安文艺座谈会上的讲话》中就强调了：“一切文化或文学艺术都是属于一定的阶级，属于一定的政治路线的。为艺术的艺术，超阶级的艺术和政治平行或互相独立的艺术，实际上是不存在的。”①我国戏剧批评的主导权一直由精英掌控，政治启蒙与审美体验一直都是戏剧批评的主体精神，直至新媒体出现，戏剧批评主体场域重构，批评才开始从形而上逐渐过渡到形而上与形而下相结合的审美指向。新媒体为大众戏剧批评提供了一种嵌于日常生活及个人经历的话语方式。作为消费者的观众在当代戏剧艺术领域内的一度“缺位”和“失语”，导致戏剧成为凌驾于日常生活之上的空中楼阁，观众被动地对“解读”进行二次阐释。新媒体的出现为大众提供了宽泛的讨论空间，戏剧重回

---

① 《毛泽东选集》第3卷，人民出版社1991年版，第865页。

一部分民众的日常生活。微博、微信公众号等独立戏剧评论人的批评贴近个体日常审美感受和接受经验。这反映出大众在参与文学批评时，不可避免地会受到日常生活与个人经验的影响，戏剧批评本身也在不断地对戏剧批评者的思维与意识产生反作用，新媒体语境下的戏剧批评呈现出个体化与日常化的特质。

3. 从判断性到对话性的转向

戏剧批评在新媒体的作用下实现了从判断性向对话性的转向，丰富了批评内涵。新媒体的介入使戏剧批评的对话性渐次产生，批评主体的群体化衍变、批评形式的多元化拓展、受众的互动性介入都使戏剧批评体系的内涵与外延发生偏转，戏剧批评不再是象牙塔尖的自说自话，受众与其关系也从膜拜听从转向了自由解读。这种态势尤其体现在社交媒体中，如豆瓣、知乎等网络社区，以及微博、微信公众号等自媒体平台不仅是戏剧批评的传播平台，更是为戏剧批评创造了一种平等、开放的对话方式。戏剧在新媒体场域中拥有了固定的“粉丝”群体，这些“粉丝”通过言简意赅的形式对自己所关注的戏剧进行解读和批评。在微博平台上，戏剧与观众实现了更为直接的连接和联动。微信公众号更侧重于戏剧信息的及时推送与知识普及。“大小舞台之间”等微信公众号常常推送演出信息、剧情简介、主创人员构成、戏剧常识普及相关文章，很受广大剧迷欢迎。观众通过留言的形式各抒己见，或点评演职人员，或表达个人对某一剧目的好恶。简洁有力又富有吸引力的推送吸引了观众的目光，观众纷纷在留言区中表达观看的意愿。

在豆瓣，戏剧作为舞台剧归类，针对具体戏剧剧目的评论有短评与长评两种形式。所有的豆瓣用户都平等地拥有批评某一戏剧的权利，并可以通过回评剧评的方式与剧评撰写者实现有效沟通。以热度高、流量大的《恋爱的犀牛》为例。从 1999 年首演，截至 2024 年 4 月，《恋爱的犀牛》的演员阵容不断变化，且早期版本在视频网站可免费观看，豆瓣对于该剧目的评分趋于平稳，保持在8.5分，成绩喜人。关于该剧目的短评有近4万条，长评也超过1000个，记录了一代人的青春与爱情观。网友各抒己见，或讨论爱情的美好与不堪一击，或鞭挞《恋爱的犀牛》日渐迎合娱乐市场台词媚俗、艺术价值跌落，围绕一个或多个价值进行辩论和交流，批评者在新媒体平台上实现了戏剧交流。对话性的戏剧批评使得更多人走向戏剧世界，拉近观众与戏剧创作的距离，不断扩大戏剧的创作空间与批评空间。

三、消解与修辞：新媒体语境下的戏剧批评走向

随着新媒体技术的革新，戏剧批评在经历了重塑的阵痛后，衍生出诸多异于传统戏剧批评的新兴质素，尤其是新媒体的消解与修辞作用直接作用于戏剧批评，使戏剧批评从边缘走向核心，使受众从受控走向施控。

1. 民间视野：从“象牙之塔”到“日常话语”的批评消解

新媒体语境下的戏剧批评带有一定的后现代主义内涵与属性，这在一定程度上消解了传统专业戏剧批评的精英性与权威性。新媒体无意识地遮蔽了传统戏剧批评所秉承的文艺内涵、美学价值，削平了文艺理论家长期以来所建构的传统戏剧批评的思想深度。新媒体语境下，专业批评意识与大众文艺诉求的界限被打破，戏剧批评的界限被逐渐消解。

在传统戏剧批评创作中，自律性与自主性尤为显著，对思想深度的探寻、对人性关怀的垂问、对审美体验的感悟都被象牙塔中的批评范式所固化。长期以来，戏剧批评一直游离于民间话语之外，更是远离“流行”“通俗”的范畴。随着新媒体语境下批评场域的裂变与重建，戏剧批评的精英性开始消解，专业批评与大众批评的界限开始模糊。尤其在社交媒体中，公共交流话题不断丰富，对戏剧的接受与阐释也发生了转变。伴随传播媒介的革新，戏剧批评不自觉地建构出与之相应的生产方式与传播方式，戏剧批评走出象牙塔，从精英视域走向日常生活审美，乃至商业消费。以火遍全国的《驴得水》《蒋公的面子》

为例,起初促进其广泛传播的并不是专业评论,而是强有力的自媒体评论推广,从而引发了观剧热潮。大量市场数据信息表明,微信、微博等自媒体剧评已经成为受众观剧的重要依据,一些传统的批评期刊、报纸也开始转向新媒体平台,嫁接自己的新媒体批评阵地。微博和微信公众号的数据一定程度上反映出戏剧与个体的联系有所增强。官方账号“微博戏剧”的粉丝超过百万,每年“乌镇戏剧节”都成为戏剧领域热词。各戏剧机构和戏剧工作室都在微博和微信注册账号或公众号与观众及时互动。期刊开设的微信公众号除了推送剧目信息,更侧重于戏剧批评,比如《新剧本》杂志的微信公众号“新剧本NEW DRAMA”,常以专题形式进行戏剧批评文章推送,戏剧批评深入且有所侧重。

在戏剧批评传播模式改变的同时,戏剧批评陈旧僵化的话语体系与评论标准也潜移默化地发生了改变,取而代之的是后现代文艺批评无边界、去中心、模糊的泛批评世界。泛批评体系不仅仅是专业与非专业批评之间界限的消失,还有戏剧批评自身的规范和特征的消解,新媒体语境下的戏剧批评变成一种混杂的文化现象。以往文艺批评惯用的“元理论”的概念和方法,已经不再是标准的、唯一的批评武器,网络戏剧批评的标准是多向度的。① 新媒体戏剧批评的话语权力被分散、摊薄,这种态势是积极的,因为对于戏剧价值的探讨,相对于权威大咖的一家之言,网络的众声喧哗能够提供更多的声音和视角。

2. 欲望诉求:“同质化”与“权力”的媒介修辞

新媒体之于戏剧批评,不只是一种外在的传播介质,其媒介特性在消解批评质素的同时,也具有修辞作用。新媒体的媒介特性将戏剧批评纳入其特殊的表意系统,对其进行“媒介语境化”的修辞,这种修辞是新媒体语境下戏剧

① 宋宝珍:《网络时代的戏剧批评:凭什么?评什么?》,《戏剧艺术》2014年第4期。

批评表意、延传、价值实现的必经之路。

新媒体对戏剧批评的媒介修辞是一种欲望诉求。新媒体场域中到处充斥着欲望的制造、欲望的增殖、欲望对作品的附加、欲望对价值观的重构、欲望对审美体验的延展等。这些欲望诉求冲击了传统专业化的批评范式，戏剧批评也不可避免地被修辞成“欲望的评论”。近年来，新媒体的欲望造势使得戏剧传播异常活跃，如迈克·费瑟斯通所说，“它们体现了梦想、欲望和离奇幻想；它暗示着：在自恋式地让自我而不是让他人感到满足时，表现的是那份罗曼蒂克式的纯真和情感实现。当代消费文化，似乎就是要扩大这样的行为被确定无疑地接受、得体地表现的语境与情境之范围。”①

新媒体对戏剧批评的媒介修辞是一种“权力修辞”。新媒体在为戏剧批评提供与纸媒不同的表意系统的同时，也重构了其与意识形态、商业利益、审美价值之间的形式关系，并依仗其特有的全球化、市场化的媒介力量，在某种程度上形成“媒介意识形态”。这样的戏剧批评必然出现形式僭越精神、方式驾驭目的、工具理性支配价值理性的现象。媒体的权力特征并非不让你说话，而是把你的言说纳入它的方式之中，从而改变你言说的特质。大多数学者从媒介特质、形式的演变出发，认为电子传播媒介消解了专业的戏剧批评，而这仅是媒介权力修辞的一部分，媒介既可以消解“元批评”，同样也可以对世俗进行反拨，并打造出新的批评范式。

新建文学场域对现代文学经典的修辞还是一种“同质化修辞”。新媒体突出的特质就是运用交流平台培养受众趋同的价值取向与文化趣味。麦克卢汉认为媒介作为“人的延伸”，使受众的认知和实践范围日益广泛的同时，也对时间、空间进行了压缩。戏剧批评也是如此，由于复制、拼贴、转发的易获性，使新媒体语境下的戏剧批评往往呈现趋同化特质。面对新媒体的传播特质，戏剧批评在传播形式、语言转换、思想内涵上不得不作出适应性调整，实现

① ［英］迈克·费瑟斯通：《消费文化与后现代主义》，刘精明译，译林出版社2000年版，第39页。

符合特定文化语境、消费观念、传播逻辑的同质化修辞。

四、拆解与建设：新媒体语境下戏剧批评的拓展

文艺理论疲于应对新媒体中的泛批评现象，如果使用传统文艺理论来阐释戏剧批评的新范式，必然出现错位或扑空，所以必须正视新媒体语境下戏剧批评演变的意义，将传统的经验模式向现实语境转换，拓展其发展维度。新媒体语境下戏剧批评的拓展主要体现在以下两个方面。

1. 从“限定封闭”到“普世兼容”的开放性批评

新媒体的勃兴已经协助戏剧批评突破自身界限和各种阻碍，从“限定封闭”走向“普世兼容”的开放性评论，这是当下戏剧审美研究的现实文化语境。这种走向首先体现为套路、限定的戏剧批评向释义、多元的对话性批评过渡。新媒体语境下的戏剧批评以其动态性、开放性及平等性逐渐从自律性、排他性的封闭体系中不断向外延展，走向更加具体的日常对话。戏剧批评不再是某一意识形态、学术派别的附属，而是多种观点相互影响、相互作用而形成的思想合力，这种“合批评”可以直接与戏剧艺术的发展相融通、渗透，这种庞杂的批评景观更是拆卸了一直以来戏剧批评负载过重的严肃性和思想性。

新媒体语境下戏剧批评的开放性还体现在：精英式批评准则逐渐扩容为大众参与式评论。在专业戏剧批评领域，戏剧批评的主体与受众主要是文化精英或知识分子群体，戏剧审美也带有精英气质，但也正是这种精英艺术气质致使戏剧与大众保持了一定的距离，只有超越这种固化的审美经验才能使戏剧批评获得当下的价值意义。当下，专业戏剧批评在新媒体中失去了植根的土壤，甚至成为一种压抑性的存在，审美经验突破了原始疆域局限，充斥到各个层面，大众审美逐渐成为当下的审美趋势。文艺精英在传统戏剧审美经验的统摄下所熟稔的思想意义、精神内涵、艺术表现等评论重点在新媒体语境下被抽离了出来，并进入一种游移、流动的审美状态，转而成为一种非专业的、普

世性的大众式评论。

2. 从“独照社会”到“主观盛宴”的感性化评论

戏剧批评一直以来充满了理性、自律、凝肃的审美意识，这种审美意识逐渐成为约定俗成的阐释戏剧的经验，以至在很长一段时期里，受众对戏剧批评的接受都始终保持着一种对抗流俗的姿态。而在新媒体语境下，随着审美经验的不断扩张，自由的情感诉求和丰富的感官享受使人们逐渐远离了对启蒙、人性等严肃主题的关注。面对受众体验的逐渐凸显，戏剧批评也从“独照社会”的理性审美过渡到建立在受众“主观盛宴”的感性审美，即从对外部社会的静观沉思转向了对内部主观精神的感性体验。这种体验体现在受众情感的参与与融合。一般来说，专业的戏剧批评者多为掌握了一定的学识积淀、审美经验的精英群体，其批评视角带有历史轮廓和文化品格，具有一种“独照社会”式的，冷静、客观、凝重式的审美。而在新媒体语境下，一方面，泛批评的形态带给受众一种“陌生化”的感觉；另一方面，大众并没有足够的学理积淀与审美素养。因此，受众对戏剧批评的接受则更多地融入了自身感情和主观意识。按照接受美学的理论，作品的“陌生化”和广大受众非专业的文学素养在一定程度上决定了当下的批评与受众之间存在更多的“未定点”，而这其中就填补了更多主观的情愫。新媒体语境下，戏剧批评的传统准则发生了“内爆”。新媒体对戏剧批评的作用无论是消极的还是积极的，无论是解构的还是建构的，我们都要从辩证的角度来看待这种革命性的变革。

结　　语

近年来,关于批评的批评不绝于耳。批评为什么备受批评?这引发了我们对当下文学批评观念、批评目的、批评方式、批评对象等方面的诸多反思。与文学本身的变化相适应,文学批评日益彰显自由、提倡创新,出现了言说渠道媒体化、言说方式时尚化等新质,特别是博客、微博、论坛、跟帖等即时通信媒体方式盛行以来,批评也较以往发生了改变。

新媒体语境下的文学批评是利用科学技术的生产、传播、接受方式进行的文学批评,评论者在互联网上发言,以寥寥数语表明态度,言简意赅、一目了然。新媒体语境下,当代文学批评的主体构成、评价体系、文体样式都呈现出"混搭"的特征。面临某一个文学话题时,具有发言者主体身份千差万别、评价态度各取所需、言说方式形态各异的特征。发言主体千姿百态:从职业上说有教师、公务员、医生、白领等;从受教育程度上说有小学生、中学生、大学生、硕士、博士等;从文学背景上说有专业人士、文学爱好者,也有单纯的识字阶层;等等。新媒体语境成就了文学批评的高参与度、平民化和公共性等优势,却也带来了批评主体的真情实感与商业炒作混融、"评论"观点良莠不齐且难以交锋博弈等弊端。

从评价体系上看,批评主体基本上为受支配型、商洽型、"吐槽"型"混搭"。受支配型的批评主体大多认同作品给定的价值观,部分认同理论性、知识性纸媒批评延续到网络空间的观点；商洽型的批评主体是持不同意见者，他们在作品中能读出与众不同的味道，有的也能给出支撑观点的实证论说，但在某些问题上难免片面、偏激；“吐槽”型的批评主体本就是抱着娱乐动机看热闹的，他们在作品中发现任何不尽如人意之处都会将其无限放大，言辞激烈，不吐不快，但他们针对的不是文学艺术，而是自己的趣味。也有网络“水军”恶意制造并利用文学事件、文学现象赚取点击率、篡夺排行榜、提升流量的情况，在此不将其列入文学接受和审美的范围内。

从言说方式上看，新媒体语境下的当代文学批评更注重“点评”式的表意，语言、符号、图像“混搭”。点评即片段式、判断式地直抒胸臆，写出的批评意见未必经得起推敲，却有极强的传播性和蛊惑性，它在接受层面让我们看到了读者对文学的态度。新媒体语境下的当代文学批评的批评主体大多有一定现实生活的体感温度，有一定知人论世的评说力度，只是对文学批评本身还有失举一反三、触类旁通的风度。风度是优雅的举止和姿态，文学批评的风度问题主要针对新媒体语境下当代文学批评蓬勃而芜杂的现状提出。若能雍容、从容、宽容地对待文学、人生和批评主体自身，则会给读者（网友）呈现出更好的当代文学批评。

如何建构并维护新媒体语境下的当代文学批评呢？

从批评主体上说，吸引更多“传统的”评论家、作家进入网络是切实可行的手段。对评论家而言，他们最需要做的是在了解网络、深入网络，甚至热爱网络的基础上再对新媒体品头论足，即“从对象出发，进而全面了解和认识对象，找出问题症结，发现蕴含的规律，提出解决问题的可能之道……而不能先入为主，生搬硬套，东向而望，不见西墙”①。当下多数评论家对新媒体语境下的当代文学批评的研究还是外围的，并没有真正深入网络中间，没有下足功夫阅读网络文学作品，也没有下足功夫阅读作品的跟帖。新媒体语境下的当代

① 欧阳友权编著：《网络文学评论 100》，中央编译出版社 2014 年版，第 3 页。

文学批评应立足于文本细读，只有细读，才能够了解到新媒体语境下的当代文学是什么，新媒体场域中究竟发生了什么。新媒体语境下的当代文学批评应是一种在理解文本原义的基础上的创造性批评。理解文本与创造新文本，是新媒体文学批评的两端。文学批评主体不仅要"细读"批评对象，为确保"细读"的有效性，还需要"重读"，进而通过语言形式的创造性、艺术形象的涵摄性把握文学文本的真实性、倾向性、情感性。新媒体是庞大无边的存在，研究者如缺少文本细读的耐心，缺少把握新媒体独特的生产传播接受样态的能力，只凭着关注几个网站、几个微信公众号就得出研究结论，未免看低了新媒体对当代文学批评的功能和效用。如果评论家指责的声音总是盖过建构的声音，如何能为新媒体语境下当代文学批评的发展助力？对作家而言，他们需要更深入、更持久地进驻网站，先和受支配型、商洽型的网友打成一片，再一点一点占领文学批评的精神阵地。转变批评主体思维模式、改善批评主体构成比例，这对作家和读者来说应该是个双赢的策略。

网友的发言多观点鲜明、论据杂乱，大多谈不上什么论证方法，也得不出什么结论。既然新媒体已经给出了"混搭"的交流平台，"学院派的"艺术家何不更多更深地走向网络，不只是上传自己论文的电子版，而是直接走入网友群体，加入话题讨论，成为其中的一分子，与众乐乐？"在网络上进行文学批评，对于当下的专业批评家而言，不是一个技术壁垒的问题，而是能不能正视今天的文学生产新变、迅速抵达网络现场的问题。"①"传统的"评论家、作家进入网络，不仅是文学与新媒体的现实需求，而且是其发展趋向。

从评价体系上说，能不能寻找到为受支配型、商洽型、"吐槽"型批评主体所大致接受的评价标准是解决问题的关键。拿什么衡量作品的好与不好？拿什么衡量文学批评是否合情合理？有没有一套适用于新媒体的批评标准？传统文学批评演绎归纳的研究方法、推理论证的话语模式显然不适用于新媒体

① 何平:《对话和协商的"新批评"》,《人民日报》2014年5月23日。

自由随性的发言方式与碎片化的阅读习惯。现有的网络评判方式有“点击率”“排行榜”“专家榜单”“网友评分”等,评价的真实性、科学性都有待论证。传统批评的持重与网络批评的懵懂导致新媒体批评处于前后失据的尴尬境地,因此,急需一套为大多数人所认可的、理解的,甚至所推崇和赞扬的文化态度、审美标准。为了能使新媒体批评更显风采,批评标准的设定最好能兼顾异质性与系统性。

批评标准的异质性,是在网络空间中寻找个性化的文学定位,专注于某一文学板块(如“青春文学”)、某一目标人群(如教师)、某一审美态度(如认可“原创的”就是好的)的经营。“走特色发展的道路,在网站风格、文体定位、作者队伍、传播策略、商业模式上形成自己独特的个性。”①今天,打开影响比较大的几个文学网站,起点中文网的论坛有专门的书评频道,晋江文学城的论坛有读书心得专区,可见网站还是注意到了文学批评这个领域的。但浏览多了便会发现,各网站的审美态度、评价方式甚至网页设计上都非常雷同,这就很难在同质化的无序竞争中站稳脚跟。批评标准异质性的建构对网站生存与发展来说都是必需的。批评标准的系统性,是使批评既能在各自的板块中活跃,又能受控于更大的空间。新媒体语境下的当代文学批评既是对文学的批评(如跟帖、博客),也是对批评的批评(如跟帖的跟帖、微信朋友圈转发中添加的评价),是由多个层面构成的系统,每个层面都隐含了它所具备的标准。所有标准的设定既要符合各层级的利益,也要在大的系统中明确自身的定位,保持价值观的纯净,使不同层级的网友在批评中都能发现自己所需的正能量,排斥负能量。无论时代如何发展、技术如何先进,文学批评都不能放弃对真善美的追求、对人性丰富性的探讨,都要在多元碰撞的立场中为文学辩护。

从言说方式上看,新媒体语境下文学的“混搭”式点评尚需拿捏发言的尺度。要改变现有发言不负责任的现状,需要批评主体自律和网络监管的结合。

① 黄发有:《释放网络文学新的可能性》,《人民日报》2014 年 7 月 4 日。

“混搭”的点评与理论批评、知识批评始终处于不对位、不接茬的状态——后两者试图从理论上引导、规范新媒体文学批评，但网友对这种输血式的外力倡导并不认可，甚至以强硬的姿态反攻，审美隔阂横亘在“新”与“传统”之间。因此，来自网络内部的监管、各网站的网友实名政策和惩戒措施、“群主”“楼主”的屏蔽手段等就显得十分必要。可以说，今天的读者比历史上任何一个时期都要自主，他们有选择的空间和条件，他们更有放弃的权利，网站倘若监管不力，同样会遭到网友的遗弃。

文学批评主体是新媒体空间中较为成熟和理性的群体。倡导新媒体语境下当代文学批评的自律，批评主体内在的、主观的自我约束远比外部提升重要。应当承认，网友的发言已经比网络草创时期好了很多，如果能让新媒体空间里的自由评论者都从根本上认可对自身的约束，新媒体语境下的当代文学批评将逐渐历练出优雅的飞翔姿态。

生活在变，文学在变，文学批评如何迎头赶上以应对文学“更高的期待”？在审美方式和价值评判多元的时代，文学批评对原则的坚守和对发展的追求可否并重？问题一一摆在面前，期待着我们努力解决！新媒体有着传统媒体无可比拟的迅捷便利、开放自由和平民色彩，当代文学批评也是在建构中的学问，若能将二者的发展观、动态性更好地契合，会是文学批评的财富。

世界那么大，变化那么快，谁会知道未来怎样？我的论说，不是答案，更不是终点。

参考文献

中文著作：

(战国)庄周著,(晋)郭象注:《庄子》,上海古籍出版社 1989 年版。

(南朝梁)刘勰著,詹锳义证:《文心雕龙义证》中卷,上海古籍出版社 1989 年版。

王国维:《静庵文集》,辽宁教育出版社 1997 年版。

《李长之批评文集》,珠海出版社 1998 年版。

商金林编:《朱光潜批评文集》,珠海出版社 1998 年版。

费孝通:《乡土中国》,北京出版社 2005 年版。

《凌继尧艺术学美学文集》下卷,辽宁美术出版社 2015 年版。

王一川:《文学理论》,四川人民出版社 2003 年版。

单小曦:《媒介与文学》,商务印书馆 2015 年版。

邵燕君:《破壁书:网络文化关键词》,生活·读书·新知三联书店 2018 年版。

周海波:《新媒体时代的文体美学》,广东高等教育出版社 2019 年版。

尹保华编著:《社会学概论》,知识产权出版社 2018 年版。

刘海:《艺术自律:现代性的美学话语》,中央编译出版社 2018 年版。

张舒予主编:《视觉文化与媒介素养研究手册》,中国广播影视出版社 2017 年版。

寇玉生、姜喜双主编:《大学生危机事件管理理论与实务》,东北大学出版社 2017 年版。

中文译著：

[古希腊]柏拉图:《理想国》,郭斌和、张竹明译,商务印书馆 1986 年版。

[俄国]车尔尼雪夫斯基:《艺术与现实的审美关系》,周扬译,人民文学出版社2009年版。

[苏联]M.巴赫金:《陀思妥耶夫斯基诗学问题》,白春仁、顾亚铃译,生活·读书·新知三联书店1988年版。

[德]歌德:《歌德谈话录》,朱光潜译,人民出版社1978年版。

[法]波德莱尔:《1846年的沙龙》,郭宏安译,广西师范大学出版社2002年版。

[德]胡塞尔:《胡塞尔选集》,倪梁康选编,生活·读书·新知三联书店1997年版。

[德]海德格尔:《海德格尔选集》,孙周兴选编,生活·读书·新知三联书店1996年版。

[美]鲁道夫·阿恩海姆:《电影作为艺术》,邵牧君译,中国电影出版社1988年版。

[法]福柯:《其他的空间》,《激进的美学锋芒》,周宪译,中国人民大学出版社2003年版。

[美]埃里希·弗罗姆:《逃避自由》,刘林海译,国际文化出版公司2007年版。

[英]雷蒙德·威廉斯:《文化与社会》,高晓玲译,吉林出版集团有限责任公司2011年版。

[德]于尔根·哈贝马斯:《现代性的哲学话语》,曹卫东译,林出版社2011年版。

[英]阿兰·德波顿:《身份的焦虑》,陈广兴、南治国译,上海译文出版社2009年版。

[日]竹内敏雄:《美学百科辞典》,池学镇译,黑龙江人民出版社1987年版。

论文类:

吴炫:《论中国式当代文学观念》,《文学评论》2010年第1期。

欧阳有权:《数字媒介与中国文学的转型》,《中国社会科学》2007年第1期。

刘巍:《文学批评的温度、力度和风度》,《文学评论》2015年第3期。

刘大先:《从后文学到新人文——当代文学及批评的转折》,《当代文坛》2020年第3期。

王毅:《从粉丝型学者到学者型粉丝:粉丝研究与抵制理论》,《湘潭大学学报》(哲学社会科学版)2014年第1期。

周星、姜丹:《多元化格局下文艺批评的主要类型》,《中国文艺评论》2020年第8期。

胡友峰:《电子媒介时代文学批评的审美变异》,《中州学刊》2020年第1期。

王德胜:《"微时代"的美学》,《社会科学辑刊》2014年第5期。

李建中、殷昊翔:《凡客的咆哮:新媒体时代的批评文体》,《学术论坛》2012 年第 4 期。

曾繁亭:《网络文学批评主体的衍变》,《小说评论》2016 年第 5 期。

夏烈:《媒介裂变下的文艺批评生态和批评者重构》,《文艺评论》2017 年第 6 期。

张清华:《批评的身份与限度、使命与尺度》,《当代作家评论》2017 年第 6 期。

潘桂林:《学院派新媒介文学批评的现实困境及其破解》,《中州学刊》2017 年第 3 期。

吴俊:《新媒体语境与"文学史的终结"——兼谈文学批评的现实困难》,《文艺研究》2016 年第 6 期。

丁国旗:《新媒体写作给文学带来挑战》,《深圳大学学报》2015 年第 2 期。

文东:《新媒体与新批评:网络文学批评的"诗性"理解》,《当代文坛》2015 年第 6 期。

邵燕君:《新媒体时代的文学批评》,《文艺理论与批评》2014 年第 5 期。

周宪:《从"沉浸式"到"浏览式"阅读的转向》,《中国社会科学》2016 年第 11 期。

朱厚刚:《新媒体批评与"马桥事件"》,《小说评论》2013 年第 5 期。

季水河、蔡朝辉:《轻逸与期许——微博文学的写作特征探析及发展前景展望》,《湖南社会科学》2011 年第 3 期。

单小曦:《中国新媒介文艺研究的基本问题》,《社会科学辑刊》2019 年第 6 期。

李海英:《机遇或牢笼新媒介话语下的诗歌写作》,《中国诗歌研究》2018 年第 1 期。

丁国旗:《寻找公共性——文学批评的意图》,《山东社会科学》2018 年第 10 期。

高建平:《论学院批评的价值和存在问题》,《中国文学批评》2015 年第 1 期。

博士学位论文类:

韩模永:《超文本文学研究》,南京大学,博士学位论文,2011 年。

张才刚:《数字化生存与文学语言的流变》,华中师范大学,博士学位论文,2011 年。

张邦卫:《媒介诗学导论——传媒视野下的文学与文学理论》,浙江大学,博士学位论文,2005 年。

鲍远福:《新媒体语境下的文学图像关系研究》,南京大学,博士学位论文,2015 年。

王颖:《新传媒语境中文学传播的路径与价值嬗变》,吉林大学,博士学位论文,2015 年。

刘坚:《媒介文化思潮与当代文学观念》,吉林大学,博士学位论文,2012年。

王百娣:《新媒介文学生成与传播研究》,辽宁大学,博士学位论文,2019年。

翟羽佳:《新媒介话语的口语化研究》,山东大学,博士学位论文,2018年。

翟传鹏:《媒介化时代文学生产批判》,陕西师范大学,博士学位论文,2013年。

周利荣:《传播媒介发展与文学文体演变研究》,陕西师范大学,博士学位论文,2012年。

郑晓明:《文学活动的伦理之维》,辽宁大学,博士学位论文,2019年。

报纸类:

李澍、李姝昱、贺梓秋整理:《展现网络文学新风貌、新担当——第二届中国"网络文学+"大会与会者共话网络文学发展方向》,《光明日报》2018年9月18日。

张维迎:《语言腐败的危害》,《经济观察报》2012年4月30日。

陈丽红:《网络文学:流淌着欲望的河流》,《三晋都市报》2007年6月26日。

于雪飞:《微博小说:新概念还是新文体》,《都市消费晨报》2010年3月29日。

张亮:《批评的焦虑与期待》,《文艺报》2018年7月20日。

颜水生:《批评共同体的立场、态度和素养》,《文艺报》2016年11月25日。

王研:《批评应多关注新媒体文学》,《辽宁日报》2012年5月8日。

邵燕君:《批评为什么备受批评》,《人民日报》2014年7月15日。

后　　记

本书是在我主持的国家社科基金一般项目“新媒体与当代文学的批评实践研究”（项目编号：16BZW030）的基础上修订完善的。

本书的分工及完成情况如下：

绪论部分由刘巍、李阳、周铭哲撰写；

第一章由刘巍撰写；

第二章由刘巍、张婷撰写；

第三章由刘巍、周铭哲撰写；

第四章由刘巍、张婷撰写；

第五章由刘巍、王亭绣月撰写；

第六章由刘巍、刘敬波、孙彩华、王玮撰写；

结语由刘巍撰写。

感谢我的团队，你们是我一生受用不尽的财富！

刘　巍

2024 年 4 月

策划编辑：汪　逸
责任编辑：刘　今
封面设计：石笑梦
版式设计：胡欣欣

图书在版编目（CIP）数据

新媒体语境下当代文学批评实践研究/刘巍 著. —北京：人民出版社，2024.6
ISBN 978-7-01-024241-5

Ⅰ.①新…　Ⅱ.①刘…　Ⅲ.①中国文学-当代文学-文学评论　Ⅳ.①I206.7

中国版本图书馆 CIP 数据核字（2021）第 294129 号

新媒体语境下当代文学批评实践研究
XINMEITI YUJING XIA DANGDAI WENXUE PIPING SHIJIAN YANJIU

刘 巍　著

人民出版社 出版发行
（100706　北京市东城区隆福寺街 99 号）

北京九州迅驰传媒文化有限公司印刷　新华书店经销

2024 年 6 月第 1 版　2024 年 6 月北京第 1 次印刷
开本：710 毫米×1000 毫米 1/16　印张：15.5
字数：225 千字

ISBN 978-7-01-024241-5　定价：68.00 元

邮购地址 100706　北京市东城区隆福寺街 99 号
人民东方图书销售中心　电话（010）65250042　65289539